講談社文庫

海蝶

海を護るミューズ

吉川英梨

講談社

目次

謝辞

本稿執筆にあたり、ご協力及びご助言をくださった公益財団法人
海上保安協会のみなさま、並びに、快く取材対応してくださった
全ての海上保安官のみなさまに、厚く御礼申し上げます。

著者

海蝶

海を護るミューズ

序

忍海愛《おしみあい》は上機嫌で、自転車を漕《こ》いでいる。

宮城県気仙沼市《けせんぬまし》の坂道を下っていた。

この赤い自転車は小学校五年生の時に買った。二年も乗らないうちに東京へ引っ越してしまった。新品だったのに、潮風に吹きさらしだったので錆《さび》が目立つ。漕ぐたびにギシギシ音がした。そんな音すらいとおしい。愛はこの気仙沼市を自転車で走るのが大好きだった。

父親が転勤族で、愛は物心ついたときから日本各地を転々としていた。生まれたのは中城《なかぐすく》だし、二、三歳の頃はお台場のビルの谷間の公園で遊びまわった。初恋は九歳、稚内《わっかない》に住む男の子だった。初めてのデートは奥能登《おくのと》の恋路海岸で、十三歳のときだ。

気仙沼には小五から中一の途中までしか住んでいなかった。それでも愛は、この町を故郷と思っている。父親の実家があるので、盆正月は必ず気仙沼の親戚の家に集まっていたし、市内に建てた家もある。父が定年になったら、両親はこの町で暮らしていくと決めている。

愛はひと足先に、この町に根を張ることにした。二〇一一年のこの春、気仙沼市内の高校に進学する。いま両親は東京の官舎に住んでいるから、愛はひとり暮らしになる。全然、さみしくはない。

松岩という、気仙沼の南の方の高台に自宅はある。二階の窓からは気仙沼湾が目の前に見える。唐桑《からくわ》半島に挟まれた内湾は穏やかで、湖のようだ。その気仙沼湾に大島がぽっかりと浮かぶ。大島は北側に亀山と呼ばれる山があり、松岩地区から見るとミニ富士山のような形をしている。緑の真珠とも呼ばれる大島だが、三月十一日の今日はまだ春には遠い。亀山山頂はおじいちゃんの頭みたいに禿《は》げてスカスカしている。

愛は県道二十六号の坂道をひゅるうっと降りて海沿いに向かう。

気仙沼湾を航行するフェリーの汽笛の音が聞こえてきた。潮の匂いが強くなり、気分が上がる。

気仙沼の海は、特別なのだ。

魚市場やフェリー乗り場のある内湾は穏やかで、お母さんに怒られて泣いた日も、先生に注意されて反省した日も、失恋してこの世の終わりだと思った日も、愛を優しく癒やしてくれた。

太平洋に面した沿岸部にはリアス式の凸凹《でこぼこ》の海岸線が続く。岩井崎に打ち上げられる荒々しい波飛沫《なみしぶき》はエネルギッシュで、勇気と活力を与えてくれる。観光スポットにもなっている潮吹き岩から、天空にブシュウッと水が吹き上がる様はあっぱれだ。疲れたときは内湾へ。力が欲しいときは沿岸部へ。

気仙沼には海の全ての「顔」がある。

またこの町で生活できる。愛は嬉《うれ》しくて爆発しそうだ。坂道を猛スピードで下る。腰まで伸びた自慢のロングヘアが、風で後ろに持っていかれる。髪にかかる重さすら心地よい。あけぼの橋を渡った。大川という、気仙沼市を南北に流れる川にかかる橋だ。このあたりは河口になっている。海は目の前だった。

橋を渡った先は埠頭《ふとう》、埋め立て地だ。山や高台が多い気仙沼市の中で、唯一、平坦《へいたん》な道が続く。ＪＲ気仙沼線のガード下をうんこらしょと登り切れば、もう坂道はない。ひらがなを○で囲ったマークの水産加工場をいくつもやり過ごし、トラックが多く行きかう魚市場前を走りすぎる。お魚のおこぼれを狙うとんびが物憂げに鳴きながら、空を飛んでいる。

内湾の最も奥にある魚町《さかなまち》へ向かって、ひた走る。エースポート前に差し掛かった。本土と大島を結ぶフェリーを運航するところだ。目の前の岸壁にフェリー乗り場の浮き桟橋がある。

愛はますます自転車を漕ぐ足に力を込める。ここには『港町ブルース』の歌碑がある。近づくとセンサーが反応し、森進一の歌が流れるようになっている。公園かイオンぐらいしかたむろする場がない子供たちは、このセンサーが反応しないように素早く通り過ぎる、という単純な遊びで盛り上がる。

愛はつい昔のくせで歌碑の前でスピードを上げた。歌は流れなかった。愛の勝ち。

今日はきっといいことがある。

『I♡《ラブ》WAVE』という水色にピンク色の文字の大看板が見えてきた。エースポートの数軒横にある、安価なカフェレストランだ。自転車を半分投げ出すように停《と》め、お店に飛び込んだ。

仲良しの友人三人が窓辺の席に座っている。

「やばーい！　超久しぶりー!!」

壁際の席で、サラリーマンふうのおじさんが一瞥《いちべつ》した。うるさい？　関係ない。仲良しの女の子が四人揃《そろ》ったら最強なのだ。手を握り合って、ハグして、涙ぐんで。太った？　髪型変えた？　大人びた？　あの子はどうした。あの先生はどうした。

話が、止まらない。

「愛、いつ気仙沼戻ってたの」

「昨日の午前中に新幹線で。引っ越しする前に掃除とか手続きとか、いろいろあってさー」

「なんでもっと早く電話くれないかなー」

「だって、みんな忙しいと思ったんだよ。てゆーか学校大丈夫なわけ!?」

みんなで大笑いする。自分はどうなの、と愛も指摘される。

「進学準備だよ。全く問題ない。あっさり休めた」

中学校三年生の三月中旬なんて、学校に行くこと自体が思い出作りみたいなものだ。期末テストも終わったし、受験も終わった。あとは卒業式まで形ばかりの授業があるだけ。今日は三月十一日だから、愛は卒業式まであと八日だ。

「気仙沼の卒業式はいつ？　東京より早いんだよね」

「明日だよ！　だからこっちも全く問題ない。今日も午前で授業は終わりだし」

愛は時計を見た。十一時をちょっとすぎたところだ。

「まだ三時間目の真っ最中じゃないの？」

友人たちは顔を見合わせ、ぶーっと吹きだす。愛が気仙沼に戻っていると知るや、友人たちは風邪だの生理痛だのおばあちゃんが急病だの言って、こぞって学校をズル休みしたらしい。

愛が一緒に通っていた小学校五、六年生の時も、この四人はちょっと問題児だった。修学旅行で行った福島県の観光地も、いい子で観光していたのは大内宿《おおうちじゆく》まで。会津市で班の自由行動になった途端、観光をバックレて、カラオケボックスに四時間こもった。愛の転校で二年間しか一緒にいられなかったけれど、盆正月の帰省のときも集まっている。友情は、深い。

「それにしても抜け出すの苦労したわー。お母さんが、今回は遊びに来たんじゃなくて掃除だから、部屋の掃除が終わらない限り外出はダメとかさ、本家に挨拶に行くとか、やかましいのなんの」

わかるわかる、うちの親も、あっちの親も、と声が上がる。もう十五歳、思春期も反抗期もとっくに終わったが、子供のころみたいに「パパママ大好き一緒にいたい」とはならない。いまはひたすら、うるさい、うざい、ほっといて、だ。

帰る時間のことを考えると、愛は気持ちが萎えた。携帯電話で時間を確認した。

「一ノ関に三時の新幹線で東京帰るんだわ」

まじでそれないよーっ、と友人が涙ぐむ。昔いじめられていたことがあり、なにかと愛を頼りにする子だった。

「一時にはここ出ないとまずくない？」

気仙沼から一ノ関まで、ＪＲ大船渡《おおふなと》線で一時間半近くかかる。

「そうなの。超悲しい。でも大丈夫。四月一日から会いたい放題だからー！」

大盛り上がりで、一人の友達の頭にのっかったリボンが吹き飛びそうになる。

「ていうかそのリボンでかすぎだから」

「まじで？　もう東京では流行《はや》ってない？」

「んー。レオパード柄ももう若干ダサいよね」

ファッションの話にどれだけ費やしたか。リーダー的存在の友人が愛の頭を指さした。

「愛は相変わらず髪、長いよね」

「髪は女の命だよ。世界が終わっても髪は切らない」

みんなテーブルを叩《たた》いて笑う。店員さんがやってきて、「お静かに」と注意していった。リーダー格の友人が小声で言う。

「愛のそのロングヘアは伝説だもんね。サッカークラブの先輩にコクったとき……」

愛はのけぞった。

「それ小五の時の話。やめてよもう！」

ショートカットの子が好きだと愛はフラれてしまったのだ。友人たちが次々とつっこむ。

「愛ったら泣いて泣いて、その足で美容室突っ込んでいったんだよね、お金持ってないのにさ」

「そこで、髪を切ってください！　って言うのかと思ったら……」

そう。言おうと思っていた。でも、切ったら負けだとも思った。

「パーマかけてください、だっけ?」

大爆笑しかける。またサラリーマンふうの人に睨《にら》まれた。慌てて女四人で口元に手をやった。

現在進行形の恋の話をひっそりと報告し合う。友人のうち二人は彼氏がいる。愛は能登《のと》に住んでいたときにできた彼氏が最初で最後だ。東京に引っ越して自然消滅した。

話が尽きることがない。ランチセットに頼んだナポリタンはとっくにたいらげた。皿についたトマトソースが乾き、ドリンクバーを飲み飽きても、次々と話題が降ってくる。

携帯電話が何度もバイブしていた。母親からだ。伯父《おじ》さんのところへ挨拶に行きなさい、だろう。母はやたら父の実家の本家に気を遣う。伯父さんは遠洋マグロ漁船に乗っているから、たいてい不在なのに。家を出るときも散々言われた。

「四月からひとり暮らしなのよ。お父さんとお母さんがいなくても本家に迷惑かけずにやっていけると、普段の行動から示しなさい!」

お母さんは、忍海ひすい、というずいぶん洒落《しゃれ》た名前をしているが、見た目は四十六歳の普通のおばさんだ。父親は、母親の怒りが収まらないと「ひすいがひすぃてりー」と火に油を注ぐだけのダジャレを言って逃げる。

いじめられっ子だった子が新たな話題に火をつけた。

「みんなは大学どうする？」

将来の話は恋の話と同じくらい、熱い。愛は携帯電話をマーキュリーデュオのリュックの底に押し込んだ。

大学進学を目指す子はリーダー格の子ただ一人だけだった。この四人組は寝ても覚めてもファッションと恋の話しかしないので、小学校の時からちょっと『おバカ』なグループとされていた。愛も勉強は苦手だが、スポーツは大好きだ。走りでも泳ぎでも二位になったことがない。女子に敵なし。男子といつも競っていた。リボンの友人が言う。

「私は高校を卒業したらトリマーになろうと思って」

「私はネイルの方行きたくてさ。とりあえず美容学校かな」

いじめられっ子だった子も、将来の展望を口にした。愛のリュックが震えまくっている。途切れてもまたすぐにバイブする。愛は「ちょっとごめん」と携帯電話を取り出して、席を立った。

電話の向こうで母はカンカンになって怒っていた。

「愛！　いま何時だと思ってるの」

愛はカフェレストランの壁の時計を見た。ぎょっとする。十四時だった。

「やば……！　超ごめん。どうしよう」

「どうしようじゃないわよ、お母さん駅でもう三十分待ってるのよ」

母親の小言が終わらない。これが始まると夜が明けてしまう。逃げるが勝ち。

「ごめんなさいってば。先、東京帰っててよ。私はひとりで新幹線に乗れるし。夕飯までには東京帰るからさ。じゃ！」

愛は一方的に電話を切り、友人のテーブルに戻る。待っていましたといわんばかりに、友人が愛に将来の話を振った。愛は首を傾《かし》げる。

「うーん。やっぱショップの店員かなぁ。マーキュリーデュオとか」

リーダー格の子が渋い顔をする。

「イオンにマーキュリーデュオ入ってないでしょ〜。こっちで働くんじゃないの、愛」

そうなんだけど、と愛はこめかみをぽりぽりと掻《か》いた。愛は洋服が大好きだ。特に、オトナガーリーなのにカジュアルなマーキュリーデュオに夢中になっている。中学生のお小遣いで買える値段ではないので、お年玉とか、長期哨戒《しょうかい》でやっと家に帰ってきた父親がつい娘を甘やかしてしまう瞬間とかに、うまいことたぶらかしておねだりする。

「愛、海上保安官は？」

友人が当たり前のような顔で訊《き》く。愛は全身で拒絶した。

「ない、ない。海上保安官だけはぜーったいにない！」

「なんでよー。お父さん海猿《うみざる》でしょ」

海猿とは海上保安庁にいる潜水士のことだ。潜水士の映画やドラマが流行ってから、もてはやされるようになった。お父さんは同級生やＰＴＡのママさんたちからも黄色い歓声を浴びる。

小学校低学年までは、海上保安官と言っても「なにそれ」「自衛隊？」と返されるのがオチだった。「潜水士だ」と説明すると、「海上自衛隊の潜水艦に乗っている」と勘違いされた。

愛自身も、何度か父親の乗る巡視船艇を見学したが、オレンジ色の潜水服にボンベを背負った力自慢のお父さん、としか認識していなかった。

危ない仕事らしいが、母が父を心配する様子は一切なかった。父が哨戒で帰ってこないときは、お気楽ご気楽、官舎の奥様方とママ会ばっかりしていた。

父は子供との週末の約束も、緊急出港で何度もすっぽかしてきた。酔っぱらって帰ってくると臭い靴下をそこらへんに脱ぎ散らかすし、そもそも全身が油臭いし、異動のたびに引っ越しを強いられ、なんでこんな臭くてしょぼいおじさんのために私の人生振り回されちゃうの、と思っていた。

映画の中の海猿がかっこいいのは、俳優がイケメンなのと、救助がいつも成功しているからだ。助けられなかった、見つけられなかったと酔いつぶれ、玄関で寝てしまった父の姿を愛は何度も見てきた。

「そういえば、お兄ちゃんも海保系の学校に入ったって言ってたよね」

リボンの友人が身を乗り出す。彼女は一時期、愛の兄を狙っていた。いまでも気になるのだろう。

「愛のお兄ちゃんクールなイケメンだったよね。海猿になるのかなぁ！　テレビとか映画、出てほしい！」

「海猿にはならないでしょー。お兄ちゃんが入ったのは海上保安大学校だよ。幹部養成コースの」

「幹部でも海猿になる人はいるらしいよ」

いじめられっ子だった友人がやけに詳しかった。

「愛は中学をこっちで過ごしてないから逆に知らないのかー。ほら、職場体験学習で、海保もあるんだよ。気仙沼海上保安署で実習した子がいたし」

「へえー。東京の中学も職場体験はあったけど、私はマックに行ったよ。あの制服を着てみたくて」

制服で選ぶのぉ、と突っ込まれる。笑い飛ばし、「とにかく絶対に海上保安官だけはない」と愛は断言した。

「あれは女の職場じゃないよ。学校入ったら海を五キロ泳がされるし、日に焼けてお肌シミだらけだよ。転勤ばっかりで家族泣かせだし、哨戒とかで二週間家に帰れないことなんかざらだよ。海の真ん中でお菓子とか化粧品とか切れたらマジ死ぬ。しかもあのだっさい作業着みたいな制服！」

友達と腹を抱えて笑い合った。迷惑そうな顔をしていたサラリーマンは店を出ていた。これまで堪《こら》えた分、大笑いする。グラスの中のジュースが揺れるほどだった。

ソファとくっついていたお尻が、ぽんっと浮いた。あれっと笑いがやむ。グラスの中身に波紋が立っていた。椅子もテーブルも食器も体も、ぐらぐらと揺れはじめた。

愛は時計を見た。午後二時四十六分になっていた。

第一章　出港

令和二年、六月。

八潮剣《やしおつるぎ》はフロントガラスに流れる広島県呉市《くれし》の景色を、目を細めて見ていた。

懐かしい。

車はJR呉駅から市街地を抜けた。海と山を左右に見ながら県道を進む。やがて見えてきたY字路を左に行くと、あとはくねった一本道をひたすら走る。

八潮は海上保安官になって十二年、初めてハイヤーに乗っていた。乗り心地はあまりよくない。尻の穴が浮くような緊張感があった。

後部座席に海上保安庁長官を乗せているからだ。

藤川彰洋《ふじかわあきひろ》長官は、豊かなロマンスグレーの髪をオールバックにしている。工場の壁と雑木林の緑に挟まれたつづら折りの道を眺めていた。

「変わらないな。四十年前と同じ景色だ」

長官がしみじみと言った。

「変わりませんね。いや、自分はまだ十年ぶりですが。潜水研修で一度、戻っていますので」

「君は平成二十二年前期組だったか」

「ええ。長官は卒業後に戻られたことは」

海上保安大学校の校門が見えてきた。いつもは無人のそこに、海上保安官が立っている。ハイヤーの姿を見るや、きびきびと校門を開けた。

「教官職とも潜水士とも無縁でね。ひたすら船と陸の繰り返しだ。ここじゃ、罰則で真夏に草むしりさせられた苦い記憶しかない」

長官の冗談に、運転手が遠慮がちに笑った。八潮はバックミラー越しに尋ねる。

「草むしり……門限破りですか」

「八潮君も経験があるだろう」

「いや、自分は……」

困ってしまい、隣を見る。運転手は海上保安大学校の総務課の海上保安官だ。普段は大学校長の運転手をしている。

「そうですねぇ……自分も」

藤川が肩を揺らして笑った。

「言うなよ。今日はマスコミも多い。海上保安庁長官が、学生時代はペナルティで草むしりをしていたなんて知られたら」

藤川の切れ長の目元に、何本も皺《しわ》が寄った。彼は還暦目前の年齢だ。背が高く背筋がぴんと伸びていることもあり、若々しく見える。眉間の皺の深さから近寄りがたい雰囲気はあった。笑顔を初めて見たことで、八潮は下半身の筋肉がほぐれた。

校門を過ぎてすぐ本館前に到着した。大学校長をはじめ、課長クラスの海上保安官八人が白い制服姿で並び、敬礼で出迎える。夏用の白い制服は第二種制服と言われる。紺色の第一種制服と同じく、ダブルボタンのジャケットを着用している。胸章をつけているが、袖ではなく肩章の金モールの数でも、階級がわかるようになっている。

八潮は車を降りた。カメラのフラッシュ音が聞こえる。本館の入り口に、首からカメラを提げたマスコミが十人くらい待機していた。中にはカメラを肩に担ぐテレビ局の者、マイクを持つ者もいる。藤川長官が大学校長のもてなしを受けて本館に入った。八潮は白い制帽を被《かぶ》り直し、改めて出迎えの大学校幹部たちに敬礼した。応接室へと案内されそうになり、辞退する。

「自分はまっすぐ潜水プールへ行きますので、お構いなく」

八潮は改めて、本館の目の前に広がる岸壁を振り返った。研修用の小型艇が瀬戸内の海に浮かぶ。五百メートルほど向こうに大麗女島《おおうるめじま》が見えた。小さな島だが、海上自衛隊の施設がある。海上保安庁も水泳実習で、あの島まで学生を泳がせる。

　本館の西側を抜け、図書館、船舶のシミュレーションセンター横を通る。この先に潜水プールがある。ランニングの在校生が八潮の横を通り過ぎた。こんがりと日に焼けている。八潮を見ると帽子を取り、大きな声で挨拶をした。

　八潮も十九歳から二十二歳までをこの大学校で過ごした。二十五歳でこの大学校の潜水プールに戻ってきた。

　潜水士になるべく、その研修を受けるためだった。

　海猿と国民から親しまれている潜水士は、一万四千人余りの海上保安官の中で、たったの二パーセントしかいない。二ヵ月に及ぶ地獄の潜水研修を無事修了するのも大きなハードルだが、そもそも管区で選抜されないと、潜水研修を受けることすらできない。

　海上保安庁は日本の海を十一にわけて管轄していて、それぞれ管区と呼ぶ。管区ごとに毎年行われる競技会で良好な成績を取らないと、選抜されないのだ。毎年、潜水研修は前期と後期の二度しか行われない。各管区から選抜された一、二名のみが集められる。同期は十五人前後と少人数だ。少ないからこそ結束が固まり、絆《きずな》が強まる。晴れて潜水士指名を受け、元いた管区に戻るが、常にそのつながりが励みになるものだ。

八潮は潜水プール脇の半地下にある、潜水待機室への階段を降りた。肩から胸にかけて黒に青いラインの入ったウェットスーツがずらりと並ぶ。現場に出ればオレンジだが、研修生は青だ。研修生のウェットスーツの中で、ひとつ、小さいサイズのものが目に入った。

こんなに小さかったか——。

他のウェットスーツはみな、胸部がぺったんこだ。小さなそれには、二つのふくらみがあった。

壁に飾られた写真の数々に目を移す。

八潮は『平成二十二年前期組』と記された額縁を見た。二十五歳のころの自分の顔に苦笑いする。肌は張りがあり、眉毛もくっきりと濃く長い。幼くも見えるが、ガラスに映ったいまの自分の顔は、目の下に疲れが滲《にじ》む。頭には白いものがまじりはじめていた。

八潮は三十五歳になる。潜水士の現場寿命は短い。四十を前にして、ほとんどの潜水士が現場を離れる。陸に上がってスーツを着用する日常へ突き進む者もいるし、巡視船勤務にこだわり、制服のまま定年を迎える者もいる。

八潮は、引き際を考える年齢になっていた。

「長官ッ！　ひとこと」

「霞《かすみ》が関《せき》からわざわざ来られましたのは、やはり彼女への期待からでしょうか！」

階段の方からマスコミの声が聞こえてきた。「後程、質疑応答の時間を設けますので」と広報官が答えている。八潮は待機室を出た。

二十五メートルの長さがあるプールは、場所によって深度が異なっている。一・三メートル、三メートル、五メートルと東側ほど深くなっている。南側に設けられた大きなガラス窓から、プール内の様子を視察できるようになっていた。

藤川長官が側近に囲まれ、注意深く、ガラス窓を覗《のぞ》き込んでいる。その後ろで、マスコミが扇状に群がる。海上保安大学校には地元広島のテレビ局や新聞社等の取材がよく入るが、今日は東京のキー局のマスコミまで来ているようだった。

彼女の、注目度の高さがうかがえる。

八潮は藤川長官の脇についた。潜水プールの中では、三メートル水深のプールの底で、作業着姿の潜水助教官が沈んでいる。要救助者の役を担っているのだ。空気ボンベを背負った、黒地に青のウェットスーツ姿の二人組が潜ってきた。足先にフィンをつけているので速い。頭髪をフードで隠し、目と鼻を覆う潜水マスクをつけている。口には背中の空気ボンベとつながるレギュレーターをくわえていた。人相はほとんどわからない。

「右側にいる小柄な方が、彼女です」

八潮は説明した。藤川の口元に、かすかな笑みが浮かぶ。

プールの中では、小柄な潜水研修生が要救助者を抱き起こした。レギュレーターを要救助者の口にくわえさせる。もう一人の潜水研修生――バディが、要救助者を肩に背負う。二人の潜水研修生は、グローブを嵌《は》めた手で手信号を送って意思疎通をした。人差し指と親指でＯＫマークを作る。浮上を開始した。

この間、レギュレーターを要救助者に与えたままにするのが救助の基本だ。潜水士はバディと空気を分け合う。順番にひとつのレギュレーターをくわえ、ボンベの空気を吸いながら、浮上する。

バディ・ブリージングといわれるものだ。

八潮は、プールの中で浮上する彼女たちを、目で追う。

藤川や大学校幹部らの顔も、下から水面へ上がっていく。八潮はマスコミの群れをちらりと見た。カメラのレンズも、彼女の姿を忠実に追う。

海上保安庁初の、女性潜水士の姿を。

「女性が潜水士をやる時代が来るとは……」

感嘆か、畏怖か。大学校幹部のひとりが呟《つぶや》いた。海上保安庁は男の職場だ。発足して七十年経《た》つが、女性の採用が始まったのは昭和五十四年のことだ。当時は九人しかいなかった。

この十年、毎年のように『女性初の○○』が海上保安庁の広報をにぎわせている。女性初の巡視船船長、海上保安署長、ヘリ操縦士。ヘリ降下員、指定警備船の警備隊員などは体を張った仕事で、女性初が出たことに関係者は驚いたが、海上保安庁の『顔』ともいえる海猿を担える女性は、出現していなかった。

女性では無理だと断言する現役潜水士もいる。これまでも多くの女性たちが海猿に憧れて海上保安庁の門戸を叩いた。みな学生時代に諦める。海上保安官の卵のうちから、男子との力の差を思い知らされるからだ。潜水士に選抜される男性保安官すら、ほんのひと握りの体力自慢のみなのだ。

この先も永遠に、『女性初の海猿』は誕生しないと思われていた。もう十年近く潜水士の現場にいる八潮も、女性が潜水士になる日が来るとは思ってもみなかった。

そしてそれがまさか、九年前に東北の被災地で出会った少女だ、ということも……。

八潮は改めて、ガラスの向こうに目をやる。

男女の潜水研修生二人組は、バディ・ブリージングを実施しながら、要救助者を水面まで引き上げた。要救助者役の潜水助教官はぐったりしている。自力ではプールサイドに上がれないという演技だ。

勝負はここからだ。

女性潜水士が、ここまで要救助者を担ぎ上げてきた潜水士と交代する。要救助者を肩に背負った。プールサイドへ上がる手すりをつかむ。見たところ、要救助者役は身長百七十センチ、体重は七十キロ近いだろう。

八潮は手元の書類を捲《めく》った。本来なら海上保安官の身体的特徴を記した書類を目にすることはないが、潜水士は別だ。

彼女は百六十五センチ、体重五十五キロという標準的な体格だ。驚くべきはその筋肉量だ。体脂肪率十三パーセント、筋肉量は約二十四キログラム。女性の平均は十四から十七キログラムほどだ。恋愛やおしゃれに気を遣う年頃であろう二十五歳の女性が、よくここまでストイックに体を作ったものだ。

この体であっても潜水士としては厳しい。いまも、彼女は二十キロボンベを背負った状態で十分も水の中にいた。バディ・ブリージングでは充分に空気を吸えなかったはずだ。酸欠状態だろう。息が上がった状態の女性が、一メートル上のプールサイドまで、七十キロの男性を背負って上がらなければならない。

時間がかかった。

「がんばれ！」

「あとちょっとだ、あとひといき！」

プールサイドから、研修生たちの熱い声援が上がる。

バディの潜水士は手を貸したそうにしている。これをパスしないと潜水士にはなれないから、黙って水面に浮かび、見守っている。

がんばれ、がんばれ。

大学校幹部やマスコミ陣からも、思わずといった様子の声援が聞こえてくる。

隣の藤川長官は、口を真一文字にして様子を見守っている。

プールの中の彼女は、手すりをつかむ左腕の筋肉を激しく震わせ、フィンのついた足でプールサイドの壁を蹴り上げた。足がずるっと滑り、三十センチほど落ちる。大《だい》腿《たい》に力が入っていないと八潮は思った。すでに足にも限界が来ているのだろう。大して泳いでいないが、肺が酸欠状態だと、筋肉も酸素不足になる。乳酸が大量発生して、疲労感が強くなる。

だが彼女にあきらめる様子はない。

決して手すりから手を離さなかった。沈まぬよう耐えている様子だが、少しでも落ちれば背中の要救助者は顎まで水に沈む。プールサイドに立つ潜水教官が大声を上げる。

「いっきに上がれ！　そんなんじゃ要救助者は恐怖でパニックを起こすぞ！」

「はい！」

女性らしい高い声が、プールサイドに響く。潜水研修の場で女の声が聞こえることなどほぼない。時代が変わった。八潮はそれをひしひしと感じた。拳を強く握り、心の中で叫ぶ。

バランスを意識しろ。要救助者を担いでいるのとは反対側の左足を、特に強く踏ん張れ。腹筋を使って、もう少し前かがみになり、壁を蹴ってプールサイドへ上がれ……！

女性潜水士が歯で嚙《か》み締めていたレギュレーターを、口からぺっと吐き捨てたのが見えた。大きく二度、彼女の肩が上下する。深呼吸したのだ。彼女は悲鳴のような掛け声を上げて、左腕の筋肉を震わせた。ドン、ドン、ドンとフィンの足で壁を蹴り、いっきに要救助者をプールサイドに抱え上げた。

わあっと拍手が上がる。

それも束《つか》の間《ま》だった。

彼女は自分の体までも持ち上げる体力が残っていなかったらしい。水面に落ちた。なんとか立ち泳ぎで浮かんではいるが、ウェットスーツに包まれた頼りない肩が激しく上下している。プールサイドから男たちの苦笑いと、小さなため息があふれる。

「ま、いっか」

潜水教官がストップウォッチを止めて、ボードの書類になにやら書き込んだ。ギリギリ合格といったところか。

「女性であそこまでできれば万々歳でしょう」

マスコミの手前か、大学校長がフォローするように言った。八潮は頷《うなず》く。

「ええ。実際の要救助者揚収現場では、水面待機している潜水支援員がいます。潜った潜水士が引き上げまでは行いません。バディもフォローします」

藤川が八潮を見た。

「現場で彼女のバディは誰が務めるんだ？」

「私が」

八潮は顎を引いた。藤川が片眉を上げる。

「特殊救難隊にいた君と？　技術レベルに差がありすぎないか」

特殊救難隊は、現場の潜水士では手に負えないような難易度の高い救助を行う部隊だ。抜擢《ばってき》されるのは、全国の潜水士の中のたったの三十七人しかいない。

潜水士は基本、二人一組で行動する。海の中では会話ができないので、手信号が全てだ。阿吽《あうん》の呼吸で通じる絶対的な信頼関係をバディと築いていかないと、潜水作業はできない。技術差がある相手とは暗黙の了解が取りにくいので、基本的には経験値が同じ者同士をバディとして組ませるのだが――。

〝言葉が存在しても理解しえない男と女、どうやって特殊な現場でバディを組めというんです〟

八潮の部下の言葉だ。潜水士が六人いるが、誰も彼女のバディ役をやりたがらなかった。

彼女自身の人柄に問題があるわけではない。明るくて素直で真面目ないい子だ。だが、男同士が絆を深める裸の付き合いや悪ふざけが、女性相手では難しい。「今晩は朝まで飲んでじっくり話そう」なんて誘い方も、いまの時代は女性相手にやったらセクハラだ。

八潮の曖昧な笑いを、藤川長官が不安そうに見ている。八潮は慌てて彼女の経歴書を捲った。

「問題ありません。彼女とは古い付き合いなんです。特殊救難隊時代は彼女の兄とバディを組んでいました」

「知っているよ。フラワーマーメイド号事件ではあの爆炎の中を、よく死者ゼロでピリオドを打てたものだ」

八潮は眉を上げた。

「ご存じでしたか」

「海上保安庁長官表彰を受けただろ。私はあのとき海保監として当時の長官の補佐をしていたからね。表彰式の時、長官執務室の端っこにいたんだ」

霞が関本庁の広報官が得意げに口を挟んできた。

「フラワーマーメイド号事件は奇跡の救出劇として、いまだにマスコミから問い合わせがあるんですよ。番組で再現ドラマをしたいとか、書籍にしたいとか」

フラワーマーメイド号事件のことは、正直、あまり思い出したくはなかった。八潮はあれを奇跡の救難と思ったことはない。ただの地獄だった。また行けと言われたら断る。

八潮は話を逸《そ》らす。

「彼女は父親も潜水士です。先月、人事院総裁賞を受賞していました」

「現役最年長の潜水士だからな。今年で五十歳だったか。よくやるよ」

広報官が感服したように言った。八潮も同意する。

「自分は五十までやれると思えません。彼女はその血を引いている。きっといい潜水士になるはずです」

八潮は再びプールサイドを見上げた。

訓練を終えた潜水士の卵たち十五人が、教官の前に並ぶ。点呼を始めた。彼女はマスクを取り、フードをはぎ取った。ベリーショートの髪の先から雫《しずく》が飛ぶ。名乗りを上げた。

「第三管区海上保安本部所属、忍海愛！」

カメラのシャッター音がやかましくなる。プールサイドの潜水教官が叫んだ。

「次の訓練は息こらえ！　ひとりでも浮かびあがってきたら、一からやり直しだ。全員が二分半クリアするまで、夜になっても次の朝が来ても終わらないからな！」

潜水士の卵たちは「はい！」と声を張り上げた。次々と潜水プールに飛び込んでいく。うんざりしたため息を漏らしたのはマスコミ陣だ。

「あれだけの訓練をさせて仕上げが二分半の息こらえって……。鬼だなあ」

先頭を切ってプールの底に泳ぎついたのは、愛だった。空気ボンベもマスクもフードもしていない。足にフィンだけつけている。口からたまにこぼれる気泡は、しなやかな体のラインを飾る宝石のように見えた。女性というだけで、不思議ときらびやかに見えてしまう。泳ぎ方がキレイだという感想が、幹部の間から聞こえてきた。

八潮は藤川長官に補足する。

「彼女、ドルフィンでは負けなしなんです。ダントツの速さなので選抜されました」

ドルフィンとはフィンを付けた足だけで泳ぐ泳法のことだ。潜水士は両手が作業等で使えないことが多いので、訓練では手で水を掻く泳ぎはあまりしない。

愛はもともと水泳が得意だったこともあるだろうが、やはり女性で体の表面積が小さく、水の抵抗を受けにくいという利点があるのだろう。ドルフィンで水を進むその姿に、八潮は昔映画で見た人魚姫を連想した。

優雅さすら漂う愛の泳ぎ方に、藤川長官は別の生き物を想像したようだ。

「蝶《ちょう》のようだな」

忍海愛は、第三管区海上保安本部の本部長室のソファに座っていた。

窓から横浜港の一部が見える。本部長室は二十一階だ。周辺が開発ラッシュで、高層ビルやタワーマンションがぼんぼんと建っていた。第三管区海上保安本部が入る横浜第二合同庁舎も、次々と視界が遮られている。

海上保安庁の中でもっとも権威が高い庁舎は、霞が関にある海上保安庁本庁だ。次に敷居《しきい》が高いのが各管区の本部だ。愛はいま夏用の白い制服を着ている。膝の上に制帽を置いた。女性保安官用の制帽は、両サイドのツバがはねあがった、やわらかいフォルムをしている。愛は行儀よくしようと体の隅々まで気を使った。

愛が所属する第三管区海上保安本部は、東京湾を中心に茨城県から静岡県にかけての沿岸海域、並びに日本最南端の沖ノ鳥島、最東端の南鳥島を含む北太平洋の海域を管轄している。実に、管区本部のある横浜から三千二百三十八キロ先の海域までが担当だ。三千キロといったら、東京からモンゴルのウランバートルまでの距離に匹敵する。

これをたった二十六隻の巡視船艇と、千五百二十六人の職員で守っている。

愛は午前中に広島県呉市から新幹線で横浜に戻ってきたばかりだ。自宅官舎に立ち寄る暇もなく、スーツケースを転がし三管本部長室を表敬訪問していた。

特に異動があったわけではないので、配置辞令交付を受けるでもない。女性初の潜水士として激励を受けて終わると思っていた。三管本部長はそわそわとなにか準備している。室内には他に、次長やデジタルカメラを構えた本庁の広報官もいた。なにか始まるらしい。

三管本部長が、表を伏せて置いてあった額縁を持つ。仰々しい手つきだった。

「新しい時代は——」

仰々しく言う本部長の仕草に愛は既視感があった。去年の四月一日、内閣官房長官が新元号を発表したときと、もったいぶり方や言い回しが妙に似ている。

「海蝶《かいちょう》です……！」

掲げた額縁に達筆な筆文字でそう記されていた。

この三管本部長は父親の元上司だ。冗談好きでカラオケ大好き、絶唱しすぎてスピーカーを破壊した逸話を持つ。

室内の幹部たちが「おー」と遠慮がちな歓声を上げる。愛は首を傾げた。

「カイチョウ？」

「そうそう。海の蝶と書いて海蝶。素晴らしいでしょう」

「ていうか、いまは令和ですよ」

「元号の話をしているんじゃないよ。女性潜水士の通称だよ」

そんなことはわかっている。

「別に、女性潜水士でいいんじゃないですか？」

「ダメでしょ〜。潜水士には海猿っていう国民に親しまれた愛称がある。女性はどうするかっていう話で、藤川長官がつけてくださった素晴らしい名前じゃない」

愛が白けているのを見かねたのか、次長が一歩前に出る。

「じゃ、メス海猿が良かった？　女性は猫みたいな性格だから、海猫とか提案する人だっていたんだよ」

「海猫って、海鳥の名前ですよね」

「女性らしいしなやかな体つきがいかにも女豹《めひょう》だから、海豹《かいひょう》なんて案も出た」

「それはアザラシじゃないですか」

三管本部長が身を乗り出す。

「女性らしいかわいらしさから、バンビ、海鹿がいいという意見もあったんだけど、こっちは一票も入らなくてね。あ、君が忍海《おしみ》という変わった苗字《みょうじ》だから、女忍者、海のくのいち、なんてのも案にあがったんだよ」

最終的に決まったのが、この『海蝶』らしい。

「これ、藤川長官の直筆だよ。自ら硯《すずり》で墨を磨《す》って書いてくださった」

暇なのかと愛は思ってしまったが、口には出さない。

三管本部長がきりっと口元を引き締めた。愛も背筋を伸ばす。君が持っていなさい、と三管本部長が額縁を愛に差し出した。

「新しい時代だ。君が作るんだよ」


愛はあいさつ回りを終えて、横浜海上防災基地へ向かった。

ここに、愛が所属する横浜海上保安部がある。万国橋を渡り、右に赤レンガ倉庫、左前方にオープンしたてのハンマーヘッドを見ながら、まっすぐ道路を歩き続ける。倉庫のような形をした箱型の建物が見えてきた。クリーム色の巨大アンテナが乗った、横浜海上防災基地だ。内部には、訓練施設やヘリポートなどの設備が充実している。

金属のゲートを二ヵ所抜け、桟橋に出る。横浜海上保安部所属の巡視船艇が係留されている。

暑い。

海辺なのにこの灼熱《しゃくねつ》感は都会のものだと思う。コンクリートの桟橋を歩くと、白いスカートの中に熱風が入り込む。制帽のひさしでは足りないほどに太陽が降り注ぐ。呉も暑かったが、海風が心地よかった。夜になると山から下りてくる澄んだ空気で、みずみずしい気持ちになった。

横浜は都会だ。緑は多いし海も目の前だが、人工物に負けている。愛には物足りない。

桟橋は上から見るとFの字に見える。その縦長の部分に、愛が配属されているPL型巡視船が停泊している。Pはパトロール、Lはラージの略だ。パトロールする大きい船という意味になる。全長百十メートル、船の後部にはヘリコプター離発着用の甲板があるが、ヘリの搭載はしていないので、格納庫はない。

船長以下、三十五人の乗組員がいる。災害救助船として指定されており、船内には救護医療施設が充実していた。

愛はこの巡視船の航海士補をしている。

巡視船の航海士は一番偉いのが航海長、次に首席航海士、主任航海士、航海士の順で、最後が航海士補だ。つまり、愛はまだ下っ端だ。

愛は今日から、潜水業務も担うことになる。潜水班の一員として、またこの船に乗るのだ。

愛はスーツケースを引き、立ち止まる。

二ヵ月ぶりに〝母〟のもとに帰ってきた――船を見て、改めてそう思う。

この船は新造された当初は第九管区の所属で、新潟にある海岸の名前が船名の由来になっている。十年前に、第三管区に配置換えになり、横浜にやってきた。

愛が初めてこの巡視船に会ったのは、九年前の震災直後のことだった。救援物資の提供と怪我人《けがにん》の救護のため、横浜から海上保安庁の巡視船が来ると聞いて、愛は給水ボトルを持って魚市場の岸壁に並んだ。ひび割れが目立つ気仙沼の岸壁にこの巡視船が着岸したとき、はじめて泣いた。栈橋でくずおれて、一時間くらい涙が止まらなかった。

愛は巡視船に寄り添うように歩いた。船の側面に海上保安庁所属の船のマークであるSをデザインした青い線が描かれ、巡視船の名前も青文字で記されている。

PL31　ひすい。

巡視船の甲板と栈橋をつなぐ舷梯《げんてい》を上がった。パンプスのヒールをはじき返すカンカンという音が、胸に心地よく響いた。

愛は甲板に降り立つ前、巡視船の舷側に手をついた。太陽に温められてか、水に浮かぶ鉄の塊であっても温《ぬく》もりがある。

「ただいま。お母さん」

巡視船ひすいの甲板に人の気配はなかった。いまは停泊中だから、当番の乗組員が残っているだけだ。学校から着任したばかりの新人海上保安官はしばらく巡視船艇の居住区に住む。彼らが掃除している姿をちらほら見かけた。

愛は船内に入る。狭く急な階段をスタスタと降りようとして、新人保安官が声をかけてきた。

「いま階段を水拭きしたところです。滑んないでくださいよ」

「平気だって。何年この船に乗っていると思ってんの」

「いやぁ、海蝶を大事にしろと三日前に船員に通達が出たんですよ」

なんだそれと愛はため息をついた。第一・第二公室と振り分けられた食堂や、厨房《ギャレー》を突っ切った先に、乗組員居住区がある。もう昼食も終わった時刻なのでどちらの公室も閑散としていた。厨房から食洗機の動く音が聞こえてくる。

「ただいまーっす！」

愛は声を張り上げた。大鍋を洗っていた主計科の海上保安官、小沼梓《こぬまあずさ》が顔を上げる。

「おかえりー！　海蝶！」

「やだその名前～。梓さんまで」

梓は自称『永遠の二十八歳』という、ベテランの海上保安官だ。結婚・出産を機に退職したが、子供が中学生になるのと同時に再雇用された。巡視船ひすいの主計科をまとめる補給長として、船員の食事の世話を一手に引き受ける。主計科は調理のほかに庶務や経理、物品の管理、看護などを行う巡視船の縁の下の力持ちだ。料理上手の梓はおふくろの味を堪能《たんのう》させてくれる。それを言うと『永遠の二十八歳』だから叱られる。

「いまみんな呼んでくるから。第二公室で待ってて。ね？」

梓は頭の三角巾を取り、下の階に降りていってしまった。テーブルと椅子が並ぶ簡素な食堂だ。

愛は言われるままがらんどうの第二公室に入った。テーブルと椅子が並ぶ簡素な食堂だ。ここでヒラの乗組員が食事をする。厨房を挟んで隣にある第一公室は、椅子にカバーがかけてある。船長など幹部乗組員専用の食堂だ。

梓がくす玉を抱えて戻ってきた。もう一人女性保安官がついてきた。瀬倉真奈《せくらまな》という、痩せてのっぽの三十三歳の女性保安官だ。

巡視船ひすいには愛を含め、四人の女性保安官が乗っている。もう一人いるのだが、公室にやってくる様子はない。

真奈がくす玉を持ち上げる。

「ここに引っ掛けようとしたんだけど、第二公室に限って天井に突起物がないのよ」

「通路の天井は配管とか棒とか障害物だらけなのにねー」

「フックをねじ込もうとしたら、船長に怒られちゃって」

愛は眉を上げる。

「そりゃそうですよ。大事な巡視船を傷つけちゃぁ」

梓に肩を叩かれる。

「そうだった。誰よりも愛ちゃんがひすいを大事に思ってるんだもんね。ごめんごめん」

さあ、と真奈が腕を上に掲げる。彼女の作業服からは油の臭いがした。真奈は機関科の機関士だ。毎日、巡視船ひすいの心臓部である四つのエンジン機器をピカピカに磨く。

「なんか大袈裟《おおげさ》じゃないですか〜？」

嬉しいが照れ臭い。愛はくす玉の紐《ひも》を引いた。垂れ幕や花吹雪ではなく、なにかがぼたぼたと愛の頭に降り注いだ。

「痛い！　なにこれ」

プロテインパウダーの使い切りパックだった。

「ちょっとなんなのこれー！」

叫びながら愛は大笑いした。梓が言う。

「だって、呉で毎日プロテイン飲んでたんでしょ」

筋肉を男並みにつける必要があったのだ。いまでも日々の筋肉トレーニングとプロテインは欠かせないが……。

「ピエール・エルメのマカロンとか、デメルのトリュフとかがよかったなぁ」

「なに言っちゃってんの。このプロテインパウダーはコラーゲン入りだよ！」

「まじでっ、超嬉しい！」

真奈が椅子に腰かけた。

「どうだったの。潜水研修」

「記録、更新した」

「すごい。何の記録？」

「医務室の、ひとりあたりの湿布消費量！」

女たちの笑い声で、第二公室はぱっと花が咲いたように明るくなる。当番の男性乗組員がうるさそうに中をのぞいた。海上保安庁は女性職員が全体の約七パーセントしかいないが、存在感と活力は負けない。みなパワーが有り余っている。

「まあでもよくあの厳しい訓練を耐え抜いたもんだよ。愛ちゃんほんとがんばった」

梓が肩をもんだ途端、悲鳴をあげた。

「ひえー。男!?」

「女の子だから！　れっきとした女子なので、私」

「だってこの憎帽筋！」

女たちの指が一斉に伸びてきて、肩や首の筋肉をつんつんしていく。きゃあきゃあ賑《にぎ》やかな声が溢《あふ》れる。女の子が集まるとこんなに甘ったるくて楽しかったんだな、と愛は思い出す。

潜水研修では同期も教官も全員、男だった。みな女性の愛を気遣ってくれたが、こんな風に触れ合うことはできなかった。男たちは共同風呂や夜の盛り場で『裸の付き合い』をし、結束を深めていた。愛は女だからそれができない。一緒に風呂にも入れないし、「気晴らしにお姉ちゃんのいる店に行こうぜ」という流れにもならない。

愛は、男たちにあたたかく見守られていただけだった。

姫、と持ち上げられたこともある。

マスコミが密着取材に訪れていたせいだろう。悔しくて辛《つら》くて寮の裏で泣いていたところを、カメラに追い回された日もある。バディを務めてくれた第八管区の潜水士と密にコミュニケーションを取ろうとしたら、恋仲かと疑われた。略奪するなとからかわれたこともある。彼には地元に妻子がいた。様々な気を遣わせて申し訳ないことをした。

「愛ちゃん、こんな体じゃ男にドン引きされるんじゃないの。お年頃なのに結婚は大丈夫？」

真奈がからかってくる。

「真奈さんに言われたくない。そんな油臭い体で婚活失敗しまくってるくせにー」

「それ言う〜」

女は互いのジャッジに容赦がないが、仲がいいから出てくる言葉でもある。梓が嘆く。

「油と筋肉。巡視船ひすいの女性乗組員は女子力が低いこと〜！」

「梓さんだってある意味、油でしょう。脂肪の方の」

真奈が梓の横っ腹の肉をつかむ。食堂は居酒屋の女子会みたいに盛り上がった。

梓は誇らしげだ。

「私はね、愛ちゃんは絶対に研修をやり遂げるって思ってたわよ。お父さんがあの忍海正義《まさよし》潜水士だよ。海猿の鑑《かがみ》」

「海猿の最年長記録更新中だっけ。人事院総裁賞受賞したときの写真見て噴いちゃった。愛ちゃんとそっくりなんだもん」

真奈がからかった。

「私あんなゴリラみたいな顔してないし」

梓が愛の兄の話もつけくわえた。

「お兄さんは特殊救難隊の現役隊員で、長官表彰された忍海仁《じん》潜水士だもんね。そりや一愛ちゃんだって女だろうが潜水士になるしかない」

「一家で海上保安庁の精神、そのものだものね」

真奈が食堂の壁を指さした。

『正義仁愛』という筆書きの書が額縁に入り、飾られている。

初代長官の大久保武雄《おおくぼたけお》が海上保安庁発足の日に訓示で述べた言葉だ。それから七十年、この言葉は代々の海上保安官の間で大切に受け継がれてきた。海上保安官の精神として、パンフレットや庁舎の壁など、あちこちにこの文字が躍る。上官からの訓示でもたびたび登場する言葉だ。

忍海一家は名前からして、海上保安庁の精神を体現しているというわけだ。

「忙しいもんだわ。正義仁愛とか、海蝶とかさ」

愛はスーツケースの中から、『海蝶』の額縁をひっぱり出した。

「藤川長官が書いたんだって。居住区の壁にかけておけって」

真奈も梓も笑ったが、少し苦い顔もする。愛は咳払《せきばら》いし椅子を立った。

「わかってる——。涼香《りようか》先輩は？　停泊中だからいないか」

「ううん、今日は当番だから部屋で休憩中」

真奈が深刻ぶって答えた。梓も心配そうな顔をしている。愛は額縁をタオルでぐるぐる巻きにして、文字を隠した。荷物を抱えて居住区へ降りる。

居住区の通路の両脇には乗組員の船室がある。二人部屋から、タコ部屋と呼ばれる六人部屋まで、ヒラの乗組員が使用する部屋が並ぶ。手前が男性陣の居住区で、奥に女性陣の部屋や女風呂、トイレがある。間に紺色ののれんがかかっている。愛は金魚の柄が入ったのれんを押して女性居住区に入った。

『航海士補　忍海愛』と『通信士補　外沢《そとざわ》涼香』のプレートが下がる、二人部屋の前に立つ。愛は一歳年上の二十六歳の女性保安官と同部屋だ。扉をノックした。返事はない。

「お久しぶりです。ただいま戻りました、涼香先輩」

部屋に入った。奥に二段ベッドがあり、出入り口の目の前にデスクが二つ並ぶ。広さが五畳しかないし、天井も低い。圧迫感のある部屋だった。

涼香は二段ベッドの上に寝転がり、イヤホンを耳に入れてスマホを見ていた。ああ、という目をしただけで、すぐスマホに目を戻した。

涼香とは学生時代からの付き合いだ。

愛は京都府舞鶴市にある海上保安学校を卒業している。兄が出た県の海上保安大学校と違い、コースによって一～二年で卒業できる学校だ。愛は一年間、航海コースで学んで現場に出た。

入学したときから潜水士志望と公言していた愛は、教官から通信科の二年生だった涼香を紹介された。涼香は体格がよく、ライフセーバーの免許を持つ経験豊富なダイバーだった。筋骨隆々というのにふさわしく、教官ですら一目置いていた。当時は彼女こそ、海上保安庁初の女性潜水士になると目されていた。初めて涼香と会った時、「女性潜水士になりたい！」と軽々しく口にしたことを、愛は恥じたほどだった。

涼香は去年、管区で選抜され、呉の潜水研修に行った。七週間で横浜に戻ってきた。

脱落したのだ。

残りあと一週間が、耐えられず……。

愛は声を掛けようとベッドに近づいた。涼香はごろりと壁際に転がった。背中を向けられる。かつては筋肉質だった体の線が、いまはブラジャーが食い込み、背中の贅《ぜい》肉《にく》が膨れ上がっている。

愛はデスクに座った。スーツケースから、潜水研修で使った教科書やノートを取り出す。デスクの前の本棚に並べようとして、やめた。一番下の深い引き出しの中に突っ込んだ。なるべく『潜水』の文字を涼香に見せない方がいいだろう。

あの額縁。どこに隠しておこう……。

愛はタオルでくるんだそれを膝に置き、途方に暮れる。官舎に持ち帰ろうと思ったが、せっかく長官が一筆したためてくれたのに、とも思う。

視線を感じて、上を見る。

涼香が身を起こし、イヤホンを外してこちらを眺めおろしていた。愛は慌てて立ち上がる。

「涼香先輩、今日からまたよろしくお願いします」

「がんばってね。潜水士」

愛はほっとして、つい笑顔になる。

「はい。ほんと、がんばります。ありがとうございます」

「内灘《うちなだ》さんに気を付けて」

内灘武明《たけあき》は、巡視船ひすいのベテラン潜水士だ。涼香が潜水研修に行くとき、内灘は鼻で笑っていた。泣いて戻ってきたときは、言わんこっちゃないと突き放していた。愛が呉に行くときは、呆《あき》れていた。

〝無謀な挑戦をする奴《やつ》にいちいち振り回される周囲のことも考えてほしいよな〟

とぼやいて。涼香が続ける。

「愛ちゃんが潜水研修を修了したと聞いて、内灘さん絶句してた」

女となんか絶対潜れない、と言ったらしい。

「死んでもバディはやりたくないって」

愛は「あいさつ回りが終わってなかった」と適当にごまかし、部屋を出た。扉を閉め、居住区の廊下で深くため息をつく。

――気まずい。

巡視船ひすいは明日から二週間の哨戒業務に就く。出港したら二週間も涼香と同部屋だ。互いに業務があるので二十四時間一緒にいるわけではないが、ほっとできるはずの居住区で涼香の存在を気にしていたら、心は休まらない。

まいったな。この巡視船の中で、居場所を探しておかないといけない。

潜水待機室か。

愛は居住区を抜けて階段を上がり、甲板に出た。

潜水士の装備品が一式揃う潜水待機室は、船尾ヘリ甲板のすぐ隣にある。停泊中の今日はシャッターが半分しか開いていなかった。天井が塞がっていない、配管やダクトがむきだしの、コンクリート打ちっぱなしの空間だ。

スチール棚には空気ボンベがずらりと収まる。ボンベの空気を充填するための送気装置がスチール棚の向かいにある。天井を走る鉄骨には、潜水士たちのウェットスーツや冬の潜水に使用するドライスーツが引っ掛けられている。潜水士たちはこの鉄骨で、体力づくりの懸垂をする。剝げたペンキの表面には、巡視船ひすいの歴代潜水士たちの血と汗と涙が染み込んでいる。

愛は半分あいたシャッターの下から腰をかがめ、潜水待機室に入った。

八潮がいた。

室内のつきあたりで、椅子の上に立って作業をしていた。いつもそこに『ケリー君』という人形が座っている。七十キロの重量がある訓練用の人形だ。今日、ケリー君はスチール棚の下に足を投げ出し座っていた。

八潮が愛を見て、「おう」と言った。

「八潮さん……なにやってるんですか」

天井に無数ある鉄骨に、ぐにゃりと曲がったカーテンレールみたいなものを取り付けている。何箇所もロープで結んでいた。

「なにやってるの、の前に、ただいま、だろ」

愛は背筋を伸ばした。

「第三管区海上保安本部、横浜海上保安部、巡視船ひすい航海士補、忍海愛。ただいま呉より戻りました！」

挙手の敬礼をする。八潮はにこっと笑った。八重歯がにょきっと出て、途端に少年のような無邪気な表情になる。

「ひとつ、抜けてる。巡視船ひすい航海士補、兼、潜水士、だろ」

「そうでした。あの、先週はありがとうございました。わざわざ呉まで」

「まあな。お前が海上保安庁初の女性潜水士なら、俺は女性潜水士をバディに持つ初の潜水士ってことになる」

「ご迷惑をおかけすると思いますが、今後ともご指導ご鞭撻《べんたつ》のほど……」

八潮はロープを結びながら、肩を揺らして笑い始めた。また八重歯が出る。八潮のトレードマークだと愛は思っている。苗字も『八』がつくし、名前は『剣』と書いて『つるぎ』と読む。尖《とが》った八重歯が強調されるような名前なのだ。

「――もう。笑わないでよ」

つい愛はくだけた調子になった。八潮とは知り合って長い。八潮が特殊救難隊にいたころは、兄の仁のバディでもあったのだ。愛は八潮のことをそのずっと前から知っている。

「中学生だったお前が、そんな立派な口調で俺の部下として配属されてくるとはなぁ」

八潮と出会ったのは、東日本大震災発生の二日後のことだった。八潮は巡視船ひすいの新人潜水士だった。いまの愛と同い年くらいのときだったと思う。震災対応のために気仙沼港に入港したのだ。

愛はそのとき、ひび割れた岸壁で泣き崩れていた。海上保安大学校にいた兄の仁は身動きが取れず、東京保安部で内勤をしていた父親の正義は、交通手段を絶たれて気仙沼に入れずにいた。震災後、愛は独りぼっちだった。

『巡視船ひすい』

この船は、初めて現場に駆けつけてくれた〝親族〟だった。

入港時、中学生の愛が岸壁で泣き崩れているのに気がついた八潮は、いてもたってもいられなかったのだろう。舷梯の設置を待たずにヘリ甲板からロープで岸壁に降下した。「大丈夫か」と愛を助け起こしてくれた。手にはおにぎりを、肩には水筒を掛けていた。

「お母さんをさがしてください……！」

愛が八潮にかけた最初の言葉だ。当時のことを思い出すと、愛はいまでも目に涙が溜《た》まる。慌てて話を逸らした。

「あの、内灘さんたちは？」

「非番だよ。明日から哨戒だからな。陸で遊んでるだろ。なにか用か？」

「いえ……あの、ちょっと、やなこと聞いて」

八潮が手を止め、愛を見下ろした。

「涼香先輩から。内灘さんが女となんか絶対潜れないとか、なんとか」

「気にするな」

事実だったようだ。愛はため息をついた。八潮がさらりと言う。

「どっちのこともな。外沢のことも内灘のことも。お前はお前だ」

「ありがとうございます。八潮さんにそう言ってもらえたら、心強いです」

「いまに気にする余裕なんかなくなるさ」

　愛は口元が引きつった。八潮は元特殊救難隊員だ。潜水訓練が他の巡視船の潜水班長に比べて厳しい、というのは聞いていた。

「兄貴と親父《おやじ》さんは大丈夫なのか」

　ふいに家族の話をふられ、愛は面喰《めんく》らう。

「なにがですか？」

「呉で広報官がぼやいてたんだ。潜水士一家『正義仁愛』ってことでマスコミに大きく取り上げてもらいたいらしいが、父からも兄からもコメントを取れないと」

　愛は今度、目元が引きつる。

「まあ大丈夫です。今晩、私の官舎に三人集まるんですよ。お帰りなさい会をやろうって」

「へえ。仁が企画したか？」

「いえ──自分で」

　八潮はなにも言わなかったが、その一瞥に愛を心配する色が見えた。

　父の正義も、兄の仁も、愛が潜水士になることに反対している。

愛は巡視船ひすいの中だけではなく、一家の中でも居場所がなくなりそうな状況ではある。いや、そもそも個人の居場所である『家庭』というイレモノが、忍海家は機能不全を起こしている。

お母さんがいなくなった日から。

八潮にはあまり家庭内のことを知られたくなかった。彼は兄の仁とも潜っていたし、父親の正義とも顔見知りだ。家族のゴタゴタに八潮を巻き込みたくない。

彼は女性潜水士とバディを組む、海上保安庁初の潜水士なのだ。その重責を担う決意をしてくれた。愛はすでに『海蝶』として、八潮をゴタゴタに巻き込んでいる。

愛は再び話を逸らした。

「なにをつけているんです、それ」

「手伝ってくれるか。袋の中にカーテンが入ってるだろ。フックを取り付けて」

八潮が鉄骨に取りつけているのは、やはりカーテンレールだった。

「なんでこんなところにカーテンを？」

愛は袋からカーテンを取り出した。分厚くて重たい。白い遮光カーテンだった。長さが二・五メートルもあった。

「お前のために決まってるだろ」

「えっ。私？」

「招集がかかったら、みんなここでウェットスーツに着替えるんだぞ」

そうだった、と愛は額を押さえる。ウェットスーツの下はダイビング用の水着を着用する。ブラジャーもショーツも一旦脱いで裸にならないと、着用できない。

「居住区の部屋にはウェットスーツをぶら下げておくスペースもないだろうし、お前ひとりだけ別の場所で着替えてから来るというのもな。時間の無駄だ」

確かに、救難は一秒を争うときもある。潜水士たちはここでウェットスーツに着替えながら、状況を把握して対策を立てていく。カーテンで仕切っただけの空間なら、班長の指示は聞こえるし、こちらも意見を言うことができる。

八潮は愛の居場所を、作ってくれていた。

愛は洟《はな》をかんだ。涙が口の中に入る。焼肉の味が変わりそうだった。

横浜市相生町《あいおいちょう》に愛の住む官舎はある。築十年ほどのありふれた三階建てマンションを海上保安庁が借り上げている。単身者向けの1DKだ。

兄の仁が、ダイニングテーブルを挟んで向かいに座る。白けた顔で愛を見ていた。グレーのポロシャツから伸びる腕は意外にほっそりしていて、一切の無駄な肉をつけていない。切れ長の澄んだ瞳をしている。Tシャツや丸首のトップスより、襟のついた服装がよく似合う。

「泣くか。そんな程度で」

兄は愛を慰めもせずに、ホットプレートの上のエリンギを裏返す。

「だって八潮さん優しすぎじゃん。ダメなんだよね、八潮さん相手だとすぐ涙腺緩んじゃうの」

「そんなこと言ってられんのもいまのうちだ。あの人は訓練の鬼だからな。俺だって何度――」

言いかけて、仁は面倒くさそうに話をやめた。

兄は仕事の話を殆《ほとん》どしない。

愛が海上保安学校に入ったとき、兄は瀬戸内の海を守る第六管区海上保安本部で、新人潜水士になっていた。たまに愛と会っても、海上保安官としてどうあるべきかの指南も、アドバイスも全くなかった。

五歳も年が離れている。男と女だったから、一緒に遊ぶということもなかった。

「二人で遊んでいなさい」と親に言われたら、愛は自分の好きなことをして遊び、兄は危ないことがないか、ただ愛を見守っているという様子だった。

夕食の食卓では、毎日なにがあったかいちいち全部話す愛と違い、兄は無言でご飯を食べていた。部活や受験勉強でも弱音を吐いたことがない。仕事の愚痴も聞いたことがなかった。そういえば、友人や恋愛関係がどうなっているのかなども、愛はなにも知らない。

「教えてよ。八潮さんに訓練でどう絞られたの」

「いろいろ。昔の話だ」

「そうやってまとめないで、いろいろ、ひとつひとつ、教えてよ」

仁は焼肉を咀嚼《そしやく》したあと、言う。

「口を動かすのが面倒くさい」

「焼肉食べるのにいま口動かしてたじゃん」

「うるさいな。飯に集中しろ」

「三ヵ月ぶりにご飯一緒に食べるのに、巡視船の中みたいなこと言わないでよねー」

仁は無言で白米をかきこんだ。相変わらず無愛想だ。だから三十歳でまだ独身なんだ、と言いたくなる。

「お兄ちゃん」

呼びかけるも返事はない。いつものことだ。

「今日、うちで焼肉しよーってメールしたときはすぐ返信くれたのに、私が呉にいる間は一度もメールの返信をくれなかったね」

愛は口をとがらす。兄を前にすると、つい甘ったれた態度になる。

「電話だって出てくれなかった」

仁がため息をついた。

「電話に出たら喧嘩《けんか》になると思った。返信メールは打ったよ。でも送信する前に削除した」

仁は愛が潜水士を目指すことに猛烈に反対してきた。潜水士になったいま、認めるどころか頑《かたく》なに否定されそうだった。

「エリンギ、もうちょっと切ってこようか」

愛は話を逸らしたが、すぐに戻される。

「お前も大変だろうが、周りの潜水士はもっと大変だ」

「わかってるよ。でも八潮さんがバディを引き受けてくれたし」

「八潮さんが引き受けたのは、お前に負い目があるからだ」

仁が苦し気に言う。

「母さんを見つけられなかった」

震災のとき、「お母さんをさがして」と八潮に泣きついた愛に、八潮ははっきりとこう答えた。

「必ず見つける。大丈夫だ」

本来なら行方不明者家族にそんな約束はしない。八潮も当時は二十五歳、気仙沼の惨状を前に気持ちが昂《たかぶ》ってしまったのだろう。あのころ気仙沼湾には、真っ黒に焼け焦げた船が残されていた。重油も大量に浮かんでいて、魚市場からは腐ったにおいが漂っていた。地盤沈下による冠水もあって下水のにおいもひどかった。瓦礫《がれき》を道路わきに積み上げるショベルカーの音が常に耳をつんざく。遺体を前にした人々の絶え間ないすすり泣きも混ざる。

あの日の気仙沼は、目、耳、鼻、全ての感覚器から入る情報が、悲惨だった。

毎月十一日の月命日には、いまでも東北の海を管轄する第二管区海上保安本部の潜水士が行方不明者の捜索を行っている。八潮も特殊救難隊に入るまでは、毎月気仙沼に入ってくれていた。父も兄も、潜って探している。

あれから九年。母は骨のかけらのひとつも見つからない。

被災少女との約束を守れなかったから、彼女の人生を少しでも助けよう――八潮ならそんなふうに考えそうではある。だから愛のバディを引き受けた。

ピーマンがバチッと音を立てて、少しはねた。

「八潮さんはもう三十五だぞ。長くてもあと五年くらいしか潜れない。五年後どうする。お前は誰と潜る。異動だってある。新天地で誰がお前のバディを務める？　異動先にまで、潜水士として衰えていく八潮さんを引っ張っていくつもりか」

「その時はその時じゃん」

「いま日本中の海猿が戦々恐々としているはずだ。うちに女性潜水士が配属されてきたらどうしよう、と」

愛はムキになって返す。

「そこまで言う？　私ってそんなに迷惑な存在？」

「他人は気を遣って言わないだろうからはっきり言わせてもらうが、その通りだ」

愛は箸を叩きつけた。啖呵《たんか》を切る。

「わかった。そこまでお兄ちゃんが言うなら、賭けてやる」

「公務員だ。賭け事はしない」

たとえ話が通じないほど、仁は頭が固い。愛は身を乗り出す。

「ギャンブルじゃない。『迷惑』って三回言われたら、潜水士をやめてやる」

仁が呆れたように眉を上げた。

「たったの三回？　大丈夫か。一度か二度の潜水で簡単に三回言われるぞ」

愛はふんっと鼻で笑って見せた。確かに体力的に劣るし技術的にもまだまだだが、さすがに面と向かって「迷惑だ」と愛に言う潜水士はいないだろう。潜水班は人助けが大好きな熱い人間の集まりだ。同じ道を志すものは落ちこぼれでも見捨てない。支えてくれる。

「絶対だぞ。三回『迷惑』でやめる。ごまかすなよ。八潮さんにも確認する」

仁は徹底的にやるといった様子だ。愛はちょっとたじろぐ。

「そこまで突っ込まないでよ」

「本気だ。俺は本気で、お前に潜ってほしくない」

愛は立ち上がり、兄に背を向けた。冷蔵庫を開けてエリンギを探す。エリンギに集中しようとするが、仁がはばむ。

「お前が潜ったところで、母さんは戻ってこない」

「お母さんを見つけたいから潜水士になったんじゃないよ。そんな個人的な理由だったら、ダイバーの資格取って休みに気仙沼湾に潜ればいいことだし」

「何人助けても、変わらないぞ」

愛はエリンギをパックから出した。力を入れたつもりはないのに、エリンギの傘がボロボロと崩れてしまう。

「何人助けたところで、お前自身が救われることはない」

「お兄ちゃんこそ、どうして潜水士になったの」

愛は振り返った。仁はなぜか気まずそうに、目を逸らした。

「そういえば聞いたことなかったよね。お父さんが海上保安官だったから、海上保安大学校に入ったのは自然の流れかもしれないけど。潜水士になった理由もそうなの？」

仁の視線が予備の食材が積みあがるキッチン台に飛んだ。突然、鋭く指摘される。

「その箸と取り皿は誰の分だ」

愛は、仁の語勢の強さに困惑する。

「話を逸らさないでよ」

「まさか親父も呼んでるのか」

愛はエリンギに包丁を入れた。深刻にならないように、さらりと言った。

「もう九年だよ、お兄ちゃん。いつまでもお父さんと口きかないっていうのも……」

箸を皿に叩きつける音がした。

「ごちそうさん」

仁が立ち上がった。

「ちょっと待ってよ、お兄ちゃん……！」

インターホンが鳴った。最悪のタイミングだった。父親の正義が玄関から入ってくる。

「愛～。うなぎコーラ買ってきたど～」

正義が手に紙袋一杯のお土産《みやげ》を下げて、ダイニングに入ってきた。仁はスマホや鍵、財布をポケットに突っ込んでいるところだった。正義が足を止めた。

「お。仁も来てたのか」

仁が父親の横をすり抜けて、玄関に向かった。

「お兄ちゃん！」

愛は仁を追いかけた。三十歳にもなって子供っぽすぎる。父が愛の背中に言う。

「いーよ、愛。ほっとけ」

「お父さん、肉焼けてるから。食べてて」

サンダルをつっかけて、愛は玄関の扉を開けた。仁はもう官舎の外階段を駆け下りていた。仁は身長が百八十センチもある。大股で、五段飛ばしくらいで降りていく。

愛は馬を追いかける小動物のような気分で、階段を駆け下りた。

「お兄ちゃん、ちょっと待ってったら！」

「余計な気を回すなよ。迷惑なんだ！」

愛は階段の途中で、立ち止まってしまった。追いかけるのをやめたら、仁も歩を緩めた。

「いまの『迷惑』はどっち。お父さんとのことだけだよね。潜水士としては……」

仁がとうとう立ち止まった。深いため息の後、愛を見上げた。

「両方だ」

悔しい。悲しみもこみ上げた。愛の目に、わっと涙が溜まる。

「泣き虫なところも、バディにとっては迷惑でしかない。嬉しくても悲しくてもすぐ泣く。どうしても潜ると言うなら、まずはすぐ泣く癖を直せ」

愛は腕で目元をごしごしと擦《こす》った。

「水深四十メートル地点で泣いてみろ。どうやって涙をぬぐう？　泣いた時点で潜水マスクは曇って途端に視界不良だ。作業で両手は塞がっていることが多いのに、お前はどうやってマスククリアを行うんだ」

曇った潜水マスクを海中で直す方法が、マスククリアだ。鼻から息を思い切り吐いて中に水が入らないようにしながら、マスクをずらして曇りを除去する。両手が塞がっているとできない。マスククリアに失敗すると中に水が入り、前が見えなくなる。

「前が見えなくなった時点で、お前は潜水士じゃない。遭難者、要救助者だ」

兄が改めて、愛に念を押した。

「俺は言った。あと二回だ。あと二回『迷惑だ』と言われたら、潜水士やめろ」

愛は官舎の部屋に戻った。

父親の正義が海産物をホットプレートに並べている。

「新幹線飛び乗る前によ、まぐろ館寄ったんだわ。売れ残りだけども」

父は静岡県にある清水海上保安部の巡視船に配属されている潜水士だ。清水市内の官舎に一人で住んでいる。娘の官舎に来るときだけでなく、盆正月に実家の気仙沼に帰省するときまで、静岡土産を大量に買ってくる。今年の正月は、静岡の高級ツナ缶を買ってきた。そのツナが気仙沼水揚げのマグロだったので、親戚一同で大笑いしたものだ。そういえば今年も、兄だけが気仙沼の自宅に帰ってこなかった。

部屋に磯《いそ》の香が広がる。

家族四人が揃っていた日が愛の脳裏に蘇《よみがえ》る。

父は長い哨戒から戻ると、いつも港近くの市場で海産物を買って帰ってきた。父は遅咲きだ。三十歳のときに潜水士になった。海難対応で重油まみれになることが多く、洗髪しても臭いが取れない。母に「刈ってくれ」とバリカンを渡すのが常だった。父は愛が物心ついたときからずっと坊主頭だ。父の髪が長かったころの写真を見て「洒落っ気があったんだね」と揶揄《やゆ》するのが、家族のお約束だった。

磯と油。これが家族の『におい』だった。なんだかんだ言っても父親が帰ってくると、母親は嬉しそうだった。父のこてこての東北弁と、すっとぼけたような高い声が、家族に明るさを添えた。

母ひとりがいなくなっただけで、こんなにも家族の形は変わってしまった。

愛は必死に笑顔を作った。冷蔵庫を開ける。

「お父さん遅いよ。お肉ほとんど食べちゃったからね。あ、丸腸残ってたー」

父親はホタテを並べていた。とても大きなホタテなのに、父親の手につままれるとこぶりに見えた。ゴリラがどんぐりを転がしているように見える。愛はホタテを脇にやって、丸腸を焼いた。

「おーい、せっかくのホタテに肉の脂がつくっぺよ」

「今夜は焼肉パーティだよ。海産物は主役じゃないし」

「海産物なめんなよ」

父の家は代々、気仙沼の遠洋マグロ漁業を営む。四男坊だった父は幼少期から大食いで家計を圧迫するので、『口減らし』で舞鶴の海上保安学校に入れられたらしい。海上保安大学校もそうだが、学生のうちから給料が出るのだ。

ぼてっとしていた丸腸が、脂肪を巻くように縮み、コロンとした形になっていく。

「そういえば、海蝶、だってさ。女性潜水士の通称」

漢字を書いてみせた。

「そりゃまたたいそうな名前だっぺな。誰が決めた？」

「藤川長官らしいよ。直筆の額縁をプレゼントされちゃったし」

呉の潜水プールでガラス越しに見えた藤川長官の姿を、愛は思い出した。水で輪郭が揺れていても、背が高くすらっとした体格が印象的だった。

「そういえばお父さん、藤川長官と接点はある？」

「ずいぶん前にな。中城んときにちろーっと。入れ違いだったべ」

「私が生まれたころ？」

「母ちゃんと結婚する前だよ。あっちは幹部候補生だから、すぐ霞が関だ」

「ふーん。お父さんはそのあと、ヒメハブに嚙まれた、と」

正義が愛の額を小突いた。

「生意気な」

沖縄を管轄する十一管区の海上保安官が、地元の沖縄女性と恋に落ちると「ヒメハブに嚙まれた」とからかわれる。海上保安官は沖縄女性から人気が高い。ちょっと盛り場を歩いて「海上保安官だ」と言うと、女性の方から積極的に誘ってくるらしい。

両親の出会いも那覇《なは》市松山と聞いた。沖縄県屈指の歓楽街だ。母は沖縄の夜の蝶だった。母に派手なイメージがなかったから、なれそめを聞いたときは驚いた。生活に困って水商売をしていたらしい。兄は生まれていた。シングルマザーだったのだ。

父と兄は、血がつながっていない。

「母ちゃんは夜の蝶、娘は海の蝶ってか」

茶化す正義に、愛は真剣に話す。

「お父さんさ――。もうあれから九年だよ」

「なんだべ。急に」

「お兄ちゃんのこと」

正義は都合悪そうな顔で、テレビを振り返った。ついていないのに。

「こういうときは、父親の方から歩み寄るべきじゃないの」

思春期じゃあるまいしよォ、と父が拗《す》ねた様子でぼやく。

「そうだけどさ。親子でしょ」

「俺はそう思ってっけど。あっちはどうだかな」

「昔はこんなじゃなかったじゃん。お兄ちゃんは絶対、お父さんに憧れて潜水士になったんだと思うし。もう本当のことを言おうよ。九年前――」

愛、と低い声で遮られる。正義は瓶ビールをドンとテーブルに置いた。

「三月十一日のあの日、母ちゃんとお前が気仙沼にいたのは、父ちゃんが二管に異動願を出していて、その引っ越しの準備だからだべ。な?」

違う。愛が気仙沼の高校に進学が決まったから――。

「それで運悪く震災に遭った。高台にある家にとどまらなかったのは、父ちゃんのせいだ。気仙沼海上保安署に避難しろと。地震の直後そういうふうに俺は母ちゃんに電話で指示した。大津波警報だったから、高台のちっこい一軒家より海沿いでも海保の頑強な庁舎の方が頼りになると思ったからだ。全部、父さんのせいだ」

愛は黙るしかなかった。父にとっては、娘のせいで妻が死ぬより、自分のせいで死んだ方がラクなのだ。だが兄は父のせいで母が死んだと思い、父と口をきかなくなってしまった。瓶ビールのラベルを睨んでいた正義がちらっと愛を見た。

「そう決めた。仁がなんと言おうと、それは変わらね」

脂が弾《はじ》けて、丸腸がぴょんと跳ねた。


翌朝、愛は父親と一緒に官舎を出た。駅前で「じゃね」「お」だけで別れようとして、父親に呼び止められた。

「明日から哨戒か」

「今日からだよ。十時出港予定。何事もなければ二週間後に帰港する」

そうか、と父はひとつため息をついた。なにか言いたそうだが、迷っているようだ。

女が潜るということについて、父親は兄のように面と向かって断固反対という態度は取っていない。雑談の端々に、「大変だ」「えらいことになった」「きっついぞぉ」という言葉は織り交ぜてくる。父親の本心が兄と近いところにあるというのは、重々承知していた。

「大丈夫。お父さん心配しないで」

「子を心配しねー親は……」

まあいいや、と正義は頭を掻いた。

「お前、早く結婚しろ。親になったら、わかる」

結局、愛は新横浜駅の改札口まで正義を見送った。大きな背中だと思っていたが、今日はひと回り小さく、頼りなく見えた。自分が成長したからか。父が老いたからか。

改札を抜けた正義が足を止めた。振り返り戻ってくる。

「もう。なに」

「お前、海を憎んでいないか」

父に真正面から問われた。愛はすぐに言葉が出てこない。

「母さんを、飲み込んだままだ」

「――そうだね。わかってる」

「海を憎んだまま潜るなよ。海に見抜かれる。事故につながる。父さんからは、それだけだッ」

愛は電車を乗り継ぎ、みなとみらい線馬車道《ばしやみち》駅で下車した。

徒歩で直接、停泊中の巡視船ひすいに向かった。今日から二週間は陸に戻れない。途中のコンビニで大量のお菓子を買った。三度の食事は巡視船の食堂で食べられるが、お菓子は出ない。スポーツバッグには、化粧品や日焼け止めのストックも入っている。

鉄柵のゲートを抜け、桟橋へ出る。

げ、と愛は足を止めた。

またマスコミのカメラだ。新聞社と三管本部の女性広報官だった。

「海蝶、いよいよですね。あら、私服かわいい」

乗組員は巡視船の居住区で制服に着替えるので、私服で巡視船艇に出勤する。スーツで来る人はまずいない。愛は今日、マーキュリーデュオの肩出しボリューム袖の青いトップスに、ユニクロの白いサブリナパンツ、ピンクのスポーツサンダルを履いていた。

「ウェットスーツを脱いだらおしゃれなかわいい女の子……いい広報になるかも」

記者が写真を撮ろうとした。さすがに私服姿の写真は断った。

「あの、まさか船に乗るんですか？」

「いえ、我々は桟橋までで」

ほっと胸をなでおろす。適当に抱負を語って、愛は船に乗り込んだ。

居住区の部屋に荷物を置いた。涼香はいない。もう業務に就いているようだ。

愛は第四種制服に着替えた。紺色の襟付きの地味な上下だ。ＪＡＰＡＮ　ＣＯＡＳＴ　ＧＵＡＲＤと刺繍《ししゅう》されたキャップをかぶる。居住区を出た。停泊中だった昨日と違い、今日は全乗組員が揃い活気があった。狭い急な階段も、互いに身をよじってすれ違う。愛は航海科の人間が集う船橋《せんきょう》へ入った。

船橋は船を動かす〝運転室〟のことだ。操舵《そうだ》ハンドル、レーダー、電子海図などの機器が窓の前にずらりと並ぶ。

巡視船ひすいの最高司令官である、船長の高浜克己《たかはまかつみ》がいた。

機関室とつながる受話器を置いたところだった。愛は声を張り上げる。

「忍海航海士補、兼、潜水士です！　高浜船長、今日からまたよろしくお願いします！」

高浜船長が愛を振り返る。目つきが鋭いのでどきっとするが、実は優しい人だ。

「お帰り。がんばれよ」

「はい、ありがとうございます！」

愛は海図台の周囲に集う、航海士たちの輪に入った。航海長が気象予報図を睨んでいる。隣には愛と同じ潜水班の内灘武明がいた。「女となんか絶対潜りたくない」と言った潜水士だ。潜水業務がないとき、内灘も航海士として巡視船航行業務に従事する。潜水班ではトップの八潮を支える副班長で、救急救命士の資格も持つ大ベテランだ。

「フィリピン沖で台風かぁ……」

航海長がぼやいた。内灘が助言する。

「気象庁だけでなく、ヨーロッパ気象観測台も、日本列島への直撃はないという予想を出しています」

愛も気象図を覗きこんだ。伊豆七島《いずしちとう》のずっと東の太平洋上を北上後、東北沖で温帯低気圧になる予報だった。内灘が海図に鉛筆を入れた。三管が管轄する海、全てが入った海図だ。コンパスと定規を使い、右から左へ鉛筆を走らせる。

「哨戒は茨城県沖から始めますか。銚子《ちょうし》沖に七月九日、房総半島沖に十二日、三宅島《みやけじま》近海を十六日、御前崎《おまえざき》沖を十九日に通過後、沿岸を航行しながら横浜に戻る。そうすれば台風の影響を避けられます」

ダメダメと高浜船長が口出ししてきた。

「今回は逆のコースで行く。台風の北西部がかかるかかからないかの距離感で、台風と一緒に北上、銚子沖で台風を見送って横浜に帰港だ」

内灘が濃い眉毛をハの字にした。

「構いませんが、すると一週間はずっと大揺れの航海になりますよ」

「なんのための哨戒だ、旅行に出るんじゃないんだぞ」

高浜が戒める。

「海難発生と同時にすぐ駆けつけるための哨戒だ。海保が、海難が起こりそうな場所を避けてどうする。お前、舞鶴からやり直せ」

内灘が頭を下げた。しばらく視線のやり場に困ったような顔をしていたが、愛を捉《つ》えて目を吊り上げる。

「忍海。お前なんでここにいる」

「航海士補なので」

「今日から潜水班だろ」

「そうですが、内灘さんも、ですよね」

恐々《こわごわ》、言い返してみる。

「装備品のチェックは済んだのか」

「いえ、まずは船務が先かと」

「確かに海上保安官は何でも屋だ。あれもこれもやんなきゃならないが、お前は潜水士としてこれが初航海だろ」しばらく兼任は無理だ。

愛は眉を寄せた。

「でも……海難が起きない限り、潜水しませんよね」

「訓練はある。訓練予定表、配られていないか」

見たが、一週間後だ。

「それまで航海士の仕事すらしないということですか」

「自主練しとけよ。いざというときに足を引っ張ってほしくない」

愛はかちんときたが、飲み込んだ。航海長が愛に指示する。

「ひとまず、八潮さんのところで指示を仰げ。出港まで特に作業がなければ、船務につけ」

黙礼し、愛は船橋の階段を下りた。居住区にいても船橋にいても、心が休まらない。潜水待機室はシャッターが下りたままだった。鍵はかかっていない。愛はいっきにシャッターを開けた。

全裸の男の後ろ姿が目に飛び込んでくる。

愛は悲鳴を上げて背を向けた。慌てた男の声がする。

「え、愛さん!?　頼みますよ！」

声の主は磯崎海斗《いそざきかいと》、二十四歳の潜水士だ。愛のひとつ下の後輩だが、愛よりひと足早く潜水士になった。八潮や内灘は中肉中背だが、海斗は愛の頭二つ分くらい背が高い。身長百八十七センチ、体重九十五キロの巨体だ。

愛の瞼《まぶた》の残像に、海斗のきゅっと引き締まった尻が浮かぶ。

「そっちこそ！　なんでここで素《す》っ裸《ぱだか》なのよ」

「ここは潜水士が着替えるところですよ。そりゃ裸ですよ」

確かにそうだが——。

「出港前に、舳先《へさき》で八潮さんと飛び込み登攀《とはん》の自主訓練してたんです」

船の構造上、船の先端である舳先は真下が海面だ。PL型巡視船だと甲板から海面まで五メートル近くあるので、飛び込み訓練にちょうどいい。海面に飛び込んだあとは、舳先から垂らしたロープ一本で、足にフィンをつけたまま登る。これが登攀訓練だ。蹴ったり足をつけたりする壁がない上、足にフィンがついている。握力、上腕筋、大腿筋だけが頼りだ。新人潜水士は飛び込めるが、登攀は難しい。愛もまだできない。

「飛び込み登攀の自主訓練なんて、出港前からお疲れだねー」

海斗がわさわさと制服を着用する音をたてながら、警告する。

「そんな呑気《のんき》なこと言ってられるのもいまのうちですよ。いずれ愛さんだってやらされますから」

愛はやれやれとため息をついた。台風に沿った大揺れの航海の中で厳しい訓練が待っている。二週間後に帰港するころには、体がボロボロになっているだろう。

「お、愛」

八潮が潜水待機室にやってきた。ちょっと来い、と顎を外に振る。愛はついて行った。八潮が無言で船内の階段を降りていく。出港前ということもあり、乗組員の往来が激しい。他の保安官と通路を譲り合いながら、八潮はきょろきょろと先へ進む。

「あの、どこへ」

「出港前にちょっと話したいことがある。人のいないところで」

八潮は船橋とは反対方向へ歩き出した。各公室や厨房を過ぎて救護室に入る。百人を収容できる広々とした一画だ。救護室はいま、椅子も担架もベッドも片付けられ、がらんどうだ。救護室の真ん中まで来たところで八潮が振り返った。

「愛」

「はい」

「巡視船ひすい潜水班の責任者として訊く。お前、妊娠していないな？」

「は？」

あまりに唐突で、愛は何度も瞬きしてしまった。八潮が懇願するような顔になる。

「セクハラとかマタハラとか言わないでほしい。女性が潜水作業をするにあたっては、人事院の規則に従わなくてはならないんだ」

八潮が、人事院が定める国家公務員法関連の規則の話を始めた。女子職員及び年少職員の健康、安全及び福祉云々《うんぬん》という項目だという。愛は聞くだけで眠たくなる。

「妊産婦である女子職員等の危険有害業務の就業制限があってだな……」

就業制限を受ける職種に関して、別表で各種例示されているらしい。

「潜水作業は、別表ラにあげられる、『異常気圧下における業務』に該当するんだ」

潜水士は、潜れば潜るほど体に水圧がかかる。海上保安庁の潜水士は規則上、水深四十メートルまで潜水が許されるが、そこに到達するだけで五気圧の負荷が体にかかる。

女性が潜水士になるには、この人事院の規則がひとつのハードルだった。

生理のときにどうしているのかをひそかに心配されることが多いのだが、海上保安学校に入れば四六時中プールや海に入る研修がある。女性保安官はみな自分の生理周期をきちんと把握し、遠泳訓練など長時間泳ぐような日は、ピルで生理を遅らせる。急な水泳のときなどはタンポンを使用してしのぐ。愛も、ＰＭＳ（月経前症候群）などの症状に悩まされたことがないせいか、月に一度の生理があることで潜水研修中に苦労したことはなかった。

妊娠については、潜水研修を受ける前も、誓約書を書かされていた。妊娠していないこと、また潜水研修期間中にその可能性を引き起こさないよう留意すること等が書かれていた。同期の男性潜水士たちはそんな誓約書にサインしない。体が女である以上、致し方ないことだった。

愛はきっぱり言った。

「していません。全く心配ご無用です。そもそも結婚していませんし」

「結婚していなくても妊娠することはある。俺もちょっとこの件については悩んでいる。出港のたびに聞くべきか、潜水指示が出るたびに確認すべきか。訓練ごとなのか。公務員だから文書化すべきか、とか……」

愛は自虐気味に笑った。

「いやー、私、彼氏ずっといないですし。この先もできそうもないし、しばらくは聞かなくて大丈夫ですよ」

八潮は考え込んでしまった。女性潜水士を迎え入れるのは史上初なのだ。環境、規則が未整備のままなのは仕方ない。どういった設備や決まりごとが必要なのか、女性自身がその世界を切り拓《ひら》いていくしかない。

「それじゃ、彼氏ができたら八潮さんに報告しましょうか」

「不愉快じゃないか？　個人的なことをいちいち上司に報告、というのは」

「仕方ないことですし、彼氏できたって嬉しいことだから、全然平気ですよ」

ちょっと待て、と八潮は顎に手を当てる。更に逡巡《しゅんじゅん》し始めた。

「恋人がいないからといって、妊娠の可能性を否定することになるだろうか」

八潮は真面目だ。そこまで考える必要あるかと突っ込みたくなったが、愛も塩梅《あんばい》がわからなかった。悩んでいる八潮に申し訳ない。愛は深く考えず、言った。

「じゃあ、妊娠するような行為をしたら、逐一八潮さんに報告するとか」

八潮は目を見開いた。耳が赤くなっていく。

「――いや、さすがにそこまでは」

愛もカッと顔が熱くなった。

「すみません、私、変なことを」

あのぉ、と遠慮がちな声が背後から上がった。海斗が救護室の入り口に立ってい
「愛さん、桟橋で広報官が呼んでます。急いでほしいって」

八潮が結論づけた。

「とりあえず、今回の哨戒中は確認が取れたということで」

今後どうするのかあいまいなまま、愛は階段を上がって甲板に出た。桟橋で広報官が手を振っていた。カメラマンがレンズをこちらに向けている。

「初出港ってことで、写真を一枚撮れませんかね。潜水班のみなさんと敬礼して甲板に並んでいるところを撮りたいんです」

「ちょっと待っててください」

愛は潜水待機室に行く。八潮が戻っていた。まだ耳が赤い。事情を話すと、八潮が眉を上げた。

「ちょうどいい訓練になるな」

「え、訓練?」

「いったん持ち場に戻れ」

愛はよくわからなかったが、船橋に戻った。航路の設定をしていた内灘にいきなり叱られた。

「出港目前だろ！　甲板で係留索の巻き取りを手伝えよ！」

潜水班に行けと言ったのは内灘なのに、ひどい。愛が反論しようとしたとき、突然、船内放送が入った。ブザーのような音のあと「これは潜水班の訓練である」と前置きがある。八潮の声だ。

「横浜ベイブリッジ付近に於《お》いてプレジャーボート転覆の通報あり。巡視船ひすい潜水班、大至急、待機室に集合せよ」

内灘は反応が早い。すぐさま船橋を飛び出した。愛も階段を駆け下り、甲板を走る。潜水待機室に飛び込んだ。突然の招集訓練は海上保安学校時代からあった。潜水研修中もしょっちゅうこのブザーの音に叩き起こされ、ウェットスーツに着替えて潜水プールに整列した。

愛は自分のウェットスーツを一式つかみ、八潮が作ってくれた白いカーテンの中に入った。第四種制服の第二ボタンまで外し、帽子と一緒に脱ぎ去る。ブラジャーも取った。

この後、ダイビング用の上下インナーを着用し、ロングジョンと言われる上下一体型のウェットスーツに足を入れる。ノースリーブのそれは、肩のスナップで留めるようになっている。この上から、タッパーと呼ばれるジャケットを着て前チャックを閉める。背中にぶらさがる垂れを股下に通し、前チャックの下のフックに留めて、完了だ。

カーテンの向こうから、他の潜水士たちが着替える音や声がした。

「おい、なんで出港直前に招集訓練だよ」

「写真撮影らしいですよ。ほら、海蝶の……」

八潮の声が割り込む。

「口より手を動かせ。あと三十秒だ！」

八潮が作ってくれた白いカーテンのスペースは、新聞紙を広げたくらいしかない。愛が脱いだり屈《かが》んだりするたびに、カーテンが体にぶつかって裾が浮いた。

「あのカーテンはなんだ」

内灘の声がした。海斗が答える。

「愛さんが着替えてます」

愛はショーツから、足首を抜いたところだった。カーテンの向こうで雑談していた男たちの声がふっとやむ。カーテンで仕切られていたとしても、愛は心底嫌な気分になった。今度、本庁の装備技術部に意見書を出してやろうと思った。女性潜水士が安心して着替えられるスペースを巡視船に設けてほしい……。

無理な話か。

海上保安庁で潜水士をやっている女性は、愛、ただ一人なのだ。

開き直るしかない。

愛はロングジョンを足から穿《は》いた。胸元はしっかり装着したが、肩のスナップを留めないうちに、カーテンを開け放った。案の定、男たちがこちらを見ていた。露出したままの愛の左肩を見て、みな一斉に目を逸らす。

「きっちり着替えてから出てこいよ……」

内灘がぼやいたが、船橋にいたときほど声に力がなかった。八つ当たりされた恨みもあり、愛は強気で内灘に言い返した。

「童貞の中学生じゃあるまいし、これくらいで動揺しないでください」

「なっ……！」

内灘は目をひん剝《む》いて愛を睨んだ。顔がみるみる赤くなっていく。海斗はぶっと噴き出したが、先輩の手前か口元を押さえた。若い海斗よりも、男だらけの潜水現場に慣れた内灘の方が、うぶなのかもしれない。

八潮がクールに言う。

「あと十秒。装備完了したものはただちに甲板左舷に集合。桟橋方面を向いて横に整列せよ」

愛は甲板に出た。一番乗りだ。カメラのシャッター音が連続して聞こえてきた。次はなんの媒体に顔や名前をさらすのか。少々うんざりしながらも、口元を引き締める。

巡視船ひすい潜水班八人全員、揃った。八潮が右端に立つ。

「敬礼！」

海上保安官は、制帽を被っているときは挙手の敬礼をする。脱帽時は、腰を十五度曲げる。警察や消防と同じだが、潜水士の場合は違う。ウェットスーツ姿の時は、右のこぶしを握り、左鎖骨の下に当てる敬礼をする。

「決まりましたね〜！」

嬉しそうに、桟橋の広報官が叫んだ。

「海蝶、初出港！」

巡視船ひすいが動き出した。汽笛が鳴る。

第二章　海難

七月十四日。

忍海正義《おしみまさよし》は数を数えていた。

「四十五ぉ〜。四十六ぅ〜！」

巡視船の甲板にいる。部下の潜水士二人に、フル装備で腕立て伏せをさせていた。青年の唸《うな》り声が甲板上に響く。船は清水海上保安部近くの桟橋に係留している。静岡市内を流れる巴川《ともえがわ》の河口でもある。波の影響はほとんどなく、船は揺れていない。

「四十七ぁ〜、はいあと三回！」

二人の若手潜水士が筋肉を震わせている。二十キロの空気ボンベを背中にしょっていた。口にはレギュレーターをくわえさせているので、歯の隙間と鼻からの呼吸でしか体に酸素を取り込めない。ひとりは潜水士二年目、もうひとりはつい先週、潜水研修から戻ってきたド素人だ。娘の愛と同じ、令和二年前期組だ。

正義は第三管区海上保安本部、清水海上保安部に所属するＰＭ型巡視船36おきつで、潜水班長をやっている。ＰＭ型とは、Patrol Vessel Medium、中型の巡視船という意味だ。全長は五十六メートル、トン数で言えば娘の乗る巡視船ひすいの十分の一しかない。

乗組員の数もずっと少ないが、潜水指定船として、正義以下四人の潜水士が配属されている。

巡視船おきつは体が小さい分、脚が速い。ウォータージェット推進で最高速度は三十五ノット以上、陸でいえば時速六十五キロくらいは出る。海上保安庁の巡視船の中では、機関砲も備えたすばしっこい船といったところか。

「はい五十！」

手を叩いた。若手潜水士二人は狭い甲板の上に倒れ込んだ。ここからが訓練の始まりだと知らず。

「はーいそのまま潜水準備〜」

息も切れ切れの抗議があがる。正義は無視して指示を続けた。

「潜水索に従って潜水せよ。海底にある証拠品を回収されたい〜」

正義は、これと同じもの、と灰色の錘《おもり》をひょいと持ち上げてみせた。潜水訓練で必須の、持ち手付きの錘だ。『20㎏』と黄色い字で記されている。これを船の真下の海底に置いてくるように、潜水副班長の難波《なんば》に命じた。

河口の水面は穏やかだが、水中は流れが速い。常に海底の堆積物を巻き上げている状態だ。生活排水が混ざっていることもあり、透明度が低い。視界は三十センチ、手元の残圧計すらも目の前に持ってこないと確認できないほどだ。いま、視界不良下での潜水捜索訓練を行っている。

正義は甲板の手すりから海面をのぞき込む。錘を置いてきた難波が、浮上してきたところだった。正義に向けて、右手を脳天に持っていき、腕で丸の形を作る。遠くにいる相手に対して出す、ＯＫサインだ。

「はい行ってこーい。制限時間五分なー」

ひよっこ潜水士が泣きつく。

「忍海班長、ここは水深十メートルですよね」

「そうだっぺ」

「視界は三十センチって聞きましたよ。さらに、こんな息が上がった状態で、十メートルも潜るなんて」

「限界突破だべな。チャレンジしろ」

ひよっこが息を切らしながら反抗する。

「俺が娘さんでも、こんな訓練をさせるんですか」

すかさず、一年上の潜水士がひよっこの頭を引っぱたく。

「バカ。関係ないだろ。行くぞ！」

潜水マスクを装着して甲板の縁《へり》に立つ。三メートル下の海面を指さした。

「水面よし！」

潜水マスクと一体化しているシュノーケルを口にくわえる。潜水マスクがズレないように手で押さえながら、一歩、フィンの足を前に出した。海面に落ちる。先輩に促され、ひよっこも同じ仕草で海に入る。浮上し、シュノーケルに入った水をプシュッと噴出させ、叫んだ。

「潜水、開始！」

正義はストップウォッチを押した。難波が甲板にあがってきた。全身からドバーッと水を滴らせる。ボンベをおろし、潜水マスクとフードを取る。

「あの新人、ほんと減らず口っすよね。娘さんは関係ないのに」

正義は答えず、海面を見つめた。ぽこぽこと少し離れた二ヵ所から気泡が上がってくる。ぽつ、と正義の頬にあたる水があった。

「降ってきたな」

台風五号がいま、八丈島沖南東四百キロ地点を通過中だ。

「明日にかけて本州も猛烈に降りそうですね。巡視船ひすいは沖で哨戒中でしたっけ」

なんで別の保安部の巡視船の名前が出るのか。正義は難波を一瞥した。

「いや……いま沖の方は大荒れかと。娘さんが乗ってますよね」

「娘関係ねーって、おめーがいま言ったべ」

難波が苦笑いした。ホースの先を持ち、備え付けの蛇口をひねって手を洗う。

「いや、俺も娘いるんで。気持ち、わかるというか」

わかってたまるか。

「この春でもう小学校ですよ」

「ははは。これからだっぺ」

「なにがですか」

「男親を悩ませる」

難波が口元を緩めた。娘がかわいくてかわいくて仕方がないのだろう。

雨脚がいっきに強くなった。正義は甲板の上にぶら下がる搭載艇の下に入った。全長三メートルほどの小型艇だ。巡視船が入れない狭い場所の捜索や、別の船へ乗り移る際は、この小型艇を使う。

正義はストップウォッチを雨がっぱの下に隠し、海面を見た。降り注ぐ雨で、気泡が見えなくなってしまった。

「今日はここまでにしとくか。あぶねぇな」

正義は甲板の手すりから身を乗り出し、海底に伸びる潜水索をつかんだ。大きく左右に揺らす。潜水士は、この潜水索をつたって海底まで潜っていく。絶対にロープを離さない。離した時点で遭難者とみなされる。海面との意思疎通を、このロープ越しに行うことが多々ある。

正義は訓練中止と浮上の合図を送る。

まだ深く潜行していなかったのだろう、二人はすぐに浮上してきた。ぽっかりと顔を出すも、バケツをひっくり返したような雨粒が彼らに降り注ぐ。二人は水面でうろたえていた。

雨の音がうるさすぎる。正義は拡声器で伝えた。

「訓練中止！　上がって来い！」

正義はあとを難波に任せ、船内に入った。階段を下りた目の前に、潜水士の装備品や機材が置かれた一画がある。

部屋としての仕切りもなにもない、物置のような場所だ。向かいには洗濯機が並ぶ。風呂の入り口も近い。正義は潜水服から第四種制服に着替え、居住区に下りた。

潜水作業がないとき、正義はこの船で機関長を務めている。機関科のトップで潜水班の班長もやっているから、個室が与えられている。四畳半の中にデスクとベッドを無理やり詰め込んだ部屋だ。

デスクの上に最新の海上保安新聞が置いてあった。海上保安庁の外郭団体が月四回発行している小規模な新聞だ。主に海上で起こる事案のニュースや、海上保安庁の業務などが記事になっている。適当に目を通す。一枚捲ったところで、娘の顔が飛び込んできた。

『海蝶、初出港！』

正義はすぐに紙面を閉じた。

ため息をつく。尻が前へ滑って、浅く腰掛ける恰好《かっこう》になった。腰にピリッと痛みが走る。

巡視船おきつは揺れやすい船だ。正義は配属されて一ヵ月で腰をやられてしまった。船体全体が軽合金でできていて、船底がVの字になっている。滑走中はその軽さで激しく上下にバウンドするのだ。

正義はいま、その痛みを享受しないとやりきれないほどに、心が痛んだ。

海猿なんか、人が憧れるような仕事じゃない。

ひと昔前は、巡視船で若い体力自慢がいれば、「お前が行け」と呉の潜水研修に放り込むのが通例だった。自ら海猿を希望する奴なんかまずいなかったし、研修に参加するための管区選抜競技会もなかった。映画でヒーローのように扱われてから、がらっと周囲の目が変わった。

だが、潜水士の現場のリアルは、変わらない。映画みたいにかっこいい人助けなんかまずない。遺体の揚収、証拠品等の回収、不法投棄ゴミの撤去。つまらない汚れ仕事ばっかりだ。テレビで報道されるような救助は、ヘリで現場へ駆けつけて空から救助する機動救難士や、特殊救難隊が行う。巡視船の潜水士は、残りの雑用、現場の後片付けばっかりなのだ。

体もボロボロになる。本来は人間が生息できない海の中で作業をするのだ。外からは見えない負担が体の内部にかかっている。年を取ると骨折しやすくなるらしいし、虫歯があるものは治療せずに抜いてしまわないと、あっという間に全部の歯がやられる。

正義もあと数年が限度だろう。四十一歳の時、そろそろやめようかと思っていたら、妻が津波にのまれた。月命日の潜水に参加するためにも、やめるわけにはいかなかった。気がついたら最年長になっていた。表彰などされてしまい、またやめ時を失った。五十になったいまこそと思ったら、娘が潜水士になってしまった。

四十代のうちは、妻が海に眠っていると思っているから、海から上がりたくなかった。

いまは、娘が潜るというから、海にしがみついていないと気が休まらなくなった。

——憎んでいたんじゃ、なかったのかよ。

正義は、幼稚園児だった娘が拳を握り、足を踏み鳴らして怒った日のことを、よく覚えている。大阪のひらかたパークにあるメリーゴーラウンドの前だった。

「海保が、にくいッ！」

まだ五歳、語彙の選び方がよくわかっていなかったのだろう。あの日は数ヵ月ぶりの家族のだんらんで、しかも妻子を遊園地に連れて行っていた。正義は緊急出港で、船に戻らなくてはならなくなった。メリーゴーラウンドはイタリア製の二階建てだとかで、しゃれた見てくれをしていて、愛は目を輝かせ「パパと馬車に乗るの」と正義の手をぎゅっと握りしめていた。自分がお姫様でパパが王子様、と物語を紡ぎ甘えてくる。三十分待ち、次の一巡で乗れるはずだった。

正義は、メリーゴーラウンドの一巡が待てない。五分待ってくれと組織に言えても、海で溺れている人には言えない。どうしても行かなきゃなんない、と話して聞かせたときに、愛が癇癪《かんしゃく》を起こして言ったのが、「海保が、にくいッ！」だ。

能登から東京の中学校へ転校させたときは、涙をこらえながらこう言った。

「もう二度と友達は作らない。別れるのが辛くなるから」

正義は椅子に座りなおした。もう一度、紙面を開く。潜水士姿の娘がきりっとした目をこちらに向けて、潜水士式の敬礼ポーズを取っている。

――なんでお前、そんな恰好してるんだ。

ブザー音が鳴った。船内緊急放送だ。

〈第三管区海上保安本部より情報。八丈島沖北東五キロの地点において、釣り船が転覆したと一一八番通報あり。清水海上保安部巡視船おきつ、横浜海上保安部巡視船ひすい、羽田特殊救難基地に出動命令――〉

緊急出港だ。

正義は居住区を飛び出し、急な階段を上がった。

OIC区画と呼ばれる十畳ほどのスペースに出る。

OICとはオペレーション室のことだ。大型モニターと会議用の大テーブル、固定椅子が並ぶ。巡視船の運用司令科の乗組員が所属し、海難が発生した際に情報の収集や分析、対処方針の立案や調整を行う。実際には、運用司令科専属の乗組員を乗せている船はごく一部の大型巡視船のみだ。海難発生時しか仕事がないから、その都度、誰かが兼任して職務を担う。

OICと同じ空間に通信室もある。清水海上保安部の警備救難課からの直接の指示を、通信士が書き取っていた。船長が駆け上がってきた。OICのモニターを操作する。三管本部から、現場海域にしるしがつけられた電子海図のデータが送られてきた。表示される。

「伊豆七島はいま、台風が最接近していたよな」

船長の問いに、正義は身を乗り出して答える。

「直撃はしてないはず。伊豆七島の東を、もう抜けたころかと」

通信士が最新気象図と現場海図を重ね合わせ、縮尺を一致させた。

「海難現場は強風域のずっと外側だな」

台風は目を中心に見て南東部が最も雨風が強く、荒れた気象になる。通報のあった現場海域は台風の南側ではあるが、西側の雲がかかるかかからないかの位置だ。正義は首を傾げる。

「晴れてたとしても、波の影響は相当ある。なんで釣り船が出てんだ。どこの漁業組合だ？」

通信士が答える。

「わかっていません。転覆船の乗船者本人からの一一八番です。ひとりは海に投げ出されたと」

とにかく行く。船長がかけ声を発した。

「出港三十分前！」

出港準備命令だ。正義はすぐさま階段を駆け下りる。居住区の更に下にある機関室に飛び込んだ。

油のにおいがぐっと強くなる。当番の機関士補が制御盤のスイッチを入れたところだった。

船は、車のようにエンジンをかけてすぐ発進、というわけにはいかない。係留索の処理、機関エンジンの温め、通信チェック、航路設定、人員配置確認――。水面を動き出すまでに三十分はかかる。あわてて出ると船のエンジンに負荷がかかり、故障の原因となる。休暇で船にいない乗組員を置いていくことにもなる。

正義はエンジンルーム内に入った。巡視船おきつの心臓である二つの巨大エンジンが稼働し、ぶるぶるっと震える。

わかっていても、正義はエンジンを撫《な》で、鼓舞してしまう。

頼む、急げ、おきつ――。

愛にも、緊急出港命令が出ている。

正義は改めて思った。

娘に、潜ってほしくない。


こんなの死んじゃう、と愛は思った。

甲板から十メートル近く上に、ロープ一本でぶら下がっている。海面からだと、高さは十五メートルほどか。うまく落ちないと、甲板のコンクリートに叩きつけられて死亡。海に落ちた方がましだが、台風の影響で波が高い。風は感じないのに、時折、徒波《あだなみ》も見える。むやみやたらに立ち騒ぐ、予測不能の波のことだ。二十キロの空気ボンベを背負った状態で、徒波と戦いたくない。

ヘルメットに叩きつける雨の音が、やかましい。ボリュームの制御が効かなくなったイヤホンでヘビメタ音楽でも聴いている気分だった。顔を打つ雨粒の強さと大きさで、目もろくに開けていられない。フィンをつけた足が滑るたび、ロープを握る手に負荷がかかる。

誰か助けて。

「誰も助けてくれないぞ！　お前を助けるのはお前の体だけだ！」

十メートル下の甲板から、八潮が拡声器で激励する声が聞こえる。

愛は巡視船ひすいの潜水士たちと、巡視船のファンネル——煙突の側面で、登攀訓練を行っていた。巡視船の構造物の中で最も障害物のない壁が、ファンネルだ。これをロープ一本で登る。

ファンネルには青い塗料が塗られ、白いコンパスのシンボルマークがバッジのように取りつけられている。海上保安庁の旗にも使われているデザインだ。

エンジンの黒い排気がもやもやと上から流れていた。雨のせいもあって酸素が薄い。息が上がっていた。愛は、コンパスマークの真ん中あたりまでなんとか登った。マークの左側の突起にフィンの足をかけ、一旦、大腿を休ませる。

いま、巡視船ひすいは房総半島沖五十キロ南の海にいる。南東にいる台風の影響で、波高が一〜二メートルはある。船が大きく揺れていることもあり、ちょっとの気の緩みで振り落とされそうだ。

一緒にスタートした海斗は、とっくにゴールした。ファンネルの上部に設置された作業用のレールに座り、がんばれと声をかけてくれる。愛には海斗のいる場所が、はるか天空の彼方《かなた》に思える。

下に目をやった。八潮がずいぶん小さく見える。海面は白波が立ち、糸を引くようなあとが網状に広がっている。落ちたら海の白い糸で絡めとられそうな恐怖感があった。コンパスにしがみついた状態で、身動きが取れなくなった。

右隣のロープをつたい、するすると登ってくる人がいた。内灘だ。平地を歩く人かと見まがうほど、スムーズだ。雨が横から降っているみたいに見えた。愛を抜かそうとして、醒《さ》めた視線を送る。

つい三十分前、愛は第二公室にいた。

主計長の梓、機関士の真奈と三人でお茶をしていた。ザーッとどしゃぶりの雨が降り出した。公室にある丸い窓は、雨の流れで外が見えなくなった。予定されていたフアンネル登攀訓練は中止になると思っていた。

　蓋つきのマグカップの飲み口から、コーヒーのいい匂いが上がってくる。ワッチ――見張り当番も終わったし、愛はいい気分でチョコレートを口に入れようとした。

八潮が公室に入ってきた。

「愛、訓練始めるぞ。すぐ潜水待機室に来い」

「えっ、土砂降りの雨ですよ」

「絶好の訓練日和《びより》じゃないか」

　愛はファンネルのコンパスマークにしがみついたまま、上がることも下がることもできず、コーヒーとお菓子のことばかり考えていた。女子とのお茶会に戻りたい。体を拭いて、温かい風呂に入りたい。上がり切る気力がもうなかった。

「情けねぇな。そんなんで人を救えるのか」

　内灘が隣から、怒鳴る。

「はい！」

　愛は一応、大きな返事をしておく。口の中に雨が降り注いだ。喉を直撃する。気力も流れてしまう。コンパスマークに乗せていた足が落ちる。ずる、ずる、と少しずつ手も滑る。体も徐々に下がっていく。

「お前に助けられる要救助者は不幸だな！」

内灘が発破をかける。責められているようだった。

「お前は要救助者を道連れにして死ぬ。未熟なまま現場に入るのは、人殺しに行くも同然だ」

母の顔が頭に浮かんだ。

愛は気力を振り絞る。コンパスマークの針の部分をもう一度、握る。ファンネルについた右足を踏ん張り、上腕筋と大腿に力を込めて、ファンネルを蹴った。ロープから手を離して二十センチ上をつかみ上がろうとして――。

ブザー音が響き渡った。

〈横浜海上保安部より連絡あり。八丈島沖北東五キロの地点で海難発生〉

ファンネルについた足がずるっと大きく滑った。手が体を支えられない。ロープを握るグローブが擦り切れ、煙が出るほどのスピードで落ちる。誰かに腕をつかまれて落下が止まった。

「お前、死にたいのか！　馬鹿野郎!!」

内灘が左腕一本で、愛の腕をつかみ上げていた。くっ、と苦しそうに歯を食いしばっている。

「すみません！」

八潮が訓練中止を叫ぶ。

「愛、内灘。降下して来い。ＯＩＣに集合だ」

内灘が愛から手を離す。滑らかに降りていった。愛はおっかなびっくりだ。途中で止まったり滑ったりしながら、甲板に戻る。内灘が左肩を押さえていた。前後に動かし、可動域の確認をしている。

「あの、すみませんでした。肩、大丈夫ですか」

内灘は愛を一瞥しただけで、行ってしまった。雨に打たれて泣きたい気分だが、愛は両手で顔をバシッと叩いた。海難発生だ。ここで遅れたら余計に叱られ、みなの足を引っ張ってしまう。

愛は半分だけ開いたシャッターから潜水待機室に入った。シャワーを浴びている暇がない。カーテンの中で体を拭き、第四種制服に着替える。

ＯＩＣ区画に向かった。船橋のすぐ裏にあり、通信スペースと一体化している。会議ができる大テーブルが三つと、モニターが大小三台ある。Ｌ字型の広々とした空間だ。

高浜船長が報告書類を片手に待ち構えていた。

「とりあえず、いまわかっていることだけ端的に伝える。一一八番通報があったのは○九四八《マルキユウヨンハチ》。八丈島沖五キロ地点で釣りをしていたところ、横波を受けて船が転覆した、助けてほしい、という女性の声の通報だった。男性がひとり海に投げ出されたとだけ言って、通話は切れたそうだ。氏名や船名もわかっていない」

濡《ぬ》れた髪を拭きながら、八潮が尋ねる。

「要救助者は二人ということですか」

「船名も船籍も、船の規模もわかっていない。なんとも言えない」

「その後、通報者と連絡は」

「電話は途中で切れた。番号は非通知でかけ直すこともできない」

八潮が首を傾げる。

「八丈島沖五キロなら、携帯電話の電波は通じませんよ。インマルサットかな」

インマルサット……衛星回線を使った携帯電話だ。内灘が推察する。

「五キロも沖に出ての釣りなら一般的な遊漁船かなと思いますが、衛星携帯電話持っているとなると、プロの釣り師かなんかでしょうか」

あれだけの訓練をした直後で、内灘は息ひとつあがっていない。自分もがんばらなくちゃ、と愛は手を挙げた。

「あの……漁業、組合からは。救助要請は」

息切れで、とぎれとぎれの発言になった。高浜船長が端的に答える。

「来ていない。本人からの一一八番通報のみだ」

「変ですねー。一般的な遊漁船なら必ずどこかの組合に入っていますよね」

海斗が顔を手であおぎながら言った。暑そうにしているが、呼吸が整っている。

通常、航行中の船は異変があったとき、通信設備についている遭難信号ボタンを押す。漁業組合の本部だけでなく、近隣を航行する船も信号を拾う。彼らが海上保安庁に通報したあと、先に救助に向かうこともある。その場合、海上保安庁に方々から救難要請が来るものだが、今回は本人の一一八番通報のみだという。

「いまこの海域は台風の影響で荒れているから、船の航行がないんだろうな」

八潮が言った。なぜそんな海面状態で沖釣りになど出たのだろう。八丈島もいま、土砂降りや突風に見舞われているはずだ。愛は疑問を口に出したいが、息切れは収まるどころかひどくなっていた。いくら拭いても、顔面からだらだらと汗が垂れる。

内灘がパソコンを開き、最新の天気図を見た。

「今朝、八丈島は晴れていたようですよ。奇跡的に雨雲がかかっていない。ただ東京港との定期船は欠航していますし、八丈島漁業組合も今日は休漁としています」

八丈島には定期船など観光目的の船が接岸する底土《そこど》港と、漁港になっている神湊《かみなと》港がある。落花生のような形をした島の、くびれ部分の東側にどちらの港も位置する。海水浴場をはさんで隣り合っている。

「状況的に、素人の釣り人が個人所有の船で、沖の天気を予測できずに釣りに出たと見るのが自然ですかね」

内灘が指摘した。海斗も意見する。

「男女二人だけとしたら、カップルとか」

素人の釣り人が、衛星携帯電話や個人所有の船を持っていた、ということになる。

愛は不自然な気がしたが、高浜船長がさっさとまとめる。

「とりあえず、管轄である下田海上保安部に現地対策本部が立った」

伊豆七島には海上保安部がなく、小笠原《おがさわら》に海上保安署がある程度だ。規模が小さく、八丈島まで出られる巡視船を持っていない。伊豆半島の南にある下田海上保安部が対応するほかない。

「三管本部にも対策本部が設置される予定だ」

「対応勢力は決まっていますか?」

どの巡視船艇や航空機が現場に向かうのか、八潮が質問する。小型の巡視艇では伊豆七島沖まで出られないから、三管所属の、中・大型巡視船が対応することになる。うち、潜水士が乗っている船は、巡視船ひすいと巡視船おきつの二隻のみだ。だからすぐに出港命令が出た。

高浜船長が巡視船の運用表を確認する。どの船がいつなにをするのか、という計画表だ。

「当面はひすいとおきつの二隻だけかなぁ」

三管本部所属で最大規模のPLH型巡視船あきつしまは、尖閣諸島《せんかくしょとう》対応等、国家的規模の事案に使用されることが多く、管内から出払っていることが多い。同じく、ヘリ搭載という意味でHがつく、PLH型巡視船おおすみは、海上自衛隊との合同訓練に参加するため、呉に行っている。PM型巡視船かの、PL型巡視船ぶこうは九十九里浜沖のサーファー遭難事故の対応中で、PM型巡視船ふじは原発警備対応中だった。PL型巡視船しきねは、修理のために長期運用停止中だ。

高浜船長が結論づける。

「海難の規模がわかっていないからなんとも言えないが、行方不明者と要救助者合わせて二人のみなら、ひすいとおきつ、特救隊の対応で終わるだろう」

八潮が頷き、まとめた。

「本船は現場海域到着まで八時間かかる。恐らく小一時間のうちに特殊救難隊がヘリで現場海域に入り、転覆船に取り残された女性を吊り上げ救助するだろう。おきつの到着は六時間後とみて、十六時ごろ。本船の到着は十八時だ」

通信長が電報用紙片手にやってきた。高浜船長に渡す。紙を見て、高浜船長が仰々しく言う。

「三管本部より、正式な行動指令が来た。これより本船は、下田海上保安部に置かれる現地対策本部の指揮下に入る」

愛の心拍数が上がっていく。思わず腰を浮かせ、尋ねた。

「潜水部署の発動はありますか」

この発動が対策本部よりかかって初めて、潜水士は現地で潜水作業を行うのだ。

「気が早い。特殊救難隊が俺たちより七時間も早く現地に到着する。出番はないさ」

内灘が鼻で笑った。八潮は首を横に振る。

「ひとり海に投げ出された遭難者がいるという話だ。ヘリでは装備品を多く持ち込めないから、広域捜索作業はできない。我々は恐らく、特殊救難隊と合同で行方不明者の捜索に入ることになると思う」

八潮が愛を見た。愛は大きく頷き返した。

潜水士になって初めての海難対応だ。愛は心臓が勝手に跳ねあがる。


巡視船ひすいの食堂の時計が、正午を指した。

昼食の時間だ。第二公室に乗組員が集まっている。愛は午前中のファンネル登攀訓練でひどく空腹だった。いつもならご飯のことで頭がいっぱいになるが、いまは緊張で、なにを口に運んでいるのかわからない。

公室には大きなモニターがある。普段はテレビ番組を自由に見ることができる。いまは現場海域のヘリテレ（ヘリコプターテレビ中継システム）映像が流されていた。

羽田航空基地のヘリ、スーパーピューマいぬわしが特殊救難隊を乗せ現場海域に到着していた。転覆船を探している。八丈島沖北東五キロ地点といっても、一一八番通報で伝えられたものだ。対象区域は広い。どこまで正確な情報かもわからない。海の現場は、陸とは違う。常に潮に流され、位置が変わる。通報時に正確な場所を海上保安庁に伝えたとしても、対応勢力の到着時には、全く別の場所を漂流しているということが多々ある。

現在、三管本部の対策本部が、漂流予測を行っている。潮、風、波高などを考慮し、転覆船がどこを漂流しているのか、予測するシステムだ。しかし、漂流物――つまり転覆船の規模が全く分かっていないので、漂流予測を立てにくい。

大型であればあるほど漂流速度は遅くなる。小型であれば流されやすいかといえば、そうでもない。船上の構造物が大きいと、風の抵抗を受けやすく、漂流速度が速くなる。転覆していた場合、また話は変わってくる。海面から出ている部分と水面下の体積の比率により、漂流速度が変わるのだ。どれくらいの規模の船がどういった状態で転覆しているのか情報がないので、予測範囲は広大になる一方だ。見つけにくくなる。

いま、ヘリは八丈島の底土港より北東部を捜索している。この界隈《かいわい》は南からくる黒潮がある。これに乗って北に流されていると推測しているのだろう。

ヘリコプター搭載カメラは、機体の前部の真下についている。操縦士の足元あたりだ。カメラからは、白波が立つ海面ばかりがモニターに流されている。小雨《こさめ》が降っているようで、海面に幾重もの波紋が重なり、複雑な模様を作っている。集合体恐怖症ではないが、愛はじっと見ていたら気持ち悪くなってきた。五キロ沖だと陸や小島、岩も、なにもない。たまに漂流物が目を引いたが、流木やプラスチックゴミだった。

いつもはにぎやかな第二公室も、今日は静かだ。

ヘリの中でやり取りする声が、モニターから聞こえてくる。

〈船体の色、わかってないんだよね〉

操縦士らしき人の声が尋ねていた。

〈ええ。トン数も全長もわかっていません〉

女性の声が答えた。愛の隣でご飯をかきこんでいた真奈が、驚いている。

「あれ、特殊救難隊に女はいないよね」

「あれはホイストマン。いや、ホイストウーマンっていうの」

ホイストマンとは、ヘリから人をケーブルで下ろしたり吊り上げたりするホイスト装置を、操作する人員のことだ。

「何年か前に記事になってたよ。海上保安庁初の女性ホイストマン誕生って」

ホイストマンかホイストウーマンと呼ぶべきか、話題になったのだ。

鋭い声が飛んでくる。

「声だけでわかるなんて、すごいね」

愛の斜め前に涼香が座っていた。愛はなんとなく圧倒されてしまう。

「――いや、ヘリに乗ってる女性って少ないから、そうかなって」

「やっぱり、女性初っていうのを気にし続けてきたんだね。いずれ自分も、だものね」

自意識過剰とでも言いたそうだ。真奈が察したのか、話を逸らした。

「愛のお兄さん、出動しているの」

「ううん。いま出動しているのは第五隊だって」

特殊救難隊は六つの隊がある。一個隊六人の計三十六人と、統括隊長一人の、合計三十七人で構成されている。兄は第四隊だ。

涼香が冷めた顔で、ヘリテレ映像に目をやる。

「ま、私はこれ、いたずらだと思うけどね」

一一八番通報による海難情報は、一般の航行船舶からの通報や船舶通信システムによる緊急信号より、圧倒的にいたずらが多い。まだ運用から二十年しか経っていないので、『海の事故は一一八番』と知らない人も多い。周知徹底のために大きく喧伝《けんでん》すると、今度は試しにかけてくる人で回線はパンクしかけるらしい。広報官が悩ましげに話すのを、愛は聞いたことがある。

それでも通報があったからには、海上保安庁は各所に対策本部を設置して救助計画を立てる。管内の船、航空機を総動員で、通報位置まで飛ばすのだ。

〈いた。あれだ!〉

モニターから、操縦士が叫ぶ声がした。高度、進路変更のやり取りがある。真っ青の映像のすみっこに赤いものが映った。愛は箸を落とし、思わず立ち上がった。

「やばい、沈没するよこれ」

愛は食事を投げ出し、OICへの階段を駆け上がった。メインモニターに、第二公室と同じヘリテレ映像が映っている。

高浜船長と八潮が、食い入るようにしてモニターを見ていた。

釣り船は、転覆して完全に裏返しになっていた。赤い船底を曇天にさらし、波に洗われている。ヘリの高度が不明なので、どれくらいの規模の船なのか、映像からはわからない。八潮がモニターを指さした。

「この船首部に、人がいる。黄色の……」

愛も目を凝らした。確かに、赤い船底に、黒い点と黄色いものが見える。人の頭と救命胴衣だろうか。

〈高度五十まで下げる〉

ヘリ内でのやり取りの間に、「ヘリテレ映像をズームにしてくれ」という音声が混じる。対策本部が置かれた三管本部の対策官の声だろう。陸、海、空——すべてが通信機器でつながっている。

カメラがズームする。モニターに海面の模様がくっきりと浮かぶ。白波がより克明に見えるようになった。雨は上がっていたが、泡がたつほど白波が複雑にぶつかり合っている。

「女性ですね。生きていますか？」

愛はつい叫んでいた。隣にいた高浜船長が、「肩の力を抜け」と、愛ではなく八潮の肩を揉《も》んだ。女性だから、体に触れるのを遠慮しているのだ。

「いまそんなに切羽詰まってどうする。本船の現着まであと五時間近くもある」

八潮がモニターを指さした。

「生きている。いま腕が動いた」

女性は仰向けの状態だった。船底のなだらかなカーブに身を任せている。足は殆ど海面の下だ。人の全身が見えたことで、船の大きさは全長十メートルと推測できた。錆が目立つ、古い船のようだ。船尾にはスクリューなどの推進機があるはずだが、殆ど海中に没していて、状態がわからない。

映像の中の女が、右腕を上げた。続けて左腕を上げる。緩慢な動きながら、大きく手を振っているようだ。ヘリに気がつき、助けを求めているのだ。

「沈没寸前じゃないですか？　間に合いますかね」

　愛は八潮に尋ねた。

「大丈夫だ、間に合う。船尾がかなり沈んでいるが」

「沈みすぎているから、バランスが悪くてすぐ沈没しそうです」

「いや、あの状態で浮力を保っているってことだ。恐らく船首部に水密区画があって、空気が残っているんだろう。もう一人がそこにいれば助けられると思うんだが」

　ヘリテレ映像が更に要救助者に近づいていく。途中でヘリの前進が止まったのか、映像が同じところを映したままになる。

〈はいここで待機〜。ドアオープン〉

　操縦士の声がする。訓練時のような落ち着いた声だった。ヘリは主翼のプロペラが巻き起こす風で、真下に暴風を作ってしまう。ダウンウォッシュといわれるものだ。この風で、微妙なバランスで浮いている船を刺激してはならない。少し離れたところでヘリはホバリングしているはずだ。

〈はい、降下！〉

　特殊救難隊員が一人、ドボンと海面に飛び込んだのが、映像の中に見えた。クロールで転覆船へ泳いでいく。もう一人は救助用具の入った緑色のバッグを落としたあと、海面に飛び込む。バッグを担ぎ、ヘリとつながるケーブルを引きながら、要救助者のもとへ泳いでいく。

モニターのすみっこに映る女性は上半身を起こしていた。怪我はなさそうだ。バランスの悪い船底で立ち上がろうとしている。

隊員が転覆船に泳ぎ着いた。女性に向かって手を上下させている。座るよう指示しているのだろう。後から来た隊員が、海面に浮いた状態で、救助バッグからエバックハーネスを取り出した。吊り上げ救助の際、要救助者の体を安定的に支えるものだ。足を通す穴が二つあいている。座ると体がすっぽりと包まれた状態になる。

これにスライダーと呼ばれる金具を取り付け、ヘリとつながるケーブルと接続する。ヘリの真下まで戻り、ホイストマンが巻き上げを開始、要救助者をヘリ内に揚収する、という手順だ。

カメラが更にズームしたのか、ヘリテレ映像はより克明に転覆船上の様子を映し出す。転覆船は絶えず一メートルほど浮いたり沈んだりしている。隊員たちは作業をしながら、何度も頭から波をかぶっていた。

裏返しの船底の最も高い場所にいる救助女性が、ゆらゆらと体を揺らしながら正座をした。愛には、ずいぶんかしこまっているように見えた。隊員が女性へ手を差し伸べている。

女性は動かない。

隊員が何度も手招きする。やはり女性は正座したままだ。

海面へ降りるのが怖いのだろうか。

映像の中の隊員が転覆船へよじ登った。女性の手をにぎり、海面に下ろそうとしている。女性はみじろぎひとつしない。マネキン人形のようだった。

「様子がおかしいですね」

愛は思わずつぶやいた。気が付けば、モニター前に集まる人数が増えていた。誰もなにも言わず、モニターにかじりついている。

海難現場の隊員たちが無線でやり取りする声が、巡視船ひすいのＯＩＣにも流れる。

〈予定変更、転覆船真上で吊り上げ救助する。装備完了まで待て〉

〈いぬわし、了解。現場待機〉

モニターに、救助用具とケーブルを持った隊員が、船底の上によじ登ったのが映る。小脇に抱えたエバックハーネスから、ザーッと雨のように海水が落ちる。ヘリ内部に余分な海水を持ち込まないため、エバックハーネスはメッシュ素材でできている。隊員が、正座している女性の足元にかがみこむ。

〈要救助者、装備中〉

〈いぬわし、了解。現場待機〉

同じ報告が、繰り返される。ヘリでの吊り上げ救助の場合、操縦士とホイストマン、降下した隊員の三者が常に状況を報告し合う。五秒沈黙があると事故とみなされる。潜水士も似たようなところがある。海中では会話ができないから、海上とつながった潜水索がコミュニケーションの手段となる。潜水索から手を離した時点で、事故とみなされる。

〈要救助者、装備中〉

〈いぬわし、了解。現場待機〉

同じ報告が延々と続く。高浜船長が眉を寄せた。

「全然装備中にならんじゃないか」

映像の中の女性はガンとして動かない。隊員が身振り手振りでエバックハーネスに足を入れさせようとしている。現場では大声で指示しているはずだ。女性は微動だにしない。

「正座しているのは、拒否のあらわれかな」

八潮が呟いた。愛も頷く。

「エバックハーネスに足をいれたくないから、正座して足を隠している、ということでしょうか」

「高所恐怖症？」

驚きすぎて、正義は素っ頓狂な声を上げてしまった。

「それでヘリの吊り上げ救助を拒否してんのか」

正義は巡視船おきつの甲板にいる。十五時、予定より一時間早く八丈島沖の海を滑走中だ。雨は止《や》み、台風一過らしい青空が広がる。台風から置いてけぼりをくらった黒い雲がたまに見えるが、雨はもう降らないだろう。海面状態はまだよくない。波高は一・五メートルあった。二メートル級の波がどかんと船の側面にぶつかる。甲板で作業中の正義は頭から波をかぶった。

巡視船おきつに潜水部署の発動がかかったのは、二時間前のことだ。発見された要救助者が吊り上げ救助を拒否した上、もう一人、遭難者がいるらしい。

正義もウェットスーツに着替え、部下三人と共に潜水作業準備に入っている。巡視船おきつで転覆船の横につけると、引き波で転覆船の沈没を助長してしまう。転覆船より百メートル手前で錨泊《びょうはく》する予定だ。船を停め、錨《いかり》を下ろしてその場にとどまることを錨泊という。錨泊地点より小型搭載艇を海におろし、それで救助に向かう段取りだ。

おきつの小型搭載艇はゴムとアルミの一体型だ。軽くてスピードが出る。船底部分が鋼鉄でできているので、ゴムボートより転覆しづらい。波高があっても安定して海面に浮いていられる。

正義は構造物横の狭い甲板をすり抜け、船首部に立った。首から下げた双眼鏡で、大海原の向こうを見る。太陽は西に落ち始め、正義の背中をじりじりと焼く。波の隙間に、小さなオレンジ色の点が見える。見えたと思ったらすぐに波の間に消えてしまう。現場まであと一キロほどか。

隣にバディの難波が立った。同じく双眼鏡を覗いている。

「ヘリの姿がありませんね」

「諦めて帰ったんだろ。イヤイヤしている要救助者を前に、燃料の無駄だべ。余計パニクるだろうしよ」

「それにしても初めて聞きましたよ。高所恐怖症だから吊り上げ救助拒否だなんて」

正義も救難の現場に三十年いるが、初耳だった。救助後、ヘリに揚収した際に「実は高所恐怖症です」と震え出すのはいた。だが、沈みかけた船にいて、目の前に垂らされた命綱を拒否する者はまずいない。

正義は自分のスマホを見る。電波は入らない。やはり、衛星携帯電話で通報してきたのだろう。

「衛星携帯電話を持ってるなんざ、よほど沖釣りに慣れた女性なんだろ。海に漂っていることなんかこれっぽっちも怖くねぇのかもよ」

ヘリは残り四人の特殊救難隊員と救命筏《いかだ》を現場海域におろし、立ち去ったらしい。救命筏は水に反応すると自動で開くようになっている。開く前は米俵みたいな形をしているが、海面に浮かべば、子供用のプールにテントを張ったような形になる。要救助者の女性を救命筏に収容し、巡視船おきつが現場到着するのを待っている。

一人の隊員が救命筏の中で女性に付き添い、残り五人は現場周辺で行方不明者を捜索しているという。

特殊救難隊からはもう一個班、第六隊が投入されている。彼らは該船が沈没しないよう、浮力調整装置の設置準備をしている。浮力調整装置は、人が両手で抱えられるくらいの大きさの、頑強なバルーンだ。普段はしぼんだ状態で各巡視船艇に常備されている。巡視船おきつのそれにも空気を入れて、搭載艇にくくりつけてある。

現場にいる特殊救難隊は、該船のどこにいくつの浮力調整装置を設置したら船が安定するか、調べている。すでに固定用のロープを船に取り付けて、巡視船おきつが浮力調整装置を持っていくのを待っている。

いま、該船は船首部一メートルを海面に突き出し、膠着《こうちゃく》状態と聞いた。三時間前の発見時より、確実に沈んでいる。

　正義の頬にあたる風が、優しくなっていく。船のスピードが徐々に落ちていた。そろそろ錨泊ポイントに到着する。

「よし。乗っとくか」

　正義は船内に戻った。潜水倉庫でシュノーケルつきのマスクをつけ、フィンを二つ持った。予備の救命胴衣とロープをつかむ。甲板に上架された搭載艇には難波とひよっこ隊員二人が乗りこんでいた。搭載艇は専用クレーンで持ち上げられ、海面に下ろされる。

「要救助者乗っけてすぐ戻るが、念のためボンベ持ってくぞ。入れたか？」

「搭載しました！」

　ひよっこが叫ぶ。正義は段差や取っ手をつたって、搭載艇によじ登った。波風をよけるガラスが操舵ハンドルの前面についているだけで、屋根はない。業務管理官がクレーンを操作する。搭載艇が空に浮かんだ。

「何度乗っても、遊園地のアトラクションみたいですねぇ」

　ひよっこ潜水士が呑気に言った。

「しっかりつかまってねぇと、振り落とされるぞ」

　搭載艇が海面に下ろされた。足元から、だふっという音がする。水に浸《つ》かったのだ。クレーンと搭載艇のドッキング部分が外れる。

　正義はエンジンをかけた。

　難波がボートフックを取り出した。鉄パイプか物干しざおのようなそれで、巡視船おきつの船体を押し、反動で母船から離れる。海面に浮かぶ遺留品や係留索を拾うときも、ボートフックを使う。船の必需品だ。

「全速前進！　飛ばすぞ！」

　正義は左手でリモコンレバーを上げた。右手で舵《かじ》を握る。風を切り、波を割って前へ進む。風圧と慣性力で体が後ろに持っていかれる。ガラスの目の前に座っているので正義は濡れなかったが、後ろに座る若手潜水士たちはずぶ濡れになっていた。

　波高があるので、軽い搭載艇は何度も空中へ跳ね上がる。浮いては海面に叩きつけられた。そのたびに胃が浮き、腰に響く。ひよっこが悲鳴を上げた。

「やっぱアトラクションじゃないっすか、ジェットコースター並みっすよ」

「ジェットコースターじゃねぇよ。あっちは安全バーついているだろ」

　滑走中の搭載艇では、ちょっとの気のゆるみで乗組員が海に投げ出される。

「落ちたら泳いで追いかけてこいよ」

　若い潜水士たちは縮み上がった。隣に座る難波が双眼鏡を覗く。

「女性が救命筏から顔を出してますね。こっち見てます」

救命筏のテント屋根はジッパーで開け閉めできるようになっている。搭載艇の接近に気がついたようだ。難波が双眼鏡を目に当てたまま、つぶやく。

「若いな。まだ二十代くらいじゃないかな」

衛星携帯電話を持つ、沖釣りに慣れた女性というから、正義は野性的な中年女性を思い浮かべていた。髪がパサついて、ノーメイクの肌にそばかすが浮かんでいるような女性だ。いまどきの若い女性は日焼けを嫌がって海水浴場にも来ない。九〇年代はサーフィンを楽しむ女性も結構いたが、かなり減っている。釣りはそもそも男の趣味ということもあり、沖釣りに出る若い女というのは珍しい。

「きっと海好きの男に連れてこられたんだっぺ。乗ってたのは男女ペアだったんだろ」

遭難男性は特殊救難隊が捜索している。発見の一報は入っていない。

正義の目視でもはっきりと、テント状の屋根から女性が身を乗り出しているのが見えてきた。髪は後ろに結んであった。救命胴衣の下はフード付きの薄手のパーカーだった。下はボタニカル柄のハーフパンツだ。

あまり近づきすぎると、潜水捜索中の特殊救難隊員の邪魔になる。潜水士が作業している真上には、どんな小さな船であっても入らない。正義は、救命筏の二十メートル手前で停船した。肩に装着した無線機に一報を入れる。

「おきつ搭載艇、現着～。これより要救助者揚収に入る」

巡視船おきつのＯＩＣから「了解」の声が聞こえた。対策本部のある三管本部や、目の前にいる特殊救難隊からも「了解」と返答があった。

正義は立ち上がった。浮力調整装置の引き渡しをひよっこたちに任せて、難波を促す。

「行くぞ。ボンベはいらねぇな」

「はい！」

正義は潜水マスクを装着した。腹から声を出す。

「水面よぉし！」

これから飛び込もうとする海面に人や異物がないことを指さし確認した。シュノーケルを口にいれ、飛び込む。すぐに浮上した。シュノーケルに入り込んだ水をプシュッと外に排出する。搭載艇に残った部下たちに右腕でＯＫサインを出す。難波が飛び込む前に、正義は泳ぎ出した。

救命筏のテントから、女が足を出しているのが見えた。海に入ろうとしているのか。ずいぶん気が早い。付き添っていた特殊救難隊員が、慌てた様子で彼女の腕を引いている。

正義は救命筏に泳ぎ着いた。女が膝をつき、四《よ》つん這《ば》いになって顔を出していた。

「こんにちはー。海上保安庁です」

女性は放心状態と聞いている。正義は丁寧にあいさつした。

「船で迎えに来ました。ちょっと手順を説明してから、船に誘導します」

「顔を見せて」

女が深刻そうに言った。正義は潜水マスクをしたままだった。

「すまね。怖いな、これは」

正義は少し笑って、潜水マスクとフードを取った。視界がクリアになる。女の顔や表情が詳細に、正義の目に入ってくる。

正義を見る、女の目――。

強烈な違和感があった。

潜水士として救難現場に出て、二十年。生きて救助を待つ人の元に、何度かは辿《たど》り着《つ》いた。こんな目で見られたのは初めてだった。

女がいきなり海に飛び込んできた。正義の腕に飛び込んできたと言っていい。正義は面喰らい、沈みそうになった。救命筏の周囲にめぐらされたロープを咄嗟《とっさ》につかむ。女は正義の首に絡みついていた。キスでもできそうなほど間近に、女の顔がある。肌の色が抜けるように白い。海好きの女には見えなかった。数秒前に違和感を持った女の目はいま、真っ赤になって、涙がたまっていた。

「早く助けてください。船に乗せて下さい」

「あ、ああ……、はい」

特殊救難隊員も、変な目で正義と女を見ていた。難波が追いついた。救命浮環を持っている。正義は、自分の首に絡みついた女の右手を外し、浮環に置いた。

「これにつかまって。搭載艇まで引っ張っていきますから――」

女がまた、正義の体に吸いつく。今度は正義の首に腕を回し、鎖骨のあたりに頰をくっつけて、しがみついてきた。

難波が笑いを堪えている。

「そのまま行きましょう。二十メートルくらいなら、立ち泳ぎできるでしょう」

「――できるけどよ」

正義はちらりと、救命筏に乗っていた特殊救難隊員を見た。記録のため、ヘルメットに小型カメラをつけている。娘と同年代くらいの若い女にしがみつかれているのを撮られていると思うと、正義はなんとも恥ずかしい気持ちになった。

仕方がない。

正義は右手を女の腰に回し、引き寄せた。

「右肩につかまって」

女は正義の胸元で「はい」と答え、首から右肩へと両手を滑らせた。

「泳ぎますよ」

正義は潜水マスクを額にあげたまま、左手と足だけの立ち泳ぎで、搭載艇へ向かった。ちらりと顎の下を見る。女は目を閉じて震えていた。波や飛沫が彼女の顔にかかっているが、無言で耐えている。

彼女と初めて目を合わせたときに感じた違和感――あの目を、正義は思い出す。

怒りに満ちていた。


搭載艇が巡視船おきつの甲板に吊り上げられた。

主計科の海上保安官二人が待ち構えている。救助者の看護も彼らの仕事だ。女性の手を引き、丁重に甲板へ降ろす。女は歩けるようだが、足取りは重そうだった。何度も正義を振り返り、なにやら目で訴えてくる。船内に連れていかれた。

正義は難波に腕を突かれた。

「惚《ほ》れられちゃいましたね、完璧に」

「なにがよ」

ひよっこまで正義を冷やかしてくる。

「なんで忍海さん？」

「そりゃー、吊り橋効果って奴じゃないの」

命の危険がある状況で出会った相手に、恋愛感情を持ってしまうことだ。難波の説明に、ひよっこが手を叩いて笑う。

「だとしても、なんで忍海さん？　先に来た特殊救難隊員を差し置いて、ですよ。あっちは若いイケメンが揃ってるでしょー。俺とかも」

難波が「お前は違うだろ〜」と茶化す。

「枯れ専だ、きっと」

「なんだべ、枯れ専って」

「年上のじじい好きってことっすよ」

難波が冗談めかして言った。正義は眉を上げる。

「ひどい言葉だべな、枯れてねぇぞ俺は」

「東北弁萌《も》えとかじゃないっすか」

散々正義をからかいながら、部下たちは船内に入っていった。正義も搭載艇を下りる。左胸の無線機を外し、甲板にあるホースを引っ張って顔を洗った。主計科の保安官がやってくる。

「忍海さん、来てくれませんか。救助した彼女、忍海さんじゃなきゃいやだって」

「無理って言っとけよ。これから浮力調整装置の取り付けを手伝う。すぐ現場に戻る」

主計科の保安官は困った様子だ。

「女性は名前すら教えてくれません。忍海さんなら、と言っています」

「俺の名前、知ってんのか」

正義は名乗っていない。

「ウェットスーツに名前、入っているじゃないですか」

入っているが、背中にアルファベットで入っているのみだ。フードにはイニシャルしか入っていない。まあいいや、と頭をかいた。

「わかった、ちょっと待ってろ。着替えてくるから。なんか、飲み物出してやって」

「忍海さんが持ってきたものしか飲まないって」

主計科の保安官が口を尖らせた。

「なんだべそれ」

「知りませんよ」

やれやれと正義は頭を掻いた。「身元や事情を早く知りたい」と無線からも聴取を急《せ》かす声が聞こえてくる。現地対策本部のある下田海上保安部だけでなく、所属する清水海上保安部からも連絡が入る。巡視船ひすいの高浜船長からも、救助はどうなったとしつこく無線が入った。

「あーうるせぇ全く」

正義は船内の居住区に降り、急いでシャワーを浴びた。風呂には温かそうなお湯が張ってあった。潜水士が戻ってくる時間に合わせて、主計科の人間が風呂を沸かしてくれるのだ。潜水士が優先的に風呂に入れる。その中でも潜水班長は一番だ。救難があったとき、おきつの一番風呂は正義と決まっている。今日は無理だ。正義は急いで体をシャワーで洗い流し、第四種制服を身に着けた。

濡れた頭のまま、階段を上がる。中型船なので、救助者を休ませる救護室はない。女はOICの椅子に浅く腰掛けて、せわしなく船内を見回していた。テーブルに置かれたコーヒーカップから湯気が上がっているが、手をつけている様子はなかった。主計科の保安官が、手持ち無沙汰な様子でそばにいる。正義は自分のコーヒーも頼み、テーブルに近づいた。

「大丈夫すか」

声をかけた。女性が一心に正義を見つめ返す。また抱きつかれたら困るので、正義はふたつ隣の椅子に座った。

「どっか痛いところとか、怪我とかないですか」

「……わかりません」

「すぐ病院に行ったほうがいいですね」

「いやです」

女がつと目を逸らした。きっぱりとした拒否反応だった。

この要救助者は、様子がおかしい。

主計科の海上保安官が正義のマグカップを持ってきた。正義は受け取り、席を外すように言った。船橋には航海士と船長がいた。遠巻きに女の様子を見ている。正義はOICと船橋の間のカーテンも閉めた。女性のすぐ隣の椅子に座る。

「自分は忍海正義って言います」

女は床を睨んだままだ。正義は彼女の顔をのぞきこんだ。

「――あなたは？」

緊張でいかっていた女の肩が、下がっていく。眉尻もだ。いまにも泣きそうな顔になった。正義は丁寧に質問を重ねる。

「名前を教えてほしいんですが」

女が口を開いたが、震え、言葉は出てこない。正義を見た。ぼろぼろと涙があふれてくる。

「どうしよう、私――」

正義は、大丈夫、と励ました。

「私、わからなくて」

「わからない？　名前が」

女がこくりと頷く。

「名前も、年齢も、どこから来たのかも、なにも……。どうしてあの船に乗っていたのかも」

記憶喪失か。

カーテンの向こうの船橋が騒がしくなった。無線のやり取りから「逃げろ」「沈む！」と聞こえる。

正義は、女性にここにいるように言い、船橋の中に入った。

「どうした」

船長と航海士が双眼鏡で窓の外を見ている。

オレンジ色の救命筏はもう撤去されていた。残っていた特殊救難隊員が猛スピードで、巡視船おきつの方へ泳いでくるのが見えた。彼らの背後で大きな水飛沫が上がっている。

白い泡と青い波に彩られた赤い船首が、みるみる沈んでいく。浮力調整装置がロープを引きずって、流れていく。もうひとつは渦を巻く海面でぐるぐる回る。取りつけが間に合わなかったようだ。

やがて、なにも見えなくなった。

海面に上がる泡だけがそこに残る。船長が無線で一報を入れた。

「一五四七《ヒトゴーヨンナナ》、該船、沈没した」

第三章　ブラックアウト

台風一過の夕方、水平線に落ちる真っ赤な夕陽《ゆうひ》を、愛は口を真一文字にして見ていた。

半円形になった太陽を大海原が吸い込む。黄金色の波が立っていた。夕陽の反射の輝きの中に、ぽつりと、オレンジ色のブイが浮かぶ。愛は双眼鏡で方向を確認し、隣に立つ内灘に報告した。

「十時の方向に目標地点確認」

内灘が復唱する。首席航海士も繰り返した。高浜船長が「取り舵いっぱい！」と指示を出す。

十七時四十一分。巡視船ひすい、海難現場到着。

該船は浮力調整装置の取りつけを待たず、沈没した。沈没地点に残るのは、地点を喪失しないために特殊救難隊が設置したブイと、沈没船のものと思われる船体部品、発泡スチロールの蓋、プラスチック籠などだった。衣類のようなものも浮かんでいる。現在、先に到着した巡視船おきつの乗組員が、漂流物を回収している。

船橋に八潮がやってきた。

「内灘、愛。一八〇〇《ヒトハチマルマル》よりＯＩＣで合同潜水会議を行うから、そのつもりで」

内灘が反応した。

「合同――おきつの潜水士と沈没船捜索ですか」

「ああ。おきつの三人と、特殊救難隊第五隊と六隊の十二人との合同潜水だ。ちなみに――」

八潮はちらりと、愛を見た。

「あっちの忍海さんは潜らない」

愛は思わず反応した。

「父になにかあったんですか」

「救助された女性が忍海さんの手を離さないそうだ」

すぐに状況が飲み込めず、愛は目が点になった。内灘が皮肉っぽく口角を上げる。

「なんですかソレ、手を離さないって……」

なにかに怯《おび》え切っているらしい、と八潮が肩をすくめる。

「やっと沈没船から助け出した女性の手を引いてまた沈没船に潜ることなんか、できないだろ」

救助女性は、ヘリによる搬送も拒否しているらしい。

「大怪我をしている様子もなく状態は落ち着いているというから、一旦うちの救護室で預かることになった」

愛は眉を上げた。

「救助女性がこの船に乗ってくるんですか？」

「本人が病院を嫌がっている。説得する時間も必要だが、まずはうちの救護室でできる検査と経過観察を行う」

「記憶喪失らしいですしね」

八潮が頷く。

「所見では頭部外傷はないそうだが、念のためうちでレントゲンを撮るそうだ」

巡視船ひすいの救護室にはレントゲンの他、簡単な手術ができる設備も整っている。船医が乗っているわけではないので、医療行為が行われることは殆どない。災害指定船として災害時に被災地に派遣され、ＤＭＡＴ（災害派遣医療チーム）の医者などを招き入れ応急手当てをすることを念頭に置いた設備だ。

八潮が、「それじゃ」と立ち去った。

双眼鏡を置いた内灘が左肩をさすりながら、ぶつぶつ言う。

「沈没船の名前も未《いま》だにわからずじまいだからな。一体あそこでなにがあったのか」

先行ってるぞ、と内灘は船橋を出ようとした。

「あの、内灘さん……！」

面倒くさそうに、内灘が愛を振り返る。

「左肩、大丈夫ですか」

内灘が左肩からパッと手を離した。

「見張り中、ずっと左肩を触っていました。違和感があるんじゃ？　ファンネル登攀訓練のとき、咄嗟に私の腕を……」

愛は双眼鏡を置き、深く頭を下げた。

「怪我をさせたのなら、申し訳――」

「あれは俺のミスだ」

思いがけない言葉に、愛は戸惑った。内灘が頭をかく。

「あれが海斗だったら、俺は咄嗟に手を出さなかった。お前だって、ずるずると滑って甲板に尻もちつく程度だったろう。いっきに落下することはなかった。でも俺は、咄嗟に手が出ちまった」

困り果てたようなため息をはさみ、内灘は続ける。

「お前が女だからだ。本能だな。いや、生まれてこの方、親、学校、社会から刷り込まれてきた常識が、そうさせた」

内灘は咳払いし、改めて言う。

「女は弱い。男が守る」

愛は謝った。

「謝らなくていい。俺の判断ミスだ」

「女で、すみません」

嫌味などではない。愛は女であることを心から申し訳なく思った。


愛は甲板に出た。巡視船おきつの搭載艇が横付けされている。

第四種制服に救命胴衣を着用した父親が、甲板から船内へ入ろうとしていた。手を離さないと聞いた通り、正義の隣に救助女性が寄り添っていた。肩をすぼめてはいるが、足取りはしっかりしている。仕事着の父親が、若い女性と手をつないでいる――

愛は変な気分になった。

正義が愛に気がついた。踵《きびす》を返し、困惑顔で近づいてくる。女性も自動的についてきた。愛をちらっと見て、すぐ視線を落とした。救助直後はびしょ濡れだったはずだが、巡視船おきつで体を洗ってきたのだろう。各巡視船艇に備蓄されている、救助者用の白いTシャツにジャージのズボンという格好だった。ノーメイクで、髪からはシャンプーのにおいがする。妙になまめかしく感じた。

「よう。世話になる」

正義が言った。愛は頷き、俯《うつむ》いている女性に声をかけた。見たところ同年代のように見えた。

「初めまして。この人の娘の、忍海愛です」

女は正義と愛を見比べる。

「親子で……？」

愛は帽子を取った。安心させたくて、にっこり微笑《ほほえ》む。

「似てるでしょ。私も――」

潜水士なんです、と言おうとしたのに、言葉が出なかった。いまはまだ、堂々と胸を張って海蝶を名乗れない。

愛は正義に尋ねる。

「うちの主計科の人に世話を頼む？　女性保安官の方が――」

女が途端に正義の背中の後ろに隠れた。睨むように愛を見る。

まるで、父親から引き離されまいとする、幼女のようだった。正義の手に彼女の爪が食い込んでいた。正義は手を握り返してはいなかった。父の困惑がよくわかる。

「落ち着くまで、俺が見とく」

愛は頷き、救護室に向かう二人を見送った。

あの女性はなぜ、父から離れないのだろう。

五十歳といえども、父は潜水士の仕事を続けているだけあり、見た目は若い。海で働く男特有の〝潮気〟が巨体からにじみ出ていて、頼りがいのある雰囲気だ。口から出る素朴な東北弁は親しみやすさがある。無愛想な兄より、実は父親の方がモテると愛は思っている。

震災から三年ほど経ってから、父に再婚を勧める話がいくつもあった。あの時、父はまだ四十四歳だった。これからの人生の方が長い、ずっとひとりでいるのか、と周囲は心配した。父を狙ってか、近所の独身女性がやたら世話を焼きに来たこともあった。父がなびいたことはない。積極的に次の相手を見つけようとしている様子もなかった。

母が見つからないという事実が、そうさせているのだろう。

遺体も遺骨もなく、墓や仏壇もない。葬式もあげていないから、四十九日も一周忌もない。七年を過ぎたころ、親戚から「せめて仏壇くらいは」という話が出たのだが、愛は率先して反対した。見つかっていないだけなのに、「もう死んでいる」と生き残った者たちが勝手に決めていいのか。仏壇を買う、墓を作る、こういう話が出るたびに、愛は体の芯が焼けるような、苦しい気持ちになる。

母は、百パーセント、死んでいないのだ。

父が人生の次のステップを踏む気にならないのも、そのためだろう。

愛は巡視船ひすいの甲板で、ひとつため息をついた。頭を切り替える。

ＯＩＣに入った。

もう潜水対策会議は始まっていた。八丈島北東部海域の海図と、海底地形図がホワイトボードに張り出されていた。八潮がペンを握って説明をしている。

「沈没地点は北緯三十三度七分八秒、東経百三十九度四十九分四十秒。底土港から広がる浅瀬の、最も沖合のサガ浅根から、急激に水深が深くなる地点です。海底は沖に向けて勾配が続いています。レーダーによると水深は四十メートルから六十メートルです」

いつもは巡視船ひすいの乗組員しかいないＯＩＣに、特殊救難隊五、六隊の十二人と、巡視船おきつの潜水士三人を合わせ、二十三人が集まっていた。椅子が足りないので、愛は壁際に立った。特殊救難隊のひとりが愛に気がつき、椅子を譲ろうとした。女だからだろう。愛は断固、断った。

ＯＩＣ区画は通信士が常駐する通信スペースと同居している。その椅子に、涼香が座っていた。通信機器に背を向けて遠巻きに会議を見ている。八潮が涼香に声をかけた。

「ソナー映像、出してくれるか」

涼香は頷き、椅子を回転させて目の前の通信機器を操作する。ＯＩＣの大型モニターに、ソナーで沈没地点を探索した際の映像が出てくる。富士山の裾野に色をつけたような、カラフルな海底図だった。深くなるほど色に赤みが増していて、浅いところは緑や黄色だった。海底岩の形もくっきり浮かぶ。ときおり思い出したように隆起した場所があった。四角だったり真ん丸だったりするので、人工物だろう。沈没船から流出した遺留品が散らばっているようだ。

涼香が画像を拡大した。船の形が現れる。海面に浮かんでいたときと同じ、船底を上にしてひっくり返っている状態だ。

「斜めになっていませんか？　船首の方が高さがある」

内灘が指摘した。涼香が解説する。

「ここは高低差がある海底です。斜面の高い方に船首があるため、船自体が傾斜しているのだと思います。ちなみに――」

涼香は映像を切り替えた。

「こちらが四十五分前の映像です」

「位置に変化はない」

八潮が断言した。涼香が大きく頷く。

「台風一過ということで、潮流はかなりあるはずです。変化がないことを見ると、この状態で海底で安定しているとみていいと思います」

涼香の口調も断定的だった。特殊救難隊の第六隊長が太腿《ふともも》を叩く。

「水深三十二メートル地点か。沈没船内の捜索は危険が伴う。うちでやろう」

ちょっと待ってください、と八潮が手を挙げる。

「もうひとりの行方不明者捜索も実施する必要があります。これを見て下さい」

八潮がモニターに、沈没地点を基点とした行方不明者の漂流予測図を表示させた。

「漂流予測に基づいた航空機による捜索では、いまのところ結果が出ていません。夜が明けてからもガルフやスーパーピューマが飛ぶ予定ですが、海底に沈んでいる可能性が大きい」

ガルフは固定翼機、つまりは飛行機のことだ。スーパーピューマはヘリの種類だ。

八潮は、海底のソナー映像を漂流予測図と重ねた。人工漂流物が散らばる海域と漂流予測区域が、ほぼ一致している。

「遭難者が海底に沈んでいるとしたら、この漂流予測区域内であるとは思いますが、該船より東へ百メートルの地点に、特に遺留品が集中しています。ここは水深が四十八メートルあります」

潜水士は規則上、水深四十メートルまでしか潜れない。特殊救難隊は六十メートルまでだ。第六隊長は大きく頷いた。

「わかった。我々は海底四十八メートル地点の捜索を行おう」

環状捜索をしたいがなぁ、と隊長はぼやいた。環状捜索とは、ロープ沿いに横一列に並んだ潜水士が、ロープの一端を基点にぐるっと一斉に回って捜索をする方法だ。見落としなく海底を捜索できるため、遺留品の捜索などでも頻繁に行われる。海上保安庁の伝統的な捜索方法だ。

五隊にいる若手隊員が苦笑いした。

「水深四十八メートルでは無理ですね。海底での作業時間は六、七分が限度です」

空気ボンベの量、潜水士の体にかかる負担を考慮すると、深く潜れば潜るほど、現場での作業時間は短くなっていく。環状捜索は、一時間以上作業できる水深十メートル以内の海底で行われることが多い。

愛は「ちょっといいですか」と意見をはさむ。

「特救隊の現場到着から沈没まで三時間、すでに船内捜索は終了しているんですよね。遭難者はいない、と聞きましたが」

第五隊長が答える。

「我々が確認したのは、空気が残っていた船首部位のみだ。船尾部を中心とした水没箇所までは危険すぎて入れなかった。打音反応もなかった」

遭難者が船内に取り残されていた場合、船の壁を叩いて外に生存を知らせることがある。潜水士は船体のあらゆる箇所から、何度も船体を叩いて、中の反応を窺《うかが》う。この打音反応がなかった場合、転覆船内の捜索は一旦見送る。海面に浮かんだ転覆船はいつ沈没を始めるかわからない。タイミングが悪いと、潜水士が船と一緒に沈んでしまうからだ。

船が完全に沈没した状態か、浮力調整装置を取り付けて安全な浅瀬へと曳航《えいこう》し、安定した状態にしてから、船内に入る。

愛の指摘を非難と捉えたのか、特殊救難隊のひとりが補足する。

「我々は浮力調整装置の取りつけ作業もしていた。結局間に合わなかったが、ヘリからやってきたたったの十二人で、支援に入る巡視船艇がまだ一隻も現場に到着していない時点で、我々ができることは限られている」

「ごめんなさい、非難しているわけじゃ――」

「まあそりゃ不安だわな」

内灘が話に割り込んできた。

「海蝶、一発目の潜水が海底三十二メートル地点のひっくり返った沈没船じゃあ、怖がるのも無理はない」

愛はむっとしたが、顔には出さなかった。反論はする。

「怖がっているわけではなく、なんのための船内捜索なのか目的を聞きたかっただけです」

八潮が間に入った。

「船内捜索の目的はもちろん遭難者の発見だが、唯一救助された女性は記憶喪失という特異な状況だ。乗船者の身元が分かる書類等が欲しい。船名や船籍すらまだわかっていないんだ」

愛は特殊救難隊員に尋ねる。

「船名はたいてい舷側に記されていますよね。船籍と船舶番号が記されたステッカーも、構造物のどこかに貼ってあるはずですが」

「確認できなかった——というより」

第五隊長が咳払いをはさんだ。背もたれから身を離し丁寧に言う。

「普通は一一八番通報や、要救助者を確保した時点で、船名や船舶番号が判明している場合が多い。こっちはまさか、要救助者が記憶喪失だなんて知らないから、いちいち船舶番号を探したり、船名がペイントされているのを気にしていなかった、というのが正しい」

八潮もフォローする。

「おきつの忍海さんから、要救助者が記憶喪失だと報告があって、初めて特殊救難隊員の誰も、船名も船舶ステッカーも見ていなかったことが判明した」

船はその直前に沈没してしまっている。内灘がため息をつく。

「妙な海難だよな……。あの船はどこから来て、中で何があったのか」

通信スペースから、涼香が声を上げる。

「本当にひすいの潜水士で行って大丈夫ですか。女性潜水士がいます。初心者で女性が、いきなり海底三十二メートル地点の沈没船の船内捜索は危ないと思いますよ」

訓練してきた、できる、と愛が言い返す前に、内灘が意見する。

「なら、忍海は船に残って潜水支援に回ればいい。捜索はおきつとひすいの潜水士十一人を順に潜らせれば充分だ」

「ちょっと待ってください。私は潜れます！」

八潮がやんわり意見する。

「愛、今回は訓練通りとはいかない。状況が特異すぎる。船名も船籍も、船の構造も、なにがどうなっているのかさっぱりわからないんだ。こんなのは俺も経験がない」

愛はため息をついた。

通常、沈没船の船内捜索に入る前には、いつ、だれが、船のどの区画を捜索するのか、潜水計画を立てる。とりあえず潜っていって、好き勝手な思いつきで船内に入ることはしない。沈没船の潜水計画を立てるためには船内図が必須なのだ。

「船内図を持たずに潜水捜索となると、手練《てだ》れの潜水士でも対応が難しい。現場経験のないお前にはとても無理だ」

　愛はしゅんとしてしまった。涼香が提案する。

「明朝、日の出とともに、海中探査機を出しましょうか」

巡視船おきつの潜水士が集うテーブルから、声が上がる。

「そうだった。ひすいには海中探査機が搭載されているんだったな」

「ええ。水深三百メートル地点まで探査できます。映像もきれいですよ」

涼香が自信満々に答えた。八潮はキャビネットから潮汐表《ちようせき》を出した。二〇二〇年の日の出日の入りの時刻が記されている。

「明日の日の出は〇四三七《マルヨンサンナナ》だ。すぐに動けるか」

涼香は「任せて下さい」と胸を張った。八潮がまとめる。

「詳しい潜水計画は、海中探査機の結果次第ということで」

　一同は解散した。おきつの潜水士たちは、搭載艇で巡視船おきつに帰る。特殊救難隊は専属の船がないので、巡視船ひすいの救護室の一画で寝泊まりするようだ。ガヤと階段を降りていく。内灘や海斗らは各居住区へ戻っていった。涼香も颯爽《さつそう》と通信室から出ていく。

　愛はなんとなく、そこにひとり残った。

八潮がホワイトボードを消している。振り返り、愛に気が付いた。

「どうした」

「みんな、私を潜らせたくないみたい」

八潮は眉を寄せて、困った顔をする。

「いずれ潜らなくちゃならない日が来る。その時に完璧に職務を遂行して、女性潜水士も他と変わらないと納得させるしかない」

愛は頷いた。立ち上がる。

「無理はするなよ」

八潮に引き留められた。

「無茶もするな。女性潜水士だからこそできること、女性潜水士じゃないとできないことが、きっとあるはずだ。これから一緒に探していこう」

八潮の言葉に、愛は今日も救われる。


夕食の時間になった。愛は第二公室に向かう。

すでに乗組員たちがお盆を持ち、列を作っていた。愛は列には並ばず、厨房の中を覗く。梓がおにぎりを作っていた。

「救助女性の分のご飯はありますか」

「これよ。いま、おにぎり作っているわ」

乗組員の夕食はとんカツだった。訊くと、梓は困った様子だ。

「本人が、片手で食べられるものじゃなきゃいやだっていうのよ。とりあえずおにぎりとみそ汁を」

父の手を離したくないのだろうか。愛は手を上げる。

「私が持っていきます」

「いいの？　潜水士に航海士補に大忙しでしょ。救助者の世話はこっちでやるわよ」

大丈夫、と愛は盆を持つ。ペットボトルの茶をのせてもらって、廊下に出た。

八潮の言う、女性潜水士だからこそできること。愛は女性だから、救助女性は心を開きやすいかもしれない。明日の沈没船潜水捜索に備え、情報収集しておきたい。

救護室に入った。

「失礼します」

百人収容できる救護室は、二つのカーテンで半分に区切られていた。真ん中は通路として空けてある。右半分は特殊救難隊員たちの休憩スペースになっている。左半分が、救護女性のいる区画だ。左側のカーテンの一部が開いていた。誰もいない。

「あれ……」

右側のカーテンの向こうの特殊救難隊員に、声をかけた。

「すみません、救助女性は？」

オレンジの作業着姿の隊員が答える。

「ああ、トイレ。男子の」

愛は意味がわからず、首を傾げた。隊員が困った顔で答える。

「離れないんだよ、忍海さんから。トイレ行くって言ったら、ついて行っちゃったんだ。お父さんに」

隊員は途中で「忍海さん」から「お父さん」と正義の呼び方を変えた。特殊救難隊には兄の仁がいるので、みな家族関係を知っている。

正義が戻ってきた。右腕を後ろに引っ張られているような歩き方だった。救助女性を連れている。

愛に気がつくと、正義は言い訳するように話す。

「手を離すと、不安がってな」

愛は後ろに隠れるように立つ女性に声をかけた。

「夕食を持ってきました」

女性は無言で頭を下げた。ジャージのズボンでは暑かったのか、ハーフパンツに穿き替えていた。太腿が日焼けの痕で、紅白にくっきりと色が分かれている。蛍光灯の下だとよくわかる。顔や首も、過度の日焼けで赤くなっていて、痛そうだ。

愛は「どうぞ食べていてください」と促し、居住区に戻った。自分の部屋の化粧品棚を探る。女性保安官に日焼け止めは必需品だが、それでも焼けてしまった場合は、クールダウン用のジェルをつける。海難が起こるといつ陸に戻れるかわからないから、大量に買いだめしてあった。愛は未開封のボトルを一本取り、救護室に戻る。

救助女性は座布団に座ったところだった。正義も下に引っ張られる形で、左隣に座る。女性は右手でおにぎりをつかみ、食べ始めた。愛は思わず足を止める。

女性は食事を始めてもなお、正義の手を離さなかった。正義のてのひらは、女性が食い込ませた指や爪のあとで、ところどころ赤くなっている。傷ついているところもあった。

変だなという思いを一度しまい、愛は少し離れたところに正座した。クールダウン用ジェルを渡す。

「これ、よかったらどうぞ。日焼けは痛いですよね」

曇天ではあっても、八丈島はとっくに梅雨明《つゆあ》けしている。真夏の大海原を四時間も漂流していたのだ。女性は少し微笑んだ。

「ありがとうございます」

愛は質問を続ける。

「聞いているかもしれませんが、一緒に乗船していた男性の捜索は、難航していま す。夜間は海中での作業ができませんので、いまはガルフという飛行機とヘリ三機で、付近の海を投光器で照らしながら捜索しています。ヘリはご覧になってますよね。スーパーピューマという種類で……」

女性は視線を落としたまま、おにぎりを食べている。反応がほとんどなかった。正義が愛に向かって、小さく首を横に振った。無駄だ、と言いたいようだ。

女性がペットボトルを手に取った。片手で開けようとする。愛はキャップを開けてやった。場を和ませる。

「父は照れているかも。独り身なんですよ」

正義が眉を上げて、愛、とたしなめる。女性に初めて反応があった。ちらりと隣の正義を見る。

「いえ、離婚とかじゃなくて、やもめっていうんですか。お母さんが——」

亡くなって、と言う言葉はやはり使いたくなかった。正式には行方不明なのだ。母の不在を説明するとき、事実のまま『行方不明』と言うと、失踪したと思われてしまう。どうしても、震災の話をしなくてはいけなくなる。

「母は九年前の震災で、行方不明に」

父は黙っている。女性が戸惑ったような視線を送る。愛は無理に笑顔を作った。

「女性に手をこんな風に握られるなんてすっごく久しぶりだと思うので、娘としては、大丈夫かなぁって……」

「兄弟は、いらっしゃるの」

女性が唐突に質問をしてきた。

「ええ。兄がいます。五歳違いの」

「二歳違い」

女性が突然、悲痛な声で叫んだ。初めて正義の手を離し、愛の手を握る。顔をのぞき込んできた。

「お兄ちゃん。うちは、二歳違いだった」

「お兄さんがいらっしゃるんですか」

「はい、お兄ちゃん……というと、懐かしい感じが……」

女性はこめかみに手を当て、考え込んだ。愛はすかさず質問する。

「もしかして一緒に乗船していた男性は、お兄さんですか」

女性がはっとした様子で、愛を見つめる。

「ご主人ですか。それとも恋人ですか……？」

女性がぎゅうっと目を強くつむった。眼球がつぶれるのではないかと思うほどだ。いつまでも顔面を震わせて目を閉じていた。愛は気遣う。

「大丈夫ですか。どこか痛みますか」

女性はこめかみをこする。

「思い出しそう……でも出てこない。もっと教えてください。あなたのお兄さんのこと」

愛はカーテンの向こうを指す。

「兄も海上保安官です。あそこにいるオレンジの服の人たち、特殊救難隊って言うんです。潜水士の中でも選抜された三十七人。兄はそのうちの一人です」

「それじゃ、いまあの中に……？」

女性がカッと目を開く。

「いえ、今いるのは第五隊と六隊。兄は第四隊にいます。次に出動がかかったら、現場に出るんじゃないかな。この海難現場に来ることはないと思うので、紹介はできませんが……」

女性は小さな悲鳴をあげて、愛の手を放した。再び正義の手を握る。

「思い出せない。ごめんなさい……」

おにぎりを投げ出し、両手で正義の腕にすがる。肩を震わせて泣きはじめた。

「お兄ちゃんには申し訳ないことをしたんです」

愛は思わず正義と目を合わせた。正義も緊張したように喉仏を上下させる。

「お兄ちゃんのことを考えると、すごく苦しいです。申し訳なくて」

愛は身を乗り出し、女性の肩に手を置く。

「やはり、船に乗っていたのはお兄さんなんですかね？」

「無理、ごめんなさい、思い出せない。思い出したくない……！　あっちへ行って！」

女性は豹変《ひょうへん》し、愛の体を突き飛ばした。錯乱したように、両手両足を乱暴に振り回しはじめた。ごめんなさい、ごめんなさい、とわめき散らす。

正義が彼女の背中をさすり、「大丈夫だ」と言い聞かせる。女性が正義に泣きすがる。愛は退散せざるを得なかった。


七月十五日、早朝の四時になった。

愛は巡視船ひすいの甲板で、歯を磨いている。東の水平線の向こうは既に明るい。いまにも太陽が顔を出そうとしている。水平線近くの空はオレンジ色で、暖かみがある。薄紫色の空は寒々としていた。星の瞬《またた》きを一層、研ぎ澄ます色だ。

海は穏やかだ。台風はすでに北方の海で温帯低気圧になっている。微風《びふう》が絶え間なく吹き、海面にちりめん生地のようなしわしわの模様をつけている。太陽の近くでは波間に反射光が散らばり、宝石のように揺らめいている。

これが母を飲み込んだあの黒い海と続いているとは、到底思えない。あれから九年、愛はいつもあの海と目の前の海を切り離して考えてきた。

誰かが船内から出てきた。父だ。寝ぼけ眼《まなこ》だった。

正義も歯を磨いている。おはよう、と互いに言い合ったが、細かい話はできない。しばらく父娘《おやこ》二人で、朝日が昇るのを見ながらシャカシャカと音を立てた。

愛はホースの水で口をゆすぎ、父に尋ねる。

「お父さん、結局どこで寝たの」

正義も隣に来て、口をゆすいだ。ぺっ、と痰《たん》も吐く。昔から変わらない。

「救助女性の隣だべ。手ぇ離さないんだから、しょうがね」

「惚れられちゃってー。いまのその痰吐く音、彼女に聞かせてやりたいわ。キモいオヤジって、すぐ離れていくんじゃないの」

「そうしてほしいくらいだ。手も肩もしびれてしょうもねぇよ」

正義が右腕を振った。目の下に濃い隈《くま》ができている。眠れなかったのだろう。

「あっちも全然、寝てなかった。仰向けになったり、俺の方向いたりサ。かといって手を離すと、沈む、って言うんだ」

彼女は転覆船内で、よほどの恐怖を味わったのだろうか。

「今日、病院に搬送するの？」

「どうだろうな。意識ははっきりしてるし食欲もある。精密検査も必要だろうが、下手に環境を変えるとパニック起こすかもしれねぇしな」

遭難者の捜索も今日から本格的に始まる。

「彼女には現場で記憶を取り戻してもらった方が、こっちは捜索の手がかりがつかめて助かるよ」

「俺もそう思って、昨日からあれやこれやと尋ねてはみるんだがなぁ。あんまり突っ込むと、パニクってな。昨日みたいに」

正義が右腕の裏側を見せた。みみず腫れが四本、できていた。血が滲んだのか、小さなかさぶたも点々と残っている。

「よっぽどの目に遭ったんだろ……転覆船の中で」

なにをされたのか。愛には想像が及ばない。

「海に投げ出されたのは彼女のお兄さんだろうと思ってるんだけど」

「昨日の流れだと、そんな感じだわな」

「操船をしていたのもお兄さんだよね。日焼けの具合から見て、彼女はかなり色白でしょ。海に頻繁に出ている人ではないよね」

正義も頷く。台風が沖を通過している中、兄に船で沖まで連れ出されたとみるのが自然だ。

「だけど釣りをしていただけとは思えないんだよね……。全長十メートルの船が、波高二メートル程度で転覆するとは思えないし。ましてや生き残った女性が記憶喪失なんて」

「事件の匂いがする、と」

愛は首を傾げる。

「わかんない。お兄さんになにかされたという感じでもないし」

「そうだな。彼女は兄貴に罪悪感を持ってる」

「あの人、お父さんの手を絶対離さないじゃん？」

正義は疲れたように右手を揉んだ。

「怖いんだと」

「違うよ、きっと」

断言した愛を、父が心配そうに見る。

「離しちゃったから、離さないんだよ」

「なんだ、その禅問答みたいなのは」

「彼女はお兄さんの手を離しちゃったんじゃないかな。船が転覆したとき」

父は目を逸らして海に視線を投げた。愛は続ける。

「忘れちゃいたいくらい後悔している。だから頭をぶつけたわけでも、外傷があるわけでもないのに、一時的に記憶を失ってるんだよ。お兄さんの手を離してしまったから……」

愛は自分の右手を握りしめた。父親の大きな手が、愛の右手を包む。救助女性に握られ、引っ掛かれ、傷だらけになっている。

「愛。もう忘れろ。母さんのことは――」

「忘れるのは悲しいことだよ。どうして悲しいのか、わからなくなっちゃう」

父は絶句している。愛は背を向けた。

「女なのに、どうして潜水士になんかなったのか、わかんなくなっちゃう」


予定時刻どおりの四時半、ＯＩＣのモニターの前に、潜水士たちが集まった。

愛はモニターから一番遠い末席に座る。海中探査機を操作するのは、涼香のようだ。海中探査機は両手で抱えられるほどの大きさで、ビートルズのアルバムジャケットのイエローサブマリンのような、かわいらしい形をしている。コントローラーは、家庭用ゲーム機と形状も大きさもよく似ていて、操作も簡単だ。使用方法を教われば誰でも操作できる。

かつては、人の背丈ほどある太い鉄柱に囲まれた機器を海底におろし、専用モニターとつながったコントローラーで動かしていた。いまはなにもかもがワイヤレスで、軽量化されている。

海中探査機はいま、海に下ろされている真っ最中だ。沈没船と海面のブイをつなぐロープ沿いを、ゆっくりと潜行している。

「水深十メートル」

涼香が読み上げた。モニター上にも角度や水深が表示されている。内灘が呟く。

「視界はいまいちだな。まだ台風の影響が残っている」

台風が通過したあとは、海底の堆積物や泥がまき上げられて視界が悪くなる。普段この界隈の海は透明度が高い。いまは視界不良だ。一メートルほど先しか見えない。

水深二十メートルを過ぎた。

「見えてきた。この赤いのがそうじゃないか」

八潮が映像にマウスを合わせ、目標物としてマーキングした。堆積物の浮遊で靄《もや》がかかっているが、愛にも赤い色の物体がぼんやりと見えた。

カメラが近づいていった。ソナーが示した通りの位置に、船体が見えてくる。ひっくり返ったまま斜面に引っ掛かっていた。船首から船尾にかけて、公園のシーソーほどの傾斜がある。

「水深三十メートル到達」

「まずは船首の舷側に向かってくれないか。船名がペイントされているはずだ」

八潮が指示した。涼香が指でレバーを操作する。船の左舷側を沿うように、探査機が進む。船がひっくり返っているので、上から見ると右手が船の左舷側になる。愛は調査表に記録した。

「船体は赤。構造物は白ですね」

一般的な釣り船はだいたい赤と白だ。特徴にはならない。

「船質はFRPでしょうか」

繊維強化プラスチックという材質のもので、多くの船がこれを材にできている。外見からでは個性が見当たらなかった。八潮が唸る。

「錆が目立つ。かなり古い船じゃないかとは思うが」

映像がぐんぐんと船首部に迫っていった。涼香が言う。

「いま画面に映っているあたりが、一般的に船名が書かれている箇所ですが、何も記されていませんね」

右舷側にカメラを回すよう、八潮が指示する。涼香がコントローラーを構え直した。映像が船首の形に沿って左に向かう。海中探査機が右舷側を船尾に向かって進んでいる。愛だけでなく、ＯＩＣに集まった海上保安官全員が腰を浮かせ、大型モニターに見入る。

「船名がない」

一斉にため息と、嘆く声が漏れた。

「どういうことだ」

八潮が椅子に座り直す。

「一メートルずつ深度を変えて、もういちど船首部の両舷側を確認してくれ」

涼香が了承したが、何度カメラを回しても同じだった。愛は天を仰ぐ。

「船名がどこにも記されていません」

「船舶法違反じゃないか、この船」

内灘が指摘した。八潮が涼香に指示する。

「もう一度、左舷の船首部、喫水線から一メートル上あたりを映してくれるか」

涼香が操作する。カメラが沈没船の十センチ手前まで接近した。

「これ以上進むとぶつかります」

八潮が目を細めてモニターを見つめた。愛も覗き込む。堆積物が粒として浮遊する向こうに、船体の赤い色がくっきりと映った。船首部の左舷側に、赤い丸が三つ、ぼんやりと浮かび上がっている。

「色が違いますね。この丸い部分だけ、赤が鮮明です」

愛は指摘した。八潮も頷く。

「確かに。他の部分はもう少しくすんだ赤だな」

「船名をスプレーペンキで塗り潰したんじゃないでしょうか」

その場にいた全員が愛の意見に同意する。八潮が涼香に指示する。

「引き続き、両舷側を回って船名を探しつつ、構造物の方にも接近できるか。船舶番号のステッカーがどこかに貼ってあるはずだ」

涼香は了承したが、コントローラーのレバーを指で押しながらぼやいた。

「船名をペンキで消しているとなると……船舶番号ステッカーもあるかどうか」

船舶番号ステッカーは、船舶登録に関する法律で、表示を義務付けられている。全長十メートルあたりの個人の船なら小型船舶登録してあるはずだ。その場合は八桁の番号と、船籍港を表す都道府県名がステッカーに記されている。八丈島の船なら、『東京』という具合だ。その左脇には定期検査済票が、右脇には次の定期検査時期を記した指定票が貼られている。

漁船として登録した場合は、都道府県のアルファベットと、六桁の数字がつく。日本の沿岸を航行している船は、船舶番号ステッカーを必ず貼付しなくてはならない。不貼付は船舶法違反で立件され、海事裁判にかけられる。

海中探査機による捜索をはじめて、一時間が経過した。

愛は目がしょぼしょぼしてきた。モニターを注視していた他の海上保安官たちからも、あきらめのため息が漏れる。海中探査機を動かしている涼香は、コントローラーから何度も手を離し、手首を振る。疲れが出ていた。構造物のありとあらゆる場所を映し出させたが、なにも見つからない。

八潮が、ここまでだとため息をついた。結論づける。

「この船には船名も、船舶番号もない」

愛は前のめりになった。

「沈没船は、海運業法船舶の標示違反、及び無登録船舶航行の疑いがありますね」

「ああ。遭難者の捜索が優先だが、こちらの件についても立件するべく、沈没船船内捜索を行う」

八潮は時計を見た。

「〇六〇〇《マルロクマルマル》より潜水捜索開始だ」

長い一日の、始まりだった。


「水面よーし！」

海斗が指さし確認し、巡視船ひすいの甲板から五メートル下の海面に飛び込んだ。海斗のバディがあとに続く。

愛は左腕に嵌めたダイバーズウォッチを見た。六時十分。五分後、愛はバディの八潮と共に沈没船の捜索を始める。

すでに内灘とそのバディが第一陣として海に入っている。沈没船に辿り着いているころだろう。船内捜索の下準備を始めている。

今回は船内図が手に入っていない。ベテラン勢が、退路を確実に保てる船内通路を基点に船内捜索し、船名や船籍がわかる書類を押収してくるのみだ。

愛と八潮は船外活動だ。船内には入らない。

八潮は船名を塗りつぶしたペンキを剝がし、船名をつきとめる。愛は船体の構造物の外壁をくまなく捜索し、船舶番号ステッカーをさがす。なければ、剝がされた痕跡を見つけ、撮影する。

百メートルほど南東の海上には、特殊救難隊員を乗せた巡視船ひすいの潜水支援艇が見えた。第六隊が海底四十八メートル地点で、遺留品の回収と遭難者の捜索を行っている。午後は第五隊が潜る。水深五十メートル近い地点では、現場の捜索時間は五分程度しかない上、一人一日に四回までしか潜れない。
五、六隊の合計十二人、六組がそれぞれ四回潜ったとしても、合計捜索時間は二時間程度だ。潜水士に大きな負荷がかかるので、何日も続けられる捜索ではなかった。該船から離れ行方不明になってしまった遭難者の捜索は、数日で打ち切られる。
八潮が愛の隣で、空気ボンベにレギュレーターを取り付けている。エアーをシュッシュッと出し、作動確認を行っていた。愛は全ての点検作業を十分前に終えている。手持ち無沙汰でうろうろしていた。

「落ち着けよ、大丈夫だ」

八潮が苦笑いした。

「あの、もう一度確認をしていいですか」

「いいよ。何度でも」

「潜水開始が〇六一五《マルロクヒトゴー》。三分で沈没船地点へ到着、同時に活動開始。これが〇六一八《マルロクヒトハチ》として、作業時間は十五分、うち十分で該船構造物の外壁確認と八潮さんの手伝いですね。〇六三三《マルロクサンサン》、浮上開始。減圧作業なし」

一般的には、潜水作業後、浮上のときに減圧作業をする。決められた水深で決められた時間とどまり、体を大気圧に近い状態まで慣らすためのものだ。ボンベの空気を吸うことで体内に蓄積した窒素が、急激に膨張するのを防ぐ。減圧をやらずに急浮上すると、関節痛や全身の倦怠《けんたい》感に襲われる。重症の場合は、脊髄や神経系統、呼吸に異常が出たり、麻痺《まひ》が残ったり、最悪の場合は急激な血圧低下で死に至る。

基本、海上保安庁の潜水士は、減圧作業を必要とする潜水捜索は行わない。だから民間ダイバーよりも海中での作業時間が短い。今回も愛が海中作業できるのはたったの十五分だけだ。

船に残って潜水支援を行うのは、おきつの潜水士たちだ。彼らもウェットスーツ姿で船上に待機し、時間を測ったり揚収作業を手伝ったりする。

甲板には涼香と機関科の真奈がいた。頭に三角巾を巻いた梓まで駆けつけ、愛の初潜水を見守っている。船橋の窓からも視線を感じた。高浜船長が腕を組んで甲板を見下ろしていた。

潜水士が潜水作業をするくらいで、こんなに巡視船乗組員が注目することはない。

愛はますます心拍数が上がってしまう。ちらりと船内出入り口を見た。

父もまた愛を見ている。不安そうだった。救助女性が今日も背後にくっついていた。

愛は女性の顔につい見入る。

彼女は誰かの手を握り続けることで、罪悪感から逃れようとしているのだろうか。

愛はグローブを嵌めた。手指を動かし肌になじませる。右手のひらを見る。

私の罪悪感は？

「よし。行くか」

八潮が愛に合図した。

「はい！」

愛は空気ボンベを前に、ひざまずいた。一般的に空気ボンベはリュックのように背負うが、海猿は担ぎ方が特殊だ。ボンベから伸びる脇ベルトを両腕に絡めて担ぐ準備をする。愛は後ろを見た。誰もいない。

「後方よし！　ボンベ背負う！」

二十キログラムの空気ボンベを頭上まで持ち上げ、くるっと回転させて背負う。ボンベにはレギュレーターや残圧計など、ありとあらゆる器具がつながっている。横から背負うと、各種機器がぶうんと振り回されて、怪我や故障の原因になる。海上保安庁の潜水士は基本的に頭からボンベを背負う。愛はこれがなかなかできず、潜水研修のしょっぱなからくじけた。二十キログラムある鉄の塊を頭上で縦にくるっと回転させられる女性がこの世に何人いるか。男でも難しい。愛は両脇のベルトを調整した。

「脇バンドよし！」

腰に巻くバンドには、ぶらぶらさせないため、残圧計と水深計がつながるホースを挟み込む。

「腰バンドよし！」

潜水マスクをかぶり、シュノーケルを口にくわえた。潜水ブーツの足にフィンを取り付けて準備完了だ。

左腕のダイバーズウォッチが鳴った。六時十五分。

愛は甲板の縁に立つ。

「水面よし！」

腹から声を出した。背後は静まり返っている。

みな海蝶の初潜水作業を、固唾《かたず》をのんで見守っていた。

愛は一歩、踏み出した。足から水に吸い込まれ、あっという間に頭まで水中に没する。浮上した。フードを被った頭に右手を持っていき、甲板に向かって腕でＯＫマークを作った。離れた相手には腕で、目の前の相手には指でＯＫサインを出す。濡れた潜水マスク越しに、甲板に立つ父親の姿が見えた。手すりから身を乗り出している。

——海を憎んだまま、潜るなよ。

父が潜水士になった愛に、たったひとつ教えたことだった。

愛はその言葉を胸に刻む。

「水面よーし！」

八潮が慣れた調子で号令をかけ、隣に飛び込んできた。浮上する。愛を振り返った。

「行くぞ」

「はい！」

「潜ります！」

八潮はおきつの潜水士たちに叫び、レギュレーターをくわえて頭から海に入っていった。八潮のフィンが海面にゆるりと吸い込まれていく。愛もシュノーケルからレギュレーターにくわえなおし、海に頭を突っ込む。逆さまになり、フィンの足で水を蹴った。

潜る。

ここから言葉を使えない。

手信号と信頼。この二つで八潮と作業を共にする。

八潮が右手で潜水索をつかみ、左肩に作業用具の入ったバッグを担ぎながら、愛の一メートル先を潜っていく。潜水索に『5メートル』の赤い目印が貼ってあるのが見えた。八潮の揺れるフィンをただひたすら追いかける。八潮が吐く気泡がぶくぶくと、愛とすれ違っていく。気泡は小さくて量も少ない。八潮が落ち着いている証拠だった。

『10メートル』のしるしを通り過ぎた。浮上時と違い、潜行時は減圧を気にしなくていい。十メートルを一分弱のスピードで潜っていく。

潜るにつれて色彩が失われていく。全体が青くぼんやりとして見える。黒とオレンジ色のウェットスーツも青みがかって見える。赤い色が吸収されるので、物体が青っぽく見えるのだ。太陽の光も届かなくなっていくから、薄暗くも感じる。ベビーブルーからアクアへ。マリンブルーからラベンダーブルーへ。青が存在感を増していく。

『20メートル』

鉄紺色の世界になりつつあった。八潮が止まって体勢を立て直す。愛も体を起こした。八潮が、海底やや二時の方向を指さす。暗く青い世界に、紫色っぽいぼんやりとした影が見えてきた。実際は赤いのだろうが、色が吸収され、海面に浮いていたときの色彩とは違ってみえる。
沈没船だ。
愛は人差し指と親指でＯＫマークを作った。
八潮がマスク越しに、愛を見つめている。微笑んだように見えた。レギュレーター
を口にくわえているので口元は見えにくいが、八潮の目にはほっとしたような色があ
った。
愛が冷静でいることに安心している。
八潮が再び潜行する。愛も続いた。海の色に感謝する。赤を吸収した青みがかった
世界と、無駄な音が遮断された密な空間だった。自然と精神が落ち着いていく。赤い
世界だったらこうはいかないだろう。甲板にいたときは心臓が飛び出しそうだった。
こんな心拍数で潜ったら空気ボンベの消費が早くなると思ったが、余計な心配だっ
た。
潜れば潜るほど愛は冷静になっていく。訓練通り、いつも通りにやればいいのだ。
『25メートル』
海底の様子がはっきりと見えてきた。サンゴ礁の群れが広く生息している。南方の

観光地にあるような、色彩豊かな色合いはしていない。群青色《ぐんじょういろ》の苔《こけ》が折り重なっているように見えた。時折、紫キャベツのような色のサンゴ礁も見えるが、赤い色が吸収されているせいか、青みがかっている。生命力を感じない。

八丈島沖はウミガメも生息するが、さすがに水深三十メートルあたりまでは泳ぎに来ないようだ。太陽光が届きにくいのでエサが少ない。

サンゴ礁が折り重なる傾斜地に、巨大な赤い物体が見えてきた。

沈没船だ。

海上にいれば小型船の部類に入る全長十メートルの船も、人の手が入っていない海底では、招かれざる巨大な物体だ。サンゴ礁が無残につぶれ、削られた岩肌が生々しく見える。

既に捜索に入っている海斗や内灘らの潜水索が、船から幾本も伸びている。他にも漁網や、特殊救難隊が浮力調整装置の設置のために結索したロープも無数に船に残っていた。五メートル上から見下ろすと、足の長いアカクラゲが海底にへばりついているようにも見えた。

沈没船の左側に、二十キログラムの錘が存在感を放って沈んでいた。潜水索とつながっている。八潮がサンゴ礁のない岩肌に荷物をおろす。浮力があるので、サンドバッグ型の緑色の荷物はふんわりと海底に落ちる。

ここまで問題はないか、と言いたげに八潮が愛を振り返った。愛はＯＫサインを出す。

八潮がバッグの中から水中カメラを取り出した。愛は受け取り、カメラのストラップを首から掛ける。八潮がロープを出し、海上へと続く潜水索に結索した。ロープを展張したのだ。愛も八潮に倣い、自分の潜水索を展張する。体に取り付けた装備品と絡まないように、束にして手に持つ。

八潮と顔を見合わせる。同時に指でＯＫサインを出す。八潮が自分のダイバーズウォッチを指さした。指で○、両手で六、右手で三を二度作る。下を指した。

六時三十三分になったら、ここに戻って浮上——ということだ。

愛は大きく頷き、指でＯＫサインを出した。

八潮は最後に、右腕に取り付けた残圧計を二度指で叩いてみせた。残圧に注意しろと念押ししている。ボンベの残りの空気量のことだ。緊張すると呼吸の回数が増えるので減りが早くなる。愛は、用心するという意味を込めて、もう一度ＯＫサインを出した。

八潮は緑色のバッグから、スクレーパーやベルトサンダーを出した。スクレーパーは、もんじゃ焼きのヘラをもっと大きくしたような形をしている。先はナイフのように鋭く、塗装剝がしに使用される。ベルトサンダーは持ち手のついた研磨用具だ。防水加工されている。これらの工具で上塗りされたペンキを剝がし、船名を確認するのが八潮の仕事だ。

愛は船舶番号ステッカーが貼付されていないかさがす。なければ剝がした痕跡を見つけ、撮影する。愛の任務は民間ダイバーでもできそうなほど簡単だ。すぐ終わるだろう。後に八潮と合流して塗装剝がしを手伝う。

互いにOKサインを出して、八潮と別れた。

八潮が、船名が上塗りされた船首左舷側へ向かう。愛はロープを引きながら、船尾に向かった。内灘とバディが作業終了時刻を迎え、浮上を開始したのが見えた。

内灘らは手ぶらだった。なにも押収できなかったのだろう。船内捜索時間は十五分、その程度ではなにも見つからないのだ。

愛は海底に頭をつけている船の構造物まで潜った。甲板の陰になっていて、暗い。脇バンドに取り付けた水中ライトを手に取り、目の前を照らした。つぶれたサンゴ礁の残骸とカンテラがあちこち散らばっている。カンテラの一部は割れて海藻やサンゴ、岩礁の隙間に埋もれている。個人の釣り船というより、プロの漁船を思わせる用具があちこちに見える。

構造物の天井にはアンテナや見張り台があったようだが、海底に沈没した際に破壊、潰れたのだろう。棒状のものが方々に延びている。エアコンの室外機も海底に転がっていた。ホースでつながれたままだ。沈没船は、海底に叩きつけられてはらわたが飛び出た死体のようにも見える。

愛は、自分のロープと船から無数に伸びるロープを絡ませないように気を付けながら、船体に手をついた。船橋と思《おぼ》しき窓から中を覗く。窓は割れていて、操舵席は完全に水に浸かっていた。魚が入り込み優雅に泳いでいる。

操舵ハンドルには木製の取っ手がついている。その脇にはペットボトルホルダーが二つ並んでいた。蓋の閉められた炭酸飲料がホルダーに逆さまに固定されている。

魚群探知機なのか、レーダーなのか、いくつかの船舶通信機器は真新しかった。船体は古いが、つい一日前までこの船は実際に海面を滑走していたのだ。

居住区らしき場所は船橋の下にあった。甲板と窓の高さが同じなので、半地下のような構造になっているようだ。いまは船体がひっくり返っているので、中二階のように見えた。潜水士がひとりいた。海斗だ。水中ライトで前を照らしながら、居住区に浮かぶ布団を押しのけている。

つい船内に興味がいってしまう。

愛は船舶番号ステッカーを探す係だ。少し船から離れた。遠巻きに船体をライトで照らし、観察しながら、船舶番号ステッカーをさがした。

不貼付だ。どこにもない。

船のまわりを一周し、八潮のいるところまで戻ってきた。八潮はスクレーパーを使い、一心にペンキを削っている。力を入れすぎると下にあるはずの船名まで消してしまうので、手つきは慎重だ。愛に気付き八潮が時計を見た。愛も左腕のダイバーズウオッチを確認する。

六時二十五分。浮上まで残りあと八分だ。

八潮がマスクの向こうの目で頷いたのがわかった。ベテランの八潮に認められているという気がした。愛はこんなにも嬉しい。自信にもなる。勝手に口角が上がり、目に力がこもっていく。

海に憎しみはない。海は愛を受け入れてくれる。

海蝶として。

愛は再び構造物外壁の観察を始める。今度はステッカーではなく、それを剝がした痕をさがすのだ。最初からステッカーが貼られていないのなら、そもそも登録されていない可能性もある。すると罪状が増える。このあたりの証拠固めも、沈没船相手なら潜水士の仕事となる。

居住区から海斗が顔を出した。空気ボンベを前に抱き、巨体をひねるようにして出てきた。入り口が狭いのだろう。百九十センチ近い海斗の体が大きすぎるのもある。

愛は海斗が出たあとの居住区内を覗き込んだ。床の蓋が開いている。いまは天地が逆転しているので、屋根裏収納扉が開いてしまっているように見えた。扉はハンドルがついた、水密扉だ。扉の向こうに制御盤と、エンジンのようなものが見える。機関室だろう。

海斗が空気ボンベを背負い直した。愛を見て機関室の入り口を指す。指でバツ印を作った。

機関室は狭すぎて入れなかった。

愛はそういう風に理解した。指でOKサインを出す。

ひとすじの光が水の中で定期的に煌《きら》めいた。八潮が水中ライトで合図を送っている。海斗を指さし、来い、と手招きする。ベルトサンダーを持ち上げて、振ってみせた。手があいた海斗に、手伝えと言っているのだ。

愛は海斗が八潮のもとへ泳いでいくのを見送り、自分の仕事に戻ろうとした。

はたとフィンの足を止めた。

いま愛は船尾部にいる。目の前に機関室がある。

おかしい。

海面に浮かんでいたとき、この船は船首が浮き、船尾が先に沈んでいた。船尾部が先に浸水したからだろう。

普通、浸水が始まるのは居住区や船橋からだ。通気口がたくさんあるし、窓が割れたら水が入ってくる。機関室は基本的に船内の地下にあることが多く、窓がない。船の心臓部だから、船のどの区画よりも水密性が高くできているのだ。船が転覆する場合、機関室のある部位を上にして、斜めに沈んでいくことが多い。

この沈没船は船尾部から沈んでいた。だから愛は、機関室は船首部にあると思っていたのだ。

だがこの船は、機関室が船尾にある。機関室が先に浸水し、転覆したということだ。

機関室によほどの不備がない限り、そういう事態にはならない。船は台風による荒天で転覆したと思っていたが、違うのか。

機関室を調べたい。

海斗は体が大きすぎて入れなかった。入り口から水中ライトで照らし、見渡した程度だろう。愛の体なら中に入ることができる。

愛は八潮と海斗のいる、十メートル先の船首部を見た。二人は一心不乱に腕を動かし、ペンキを剝がしている。

八潮の言葉を思い出す。

〝女性潜水士だからできること、女性潜水士でなくてはできないことを、一緒に探して行こう〟

いま、目の前にある。

愛は吸い込まれるように、居住区の中に入っていった。布団や枕、タオルなどの日用品が浮遊する。高さが一メートルほどしかない。潜水索と浮遊物が絡まないように、慎重に潜水索を引く。愛は機関室の入り口になっている枠をつかんだ。

入る前に、退路確保だ。

愛は腰に下げていた予備のロープを取り出し、ぶらぶらしている機関室の水密扉をつかんだ。扉のハンドル部分にロープを結索する。ロープのもう一端を居住区内の壁の手すりに結びつける。船は揺れることを前提に作られているから、どの船も、ありとあらゆるところに取っ手や手すりが付いている。

退路確保、完了。

愛は腰ベルトを外し、空気ボンベを前に抱いた。潜水索を引きながら、機関室へ体を押し込めていく。

棺桶《かんおけ》二つ分くらいしかスペースがない。

体を回転させるだけで、制御盤やエンジン、配管などにぶつかる。閉所恐怖症の人ならパニックを起こす狭さだ。しかも暗い。愛は潜水索を右手に持ち、空気ボンベも右腕に抱いた。水中ライトで辺りを照らす。エンジンや制御盤の確認の前に、壁を照らしてよく観察した。浸水した穴や亀裂がないか、目を凝らす。浅葱《あさぎ》色《いろ》のエンジンに水中ライトを当てた。

蛇がいる。

愛は一瞬慌てたが、すぐに冷静になる。

海中では色彩が失われる上、光の屈折がないから、物体が予想以上に大きく見える。目の前に異常と思えるものが見えてもパニックにならないように、呉の潜水研修で訓練してきた。

身を寄せ、蛇のようにゆらゆらと揺れる物体を水中ライトで照らした。

蛇ではない。ゴムのホースだった。途中で切れている。愛はその断面をよく観察した。ゴムの劣化で切れたものではなさそうだ。鋭利な刃物で、故意に切断されている。

沈没の原因はこれかもしれない。

するとこの海難は事故ではない。事件だ。

証拠を撮影しなくては。

愛は水中ライトを灯《とも》したまま脇バンドに挟み、首から下げた水中カメラを手に取った。カメラを構えようとしたが、右手は空気ボンベと潜水索で塞がっている。左手だけで撮影した。

画像を確認する。ホースの断面が精緻に写っていなかった。ピントが合っていない。フラッシュが作動するまでは真っ暗闇にレンズを向けているので、ピントがホースの断面ではなく、エンジンそのものに合ってしまう。何度やり直しても、ぼやけてしまった。あらかじめ水中ライトでホースの断面を照らしておかないと、きちんと写らないだろう。

だが、片手だけでカメラと水中ライトを構えるのは無理だ。

一瞬だけなら。

愛は右手の潜水索を離した。ボンベを右腕に抱いたまま、あいたてのひらに水中ライトを持つ。ホースの断面に光を当て、シャッターを押した。エンジンは床に固定されている。天地が逆のいま、天井を撮影しているような、不安定な姿勢を続けていた。

視界が傾いていることに気が付いた。

浮力で回転しているようだ。

口から出る気泡は、横向きに流れていた。

水流がある。

ギシ、ミシと、船体が軋《きし》む不気味な音も聞こえはじめた。

船が動いている。

ググググ……と不気味な音が、腹の底に響く。

愛は慌てて、水中ライトを持った右手で潜水索を探った。右脇に抱えていた空気ボンべがずり落ちていく。咄嗟に脇に力をこめた。レギュレーターが空気ボンべの重さで引っ張られる。歯を食いしばった。左手で空気ボンべを支えようとしたとき、水中ライトを落としてしまった。カタンと音がして、明かりが消えてしまう。真っ暗になった。潜水索を見失う。そうこうしている間に、機関室の水の動きが激しくなっていく。狭い棺桶のような機関室に、渦が発生していた。体がくるくると回される。弄ばれたらパニックになる。

脱出しないと、まずい。

愛は出入り口の縁を左手でつかんだ。懸垂するように体を持ち上げ、外に出ようとしたとき、水の流れに押されたのか、扉が突然閉まった。左手の指を挟まれる。

痛い……！

愛は咄嗟にグローブの手を引っ込める。右脇に抱えていた空気ボンべがとうとうずり落ちた。レギュレーターも口から外れる。ボンべを見つけなければと、狭い機関室内で体をひねり、上下逆さまになった。手探りでボンべをさがす。ボンべと同じ感触の機器が並び、暗闇ではなにがなんだかさっぱりわからない。

器具の回収はあきらめて脱出した方がいいかもしれない。

愛はもう一度体をひねり、足のあった場所に頭をやる。水密扉があると思った場所に手を伸ばしたら、そこはただの壁だった。

こんなに狭い場所にいるのに、出入り口すらわからなくなってしまった。冷静にならなくては。深呼吸をしたいが、ボンベもない。空気を失ってから何十秒経ったか。息こらえは苦手で、二分半が限界だ。気が急いていく。あとどのくらい耐えられるか。体を繰り返し回転させたことで、上も下も、右も左もわからない。

愛はパニックになった。

ボコボコと不気味な音を立てて、口から空気が逃げていく。目の前が気泡だらけになり、余計にまた恐怖がせりあがる。空気ボンベをさがす。体を回転させ、よじり、方々に手を伸ばした。

ない。ない。ない。どこにもない……！

無我夢中で何かをつかんだ。むにゅうっと潰れるような、不思議な感覚が手のひらにあった。

機械だらけの無機質な空間にいたのに、この柔らかさは、なんだ。

鼻に、潮と重油と、焦げ臭いにおいを感じる。喉に痛みが走る。腐敗した魚と、人が死んで傷みはじめたにおいも思い出す。あの日の、気仙沼の――。

真っ暗だったのに、目の前に人影が見えた。

切断されたホースが異様に伸びて、増殖していた。怪物の触手のように蠢《うごめ》いている。

お母さんが。

からめとられ、死んでいる。

正義は巡視船ひすいの救護室で、体育座りをしていた。暇だった。

救助女性が隣にいる。相変わらず正義の手をつかんでいた。時計を見る。朝の七時前だった。長い一日になりそうだ。暇を持て余しているから時間が長く感じる。いや、違う……。

娘が潜っている。

無事上がってくるか心配で心配で、一秒すら長い。

潜ってから十五分経った。そろそろ海面に姿を現すだろう。甲板で待つ気にはとてもなれない。焦《じ》れて胃が痛くなる。なにごともなく上がってきて、甲板や潜水待機室をわちゃわちゃと移動している、そんな気配を正義は待っている。

「落ち着かないですね」

女性に指摘された。

「昨日はどっしり構えている感じだったのに。娘さんが……？」

正義は苦笑いしかできなかった。巡視船ひすい主計長の小沼梓がやってくる。

「おはようございます。朝食の準備ができました。よかったら第一公室で食べませんか」

いまなら、幹部連中が使う第一公室があいているという。

女性は、「食欲がない」と首を横に振った。正義も、朝食は愛の浮上を確認してからだと思っていた。いまはとても食事が喉を通らない。

女性が梓に頼む。

「図々《ずうずう》しいお願いなんですが、コーヒーを二杯、貰《もら》えませんか。私と忍海さんの」

梓は頷き、厨房へ戻った。

「俺の方が落ち着きがねえ、てか」

女性はにっこりと微笑む。昨日よりだいぶ冷静に見えた。正義がそわそわしているからかもしれない。

梓がコーヒーを持ってきた。来客用の、コンパスマークの入ったソーサー付きのカップに入れていた。女性はお盆を受け取る。正義の手を自ら放した。錯乱してもいないのに、初めてのことだった。正義にソーサーごと手渡してくれた。

コーヒーにふーっと息を吹きかけて尋ねる。

「女性の海猿というのは、珍しいですね」

「珍しいどころか、史上初だ」

正義は肩でひとつ、笑う。

「父親も海猿、兄も海猿。本人も調子乗っちゃったんだべ」

女性は宙を見て、気の毒そうに言う。

「震災があったから、じゃないですか。それでお母さんを失ったから」

正義はコーヒーを口に運んだ。喉が焼けたが、奥に流し込む。

「目の前でのまれたらしい。津波に」

女性が、口に持って行こうとしたカップをおろす。

「忍海さんは、怪我はなかったんですか」

「俺はそん時、東京の保安部にいたんで。妻と娘だけが引っ越しの準備で、あの日に限って気仙沼に……」

「お兄さんは？」

息子の仁のことを尋ねているようだ。やはり彼女は「兄」という存在を気にしている。

「長男の方はまだ学生だった。呉の海上保安大学校にいて、あいつも身動きが取れなかった。陸路も寸断されて、俺もなっかなか気仙沼に入れなくって……」

正義は羽田航空基地に出向き、現場視察に向かうガルフに同乗させてもらった。仙台航空基地で降ろしてもらえれば、あとは自力で気仙沼に入るつもりだった。

「だけど上空から地獄を見ただけだったな……。仙台航空基地は壊滅状態。滑走路は、流された車とヘリや小型機の残骸だらけ。どこにも着陸できなくて、羽田に戻らざるを得なかった。津波で海沿いの地区は、なんつぅか、ごっそり、なんもなくなってて……」

焼け野原だった。気仙沼は津波の後の火事もひどかったのだ。内湾にあった石油基地の重油タンク全てが、津波で破損したのが原因だ。被災地の中で、揺れと水だけでなく、火にまでやられたのは気仙沼だけだ。血も涙もない。乾いた光景だった。この中に、妻と娘がいる――。

想像しただけで、気が狂いそうになった。

「妻と娘がどうなったかわかんないまんま、飛行機から見ているしかなかった。どれだけガルフの扉を開けて外に飛び降りたいと思ったか……」

ビルの屋上に寄り集まって助けを求める人々、木の枝に登ったままの人、火の手があがる傾いた建物から、白い布を振っている人も見えた。屋根に『ＳＯＳ』と記されているのを、あちこちで見た。瓦礫の隙間に挟まって死んでいる人、水の残った浜辺に背を丸め浮かんだままの人も、たくさん見えた。

何もできなかった。ただ、上空の安全地帯から、見下ろすことしか。

なんのために海上保安官になったのか。

あの日ほど、自分の職業を恨んだことはなかった。

結局、現地に入るのに三日かかった。現地で二日も娘を探し回り、気仙沼海上保安署で保護されていると聞いたのは、震災から五日後のことだった。海沿いの庁舎へ飛んでいったとき、愛は庁舎の北側の外壁の脇にいた。汚れた衣類を身に着けたままで、つやつやだった長い髪は泥でかたまり、顔もうすら汚れていた。右足にナースシューズ、左足はブカブカの男物のサンダルを履いて、瓦礫を手で取り除いていた。母親をさがしていたのだ――。

思い出すたび、目頭が熱くなる。

「いけね。ちょっと話し過ぎたな」

正義は苦笑いで女を見た。

戦慄する。

まただ。あの目。

怒り。

涙のせいで表情が歪《ゆが》んで見えるのか。正義は目を擦り、もう一度彼女を見た。彼女はもらい泣きをしていた。

見間違いか。

「ごめんなさい、私なんかが泣いて。安っぽい」

彼女は洟をチーンとかむ。

「娘さんは立派ですね。震災を乗り越えて海上保安官になった」

乗り越えてはいない。海上保安官になっても、潜水士になっても、逃れられるものではないだろう。そこをはき違えたまま、娘は潜水士になってしまった。

「お兄さんは特殊救難隊にいるんですね」

「ああ――そうだが」

突然「兄」の話をふる。彼女はやはり「兄」の話をしたいのだ。記憶を取り戻す手助けになるなら、と正義は仁の話をした。

「息子は、自分でいうのもアレだが優等生で。問題行動みたいなのもなかったし、手がかかんなくてな」

転勤生活を嫌がり、「海保が、にくいッ！」とまで言ってのけた娘に対し、息子は正義に反抗したり、グレたりすることは全くなかった。四歳の時、海上保安官の若い男を父親としてすんなりと受け入れたように――転勤のたびに引っ越しと転校を繰り返しても、粛々と受け止めている様子だった。中学生の仁が、新しい小学校になじめない愛の手を引いて教室まで送り、自分は走って中学校に行く、なんて日もあった。

正義は救助女性に息子の活躍を語りながら、心の中では、父親に背を向け続ける仁のことを思い浮かべていた。

全く反抗しなかったからこそ、大人になってから、こんなにも反発しているのか。

〝母さんを死なせてしまった。父さんが、保安署に行くように指示しちまったせいで〟

気仙沼に駆け付けた仁に、正義は愛を背中の後ろに隠しながら、こう説明した。仁はなにも言わなかったが、ぷいっと後ろを向いて、ふらりと気仙沼の自宅から消えた。なにも言わずに呉に戻ってしまった。永遠に父親を呪うことはないと思っていたが、どれだけ経っても音沙汰がない。電話も出ないし、メールの返事もない。二年後、正義は落ち着かない気持ちのまま、呉の海上保安大学校の卒業式に、卒業生の親として出席した。制服姿の息子と一緒に写真を撮りたかったし、なにより、語り合いたかった。親と同じ職業を選んでくれた息子をどれだけ誇りに思っているか、伝えたかった。

だが、大学校でも避けられ、逃げられ、追いかけたら腕を乱暴に振り払われ――。

ぎろりと睨まれたのだ。

正義は大学校の岸壁のコンクリートに足を打ち付けられたように、動けなくなってしまった。

どうしていいのか、いまでもわからない。

息子との関係をくよくよと思い悩んだ日もあったが、時間が解決すると楽観的に考えた日もあった。その後の仁の異動も、潜水士になったことも、特殊救難隊に選抜されたことも、全部、海上保安新聞の人事異動欄で知るのみだった。海上保安庁長官表彰を受けたことは、娘から知らされた。

気が付けば、九年経ってしまっていた。

扉が乱暴に開く音がして、正義ははっと我に返る。

「どけ、道あけろ！　ＡＥＤの準備だ、大至急！」

ウェットスーツ姿の内灘が叫びながら、中に入ってきた。ぐったりした潜水士を両腕で抱えている。後から難波もやってきた。正義を見て、悲痛に顔をゆがめた。

「忍海さん出て下さい。我々が――」

抱えられていた潜水士が、救護室のカーペットの上に寝かされる。手はだらりと伸び、足はフィンの重さで下を向いている。首もぐにゃりと曲がった。

愛だ。

びしょ濡れで、血の気もない。呼吸をしている様子もなかった。

「おいどうなってんだ、なにがあった！」

思わず内灘につかみかかる。内灘は正義を突き飛ばした。

「ブラックアウトです。救命措置をします、邪魔するなら出ていって下さい！」

ブラックアウト——意識喪失。

主計科の梓がAEDと救急箱を持ってくる。内灘は「ハサミ！」と叫んだ。他の女性保安官も駆けつけてくる。目を丸くして、ぐったりと横たわる愛を見ている。

正義は頭が真っ白になった。口が勝手に内灘を責める。

「なんでこーなった！　バディは。八潮はどこだッ」

「タオル持ってこい！」

内灘が叫び、「いま減圧中です」と正義に早口で答える。

「減圧中だと⁉　バディがブラックアウトしてんのに、呑気に減圧中かよ！」

「だからって減圧しないわけにはいかないでしょう、彼女を救出するために海中作業時間が大幅に増えた。素人みたいなこと言わないでください、だから俺が引き上げたんですよ！」

正義はますます混乱する。

「ちょっと待て。てことは、愛は減圧してねぇのか？　同じ水深にいたんだろ、減圧してねぇで引き上げて大丈夫なのか！」

内灘が愛のウェットスーツの上着であるタッパーを開いた。ノースリーブのロングジョンに、二つのふくらみがくっきりと浮かぶ。

「減圧もなにも、心臓も呼吸も止まってんだからまずは心肺蘇生《そせい》が先でしょう！」

一人の女性保安官がハサミを持ってきた。内灘は愛のロングジョンを首元から切り裂き始めた。

――心臓が止まっている、だと？

娘は死んでるってことか。

ウェットスーツの下のインナーにも、内灘はハサミを入れた。伸縮性のあるインナーが、愛の胸の上でぱんとはじけ、乳房がこぼれた。

見ていられない。正義だけでなく、他の男たちも一斉に顔を背けた。内灘は別だ。

「タオルで体を拭いて。パッド貼れ。胸骨圧迫！」

内灘が娘の胸の谷間に、重ねた手を置く。

「一、二、三、四……！」

内灘が胸骨圧迫を繰り返す横で、梓がAEDの電極パッドを貼った。AEDの自動音声が、あれとこれをつなげだの、うるさく指示する。

「おい……！　巡視船ひすいに女性救急救命士はいねぇのかよ！」

娘が死んでいる。死んでいる上、職場の男たちの前で乳房をさらしている。耐えられない。内灘が額から汗を垂れ流しながら、胸骨圧迫を繰り返す。

難波が正義の腕を引いた。

「忍海さん落ち着いてください。わかってるでしょ、この船で救急救命士の資格を持っているのは内灘さんだけだ」
「わがってるサ、海保で救急救命士の資格を取れるのが、潜水士だけだってことも
な！」
つまり、女性救急救命士が乗っている巡視船など、存在しないということだ。
正義は地団太を踏んだ。カーテンを乱暴に引く。見ていられない。内灘が胸骨圧迫
を繰り返すたび、いたずらに揺れる娘の乳房が、視界の端に見えた。
正義は外へ出た。甲板上でも、潜水士たちが大騒ぎして話す声が聞こえてくる。
「何があった」
「突然、船が横倒しになったらしい」
風が吹く。
――もっと強く、猛烈に、反対すべきだった。
潜水士の現場は、女がいるべきところじゃない。
正義は「クソ！」と手すりを叩いて、再び船内に戻ろうとした。誰かとぶつかる。
「大丈夫ですか」
救助女性だった。いまはかまってあげられない。正義は頭を下げ、救護室に戻っ
た。内灘が愛の顔のそばに膝をついている。額に手を置き、顎をくいっと持ち上げて
気道確保した。

「人工呼吸！」

内灘が娘の唇を、すっぽりと包み込むようにして吸い付く。息を吹きかけたとき、愛の胸部も膨らんだ。ＡＥＤから「ショックを開始します、離れて下さい」と指示がある。内灘も、体を拭いていた女性保安官たちも、一旦愛から離れる。やがてまた機械が指示する。

「ただちに胸骨圧迫と人工呼吸を繰り返してください」

内灘がまた、愛の胸に手を当て、胸骨圧迫を始めた。

「一、二、三、四……！」

三十まで数え、人工呼吸にうつる。愛の鼻をつまみ、顎を上げて唇でつながり、息を吹き込む。

愛の胸が、痙攣《けいれん》したように震えた。唇から水が少し、垂れた。内灘が離れた途端、愛は海水を吐き出した。体を折り曲げ、うつぶせになる。涙を流しながら海水を吐いた。四つん這いになって咳《せ》き込《こ》み、喉から次々と海水を押し出す。胃の中のものも嘔《おう》吐《と》した。救護室が慌ただしくなった。

「桶《おけ》もってきて、桶！」

梓が他の女たちに叫び、愛の背中をさする。

愛は気道がまだ落ち着かないのか、上半身を痙攣させて咳き込み、苦しむ。透明の鼻水を垂れ流し、口からダラダラと嘔吐物を滴らせる。

正義は壁の手すりにつかまりながら、救護室を出た。

外に出た途端、腰が抜けた。


愛は放心状態のまま、毛布に丸まっていた。救護室は慌ただしいままなのに、誰もが押し黙り、重い空気だ。自分が口から吐き出したものの臭いが充満している。乗組員の看護も業務に入る主計科の梓はわかるが、機関科の真奈や通信科の涼香まででもがやってきて、愛が命を取り戻すために吐き出したものを片づけている。愛はいまだ体が重く、ぼんやりしている。申し訳ない気持ちで彼女たちを見ているしかない。


肩を叩かれた。

涼香が膝をついて、愛を見つめている。マグカップを差し出された。麦茶が入っていた。愛は頭を下げて、麦茶を口に含んだ。嘔吐物の刺激臭で喉が焼けるように痛かったから、麦茶で少し落ち着く。

救護室に、もう男の姿はない。目覚めたとき、内灘の顔が目の前にあった。海斗や難波が遠巻きに見ていた。父親の姿もあったと思う。

いまは女性保安官に囲まれている。

巡視船ひすいにいる女たちをできるだけ集め、海蝶の世話をさせている。

みんなに合わせる顔がない。

消えていなくなりたかった。

船内扉が開く音がした。風でふわっとカーテンが持ち上がる。ガチャガチャと装備品がぶつかる音と、ブーツが床を踏みしめる音が聞こえる。

「愛は！」

八潮の声だった。真奈が答える。

「蘇生しました。いまは落ち着いていますが、まだ――」

「どこだ、どこにいるッ……！」

興奮した八潮の声を初めて聞いた。低くて圧を感じる。愛はもう震えあがった。カーテンが開け放たれる。

ウェットスーツ姿の八潮が、方々から海水を滴らせ、肩を激しく上下させながら入ってきた。

「バカ野郎！」

「ごめんなさい」

口から吐いた言葉に、力が入らない。うすっぺらな言葉に聞こえた。無意識に正座していた。カーペットに手をついて土下座しようとしたが、その手にすら力が入らなかった。

「船内には入らないという話だった。あれほど打ち合わせしたのに、なぜ勝手に中に入ったんだ！」

愛は答えられない。普段は穏やかな八潮に怒鳴られている恐怖もあるが、頭が全く動かない。分厚いカーテンの向こうから叱られているようだ。

「百歩譲って船内に入るにしても、なぜ俺に報告しなかった？」

愛は記憶を辿ろうとする。どうしてたった一人で機関室に入ってしまったのか、思い出そうとすると、海中で見た幻覚と直結してしまう。母親が、死んでいた。いや、あれは事実なのか。九年前、母親はあんな風に死んだのだろうか。

自分が見た景色が現実だったのか幻覚だったのか、九年前と三十分前が混同し、わけがわからなくなった。ただ、「ごめんなさい」という言葉を絞り出すのが精一杯だ。

「もうひとつある。潜水索を離してしまったことだ！」

愛は首をすくめる。

「潜水研修でまず習うのが、潜水索は死んでも離すなという鉄則だ。潜水索を離した時点で遭難者。それほど厳格に守られるべき超基本ルールを、お前は無視した挙げ句に機関室に勝手に入り、閉じ込められた。一体お前は呉で何を習ってきたんだ！」

愛は体を丸め、額をカーペットに擦りつけて土下座した。

「顔を上げろ！　俺の顔を見てちゃんと説明しろ！」

愛は顔を上げた。涙と鼻水でぐちゃぐちゃになっているはずだ。体を起こしたことで、肩にかけていた毛布がはらりと落ちた。激昂《げっこう》していた八潮はなおも言葉を荒らげようとしていたが、その目が愛の胸元に飛んだ。タッパーを着ていない。ロングジョンもインナーも、心肺蘇生のため切られたままだった。

「バカ、隠せ！」

愛は力なく毛布を引き寄せ、胸の前で抱きしめた。そのまま泣いてしまう。八潮は額を押さえ、天を仰いだ。なにかを言おうと、何度も肩を上げる。そのたびに言葉を飲み込む。結局、ぷいっと横を向いて救護室を出ていってしまった。


八潮は足を踏みならし、居住区内の男性用の浴室に入った。扉を苛立《いらだ》ちまぎれに閉める。

シャワーが五つ並んでいる。小さいが湯船も三つある。肩のフラップを外してロングジョンとインナーを脱ぎ、裸になる。シャワーの蛇口をひねり、熱めの湯を脳天に当てた。本当は、冷たいシャワーでヒートアップした頭を冷やしたい。だが、予定していたよりも長く海中にいて、体が冷えていた。

——女性を受け入れる現実が、こんなにも厳しいとは。

湯船の方から、上機嫌の歌が聞こえた。

「息がとぉ〜まるくらいのッ、甘い口づけをしようよッ」

内灘の歌声だった。カラオケの十八番《おはこ》だ。八潮は髪と体を三分で洗う。シャワースペースを出た。内灘はこちらに背を向け、ステンレスの小さな湯船から手足を投げ出していた。八潮は隣の湯船に足を入れた。内灘が手足を引っ込め、引きつったような顔で苦笑いする。

八潮は首までつかった。湯があふれ、ざーっと流れていく。

「すまなかった。バディの俺が目を離したばっかりに」

内灘が慌てて首を横に振る。

「八潮さんは悪くないですよ。全長十メートルの船の周囲をぐるっとひとまわりして来いってだけでしょ。そりゃー普通の潜水士なら目を離しますよ。乳幼児の面倒見てるわけじゃあるまいし」

絞ったタオルで顔を拭い、内灘が上目遣いに八潮を見る。

「このあとＯＩＣで反省会やるでしょうけど、ざっと状況を教えてもらえますか」

あの時なにがあったのか。なぜ愛は閉じ込められてしまったのか。八潮は話す。

「沈没船の状況観察に甘さがあった。それから愛が勝手に船内捜索を始めたこと、潜水索を離してしまったこと、この三つが原因だ」

内灘が眉をひそめる。

「沈没船の状況観察の甘さってのは、なんですか」

「あの船は、海底に完全に沈んでいたわけではなかった。船首部に気泡が残り、海底から浮いている状態だった。ほんの数センチだろうが」

海底崖《かいていがい》の斜面と船の傾斜角がほぼ一緒だったので、誰もが完全に沈んでいるように錯覚したのだ。海中探査機の映像を見た高浜船長も「完全に沈没した」と評価を下した。そもそもこのスタート地点から間違えていたのだ。

「実際は、海底に接していたのは船尾部だけで、船首部は浮いていた」

「あの船はそんな危なっかしい状態だったんですか」

内灘も驚いた様子だ。わかっていたら、八潮は新人の愛を船に近づけなかった。

「あれは個人所有の釣り船というより、漁船のように見えた。海斗によると、船尾部に水没した機関室があり、船首部には冷凍室が装備されていたそうだ。そこは水密がしっかりしていた」

「海面に浮かんでいたときも、船首部は海面から頭を出していましたよね。なんで急に船がバランスを崩したんですか？」

その時、八潮は海斗と工具を使って左舷側のペンキを削っていた。『玉』という文字がかすかに見えた。急いで隣の文字を削っているところで、浮上予定時刻のアラームが鳴った。

「海斗も焦ったんだろう、舷側に足をついて、ベルトサンダーを作動させ強く船体に擦りつけた。恐らく船体に左舷側から力が加わったことで、微妙にバランスを保っていた船が動いた」

沈没し、海底に叩きつけられた衝撃で、船首部の冷凍室の壁に亀裂が入っていたのかもしれない。そこが破られたらあとはあっという間だ。

「一つ、二つと、船のあちこちから気泡が吹き出し始めた」

八潮が、船から離れろと海斗に手信号を送ったときには、もう船体は右舷側を下に横倒しになろうとしていた。海中ということもあり、その動きは緩慢だった。

機関室内にいた愛は、船と自分の体、どちらが傾いているのか、すぐには気づかなかっただろう。まさか船の方が横倒しになっているとも思わず、脱出が遅れたと八潮は推測している。

「船が横倒しになった直後は海底の泥や堆積物が舞い上がりますよね。視界はゼロだったんじゃないですか」

内灘が尋ねた。八潮はその通りと頷く。

「すぐに愛をさがしたが、どこにもいない。船の下敷きになるほど愛はとろくない し、勝手に船内に入るとは思ってもみなかった。どこにもいないから、俺もパニック になりかけた」

海斗が、機関室の水密扉に愛の潜水索が結索されているのを見つけた。水密扉のハ ンドルには、ロープにつながれた手すりがぶら下がっていた。

内灘が眉を上げた。少し感心したようだ。

「彼女、退路確保はしていたんですね。だが、手すりの強度の確認を忘れたのかな」

「そういうことだろう。本人はまだ意識が戻ったばかりで、ぼうっとしている。謝る ばっかりだ。詳しく事情を聴くのは明日以降になる」

「まあ、結索部位の強度確認ってぇのは、新人が失念しやすいポイントでしょう。そ んなに怒らなくても」

八潮は驚いて内灘を見た。内灘は誰よりも厳しく愛に接していたのだ。内灘が首を 横に振る。

「いやいや、居住区まで聞こえてきたんで。バカヤローって。八潮さんは普段怒らな いから、みんな震えあがってましたよ」

八潮は湯をすくい、顔を擦った。

生まれて初めて人を怒鳴った。

「嫌なもんだな。怒鳴られた方はもっとだろうが、怒鳴る方もかなり心にくる」

「ましてや相手は女の子ですもんねぇ」

内灘がまた、両手足を湯船から投げ出した。顎まで湯につかる。

「女はなにを考えてるんだか……一緒に生活しているうちのカミさんのことですら、俺は全然わかんないですよ」

愛のことなんか理解できるはずがないと言いたげだ。

「正直俺も、胸骨圧迫しながら、戻ってきたらきつく叱ってやろうって思ってたんですよ。そうじゃなきゃこっちが持たないでしょ、あんな突拍子もないのが潜水班にひとり交じっていると」

だが、内灘が愛にお灸《きゅう》をすえる様子はない。

「なんでだ。お前こそ怒鳴り散らすと思ったが？」

「できませんね」

内灘は突き放すように断言した。

「女ですよ。あれは」

「そんなこと最初から――」

「いやいや、胸を開いたら普通におっぱいが出てくるんですよ。唇の感触だって、男と全然違う。俺、七管にいたころに救助男性の心肺蘇生で人工呼吸したことありますけど、やっぱ、なんつうか、すけべな話だけど。ねえ……」

内灘は口角が上がっていた。にやついてしまう口元を抑えようとして、却《かえ》って変な表情になっていた。

「ぶっちゃけ、普通にかわいいじゃないですか、忍海は」

八潮は返事をしなかった。内灘が勝手に深読みして、否定する。

「いやいや、恋愛感情とかじゃないっすよ。俺、妻子いますから」

「わかってるよ」

「まあでも……。かわいい女の子だ。それは、八潮さんだって認めるでしょう」

かわいいどころではない。

八潮は愛を、彼女が十五歳の時から知っている。震災の後も、「高校に入学したよ」「卒業したよ」「海上保安学校に合格したよ」と、逐一連絡を受けていた。年に一～二回は会い、その成長を見守ってきた。愛は十五の時と殆ど身長も体重も変わってはいなさそうだし、未熟だったころの裸体を知っているわけではない。それでも今日、つぼみだった体が満開になっているというのは、あのふくよかな乳房や薄桃色の乳首を見て、よく理解した。すさまじく動揺した。

内灘が「お先ぃ」と陽気な声で言い、湯船から立ち上がる。愛の肉体に触れ、内灘は完全に舞い上がっている。

「真面目に考えろ。これからも同じ潜水班として一緒に潜るんだぞ」

「もう潜らせなくていいんじゃないですか」

内灘があっさり言った。八潮は唖然《あぜん》とする。内灘は真剣な様子だった。

「海上に残って作業する潜水支援だって立派な仕事です。忍海はそれでいい。他の奴らも張り切るんじゃないですか。しんどい海中作業のあと海面に浮上したら、かわいらしいミューズがタオル持って待ってる、みたいな」

「ミューズ？　なんだそれ」

「それでいいんですよ、八潮さん」

内灘が引き締まった尻を見せ、背中を拭く。断言した。

「海蝶は、海猿のモチベーションを上げるミューズ。忍海の役割はそれで充分だ」


八潮は第四種制服に着替え、慌ただしく第一公室に入った。

朝の八時半、まだ朝食の時間だった。

もう一日が終わって欲しいくらい、八潮は疲れている。これから一日が始まるのだと思うとうんざりした。

いま満腹になったら睡魔に襲われるだろう。八潮は食事の量を減らしてもらい、十分で食事を済ませた。梓に愛の容態を確認した。問題はなさそうだ。八潮はＯＩＣへ向かった。

情報を整理している特殊救難隊員に、行方不明者の捜索状況を尋ねた。いまは第六隊が潜っていた。隊長がヘルメットに小型カメラを取り付けている。映像がモニターに映し出されていた。

五十メートル離れた海底で沈没船が横倒しになったばかりだ。堆積物が巻きあがった影響か、視界が悪かった。一メートル先がやっと見えるか、というところだ。

「いまのところ手がかりナシですね」

支援に回っている第五隊の特殊救難隊員が、八潮に報告する。

隣のホワイトボードの前には高浜船長がいた。海図は、縦横に線が引かれ、四角い区画に分けられていた。見つかったものを記したメモが各所に貼りつけられ、どこでなにが見つかったのかひと目でわかるようになっている。壊れたランプ、瓶、ステンレスの物干しハンガーなどが発見されていた。

「海蝶がブラックアウトだって？」

高浜船長が海図にメモを貼りつけながら言った。

「ご迷惑をおかけしています」

「減圧してないんだろ。ヘリで救急搬送しなくて大丈夫か」

「減圧症は、ボンベの空気内の窒素を吸い、それが膨張することで起こります。厳密に言うと、彼女は途中からボンベを紛失し、酸欠で卒倒していますから、たいして窒素を取り込んでいません。減圧症の心配はないでしょう」

いまは女性陣が、定期的に血圧や脈を観察している。安定していて意識もある。妄想をしゃべるようなこともないと梓は言っていた。

「ひとまず一日、船で様子を見ましょう」

高浜船長が頷いた。

「あんまり大ごとにしたくないしな。大事な海蝶をヘリで搬送なんてことになったら、マスコミがあっという間に報道するぞ」

八潮も同じ気持ちだった。愛はマスコミの耳目を集める存在だ。初っ端《しょぱな》の潜水作業での失敗が外に漏れてしまうと、愛は苦境に立たされてしまう。

スタート地点からすでに崖っぷちだったのに。二度と這《は》い上がれなくなってしまう。

「父親がいたのがまずかったよなぁ。そりゃカンカンだろ」

「見ていたんですか、忍海さん」

「救命措置真っただ中を、眼前でね」

嫌だったろう、と高浜船長は続ける。

「俺も娘がいるけどさ。目の前で、年頃の娘が男たちに囲まれてさ、胸丸だしにされるとか。人工呼吸されてるのとか。そんなん見せられたら冷静じゃいられないよ」

ＯＩＣに、興奮気味の報告が流れてきた。潜水支援艇で待機している特殊救難隊員の声だ。

〈なにか発見したようです！〉

海中ではレギュレーターで口が塞がれているため、無線で支援艇に詳細を伝えることができない。潜水ロープの反応で、海面にいる支援員たちは読み取る。

モニターの映像が大いに乱れている。ヘルメットに小型カメラをつけていた潜水中の隊長が、慌ただしく動いているのだろう。海底四十八メートル地点なので、映像の中はうす暗い。

水中ライトで照らし出された箇所が、ぽっかりとモニター上に浮かぶ。八丈島特有の、溶岩由来の黒い岩が画面に映し出される。

長さ五十センチほどの人工物が落ちていた。

見たところ腐食はない。海洋生物が付着しているとか、海藻が絡みつくでもない。海底に落ちたばかりなのだろう。沈没船から流出したものとみてまず間違いない。

「なんだこりゃ」

高浜船長がモニターに顔を近づける。その人工物はスニーカーを履いていた。靴下も見える。八潮は腕を組み、首を傾げた。

「これ、義足ですね」


海底の義足。

沈没船の遺留品として回収された。十一時半、採証袋に入れられて、巡視船ひすいのOICに運び込まれてきた。

普段は会議に使用されるデスクに、青いビニールシートが敷かれた。袋に入ったままの義足が置かれる。八潮はゴム手袋をして義足を取り出した。

海上保安官は『なんでも屋』だ。巡視船乗組員だろうが潜水士だろうが、鑑識作業ができる。必要最低限の鑑定ができるだけの知識と手順を、学生時代に教えられる。鑑識検定もパスしている。

八潮は写真撮影を涼香に頼みながら、メジャーを引いて長さを測った。

「長さは五十八センチ。男性の義足だろうな」

義足は膝下のみの、下腿《かたい》義足のようだ。膝をはめるソケットがついていて、その先に足部がついている。膝下を切断した人物が装着していたと見ていいだろう。足部にはまった濡れたスニーカーを、そっと脱がす。

「メーカーはナイキ。色は黒地に青いロゴマーク。サイズは二十七センチ」

海斗が脇に立つ。クリップボードに挟んだ記入用紙に、読み上げられた数字を記入していく。八潮は靴下を脱がした。真冬に履くような分厚い靴下だった。こちらもナイキだ。くるぶし丈だった。色は濃紺。八潮は義足をソケット側から見たり、足部の底から観察したりしたが、特異な点はない。

「製造番号がある。立川に持っていって分析してもらうのが早いな」

東京都立川市にある海上保安試験研究センターは、証拠品などの科学分析を請け負う部署だ。警察で言うところの鑑識、科学捜査研究所みたいな役割を担っている。八潮は指紋や足跡の採取もできるが、指紋は水濡れすると消えてしまう。海底に落ちていた義足から指紋が出るとは思えなかった。

義足を発見した、特殊救難隊の第六隊長が言う。

「不明男性のものだろうか。すると本人もこの界隈の海に漂っている可能性が高い」

生存していれば、海面に浮かび漂流している可能性もある。第六隊長はすぐさま通信室の船舶電話を取った。羽田航空基地に義足の発見を報告し、発見場所の詳細な座標を伝える。

「午後には我々もこの周辺を中心に潜ります」

これより、空の勢力は発見箇所を中心とした海面捜索に入るだろう。

特殊救難隊の第五隊が手を挙げた。高浜船長も船舶電話をかけようとした。

「すぐにこれを立川に運ぼう。スーパーピューマを呼ぶか」

ヘリなら立川まで二時間ほどだ。船で運ぶよりずっと早い。立川の試験研究センターは防災基地として機能しており、ヘリポートもある。捜索中でいま上空を飛んでいるスーパーピューマいぬわしを一旦巡視船ひすいのヘリ甲板に呼び、義足を預ければいい。二時間後には立川で分析してもらえる。

八潮は顔を上げた。

「ヘリの到着を待つ間、救助女性に見てもらうか。なにか思い出すかもしれない」

大丈夫かと内灘が眉をひそめる。

「ちょっとでも記憶を辿ろうとすると、パニックを起こすらしいですよ」

八潮は顎に手をやって考える。

「忍海さんの意見を聞こうか」

正義は四六時中、救助女性に付き添っている。彼なら彼女の精神状態をよく知っているだろう。

「忍海さんはいま救護室か?」

八潮は誰にともなく尋ねた。涼香が答える。

「うちの居住区にいます。救助女性は主計科で面倒を見ています」

八潮は困惑した。女性保安官の入る居住区は、男性は立ち入りできないはずだが——。

「愛の看病をしているのか？」

涼香が困ったように首を傾げた。

「看病というか、喧嘩というか……。私、追い出されちゃって」

八潮は慌ててOICを出た。


階段を二つ降りて、一般乗組員の居住区に入った。金魚ののれんで仕切られた、女性乗組員居住区へ向かう。男性乗組員が何人か、部屋から出ていた。困惑した表情を浮かべ、のれんの方を見ている。

この場所からでも、愛と正義が言い争う声が聞こえてきた。

八潮はのれんを手で払い、中に入った。『外沢涼香　忍海愛』の札を横目に、扉をノックする。

「とにかくいますぐ潜水士なんかやめるべし」

ノックの返事代わりに聞こえてきたのは、正義の感情的な声だった。

「お父さんが決めることじゃない」

愛の声は数時間前に八潮が叱ったときよりもしっかりしていた。

「お前の人生だからって勝手していいわけねぇべ。お前も見たろ、みんな戸惑ってる。八潮も内灘も、巡視船ひすいの潜水班はお前がいることで調子狂っちゃってんのが、わがんねぇか！」

八潮はドアノブをひねろうとした。

「八潮なんかいい例だっぺ」

正義の指摘に、扉を押す力が引っ込んでしまう。

「あんな冷静沈着な八潮ですら、いっぱいいっぱいになってたじゃねぇか」

「お父さんが八潮さんのなにを知っているっていうの。一緒に潜ったことないでしょ」

「潜ったことはないが、仁のバディだった男だぞ。性格は承知している。人を怒鳴ったことなんかない奴だし、震災のころからお前を知っている。この世で一番お前を怒鳴り散らすようなことがない奴を、あれだけ激怒さした。それでもお前は自分の存在がお荷物だと認めねぇか！」

愛の反論が止まった。正義が勢いづく。

「元特殊救難隊員の超エリートですら、バディとしてのお前を持て余している。叱って育てようとしたところで、お前におっぱいがぶらさがっている限り、どいつもこいつも指導する言葉が喉元で止まっちまうんだ」

正義の追及は終わらない。

「内灘だって浮ついた表情してたし、八潮だって叱ってる途中で顔を真っ赤にして出ていっちまったというじゃねえか。お前が女だからだ！」

八潮は唇を噛みしめた。

女性と潜ることを甘く見ていた。

史上最年長潜水士として、正義は誰よりも潜水の現場を知る。その彼が、愛に言い含める。

「いいか、愛。呉でのたった二ヵ月の潜水研修で、本物の潜水士になったと思うな」

愛の声は聞こえない。不貞腐《ふてくさ》れているのか、潜水士として大先輩の助言を一心に聞いているのか。

「勿論《もちろん》、法律上は潜れる。肩書は潜水士だ。だが中身はまだ潜水士じゃない。ここからだ。実際に巡視船に配属されて、何度も潜って何度も失敗して、やっと本物の海猿に近づいていく」

失敗は別にいいんだ、と正義は理解も示す。

「誰だって失敗する。俺だって失敗してきて、先輩に叱責されてぶん殴られて、そのたびに多くのことを学んできた。ひとつの救助を成功させるより、失敗した方がずっと潜水士としては伸びる」

それならと愛の反論が聞こえてきたが、正義がぴしゃりと封じた。

「失敗したところでお前を叱って助言を与えるのは誰だべ！」

八潮は中に入れなかった。自分こそが上官として叱責を受けている気分だ。

「若いやつはおろおろするばっか。内灘はへらへらするばっか。八潮ですら、お前の胸見ただけで顔を真っ赤にしてどっか行っちまった。それで？　お前は先輩がそんな状態でなにを学ぶ！」

正義はますます勢いづく。

「いいか。お前が女でいる限り、潜水士として成長するのは無理だ。今回の件で俺はようつくわかった。お前が選抜競技会に出るといった時点で、反対するべきだった。仁はわかってたべ。だから潜水士になることをあんなにも反対した。ちゃんと言わなかった父ちゃんも悪い。海蝶だ女性初だなんだっておだてた周囲も悪い」

厳しい言葉が続いたが、ここで優しい含みがある。切なげな声でもあった。

「愛。ここまでだ。潜水士は今日でやめろォ」

「やめない」

愛が即答した。正義が娘の名を呼び、嘆く。

「周りをよく見ろ！」

「私は、潜水士を、やめない！」

八潮はとうとうドアノブをひねって中に入った。愛はベッドに座り、正義はデスクに手をついて話をしている。二人とも八潮を一瞥しただけだ。対決を続けようとする。八潮は狭い船室の中で身をよじり、強引に二人の間に入った。愛を守るように、正義の前に立つ。

「忍海さん、今日はここまでです。愛はまだ体調がよくない。今日は休ませましょう」

正義が血走った目で、八潮を見る。

「あんた、責任持てるのか」

八潮は黙り込んだ。

「この先も愛に甘ったれた指導しかできないまま、愛がまた似たような潜水事故を起こしてこいつの身になにかあったら、お前のエリートの経歴にだって傷がつくんだぞ！」

愛が立ち上がり、父親の腕をつかんだ。

「お父さん、八潮さんに当たり散らすのはやめて！」

「お前が聞く耳持たねぇからだ！」

正義が愛を厳しくはねつけた。

「いいか、愛。お前がそうやって意地張って海蝶を続けてまた事故を起こしたら、八潮は海蝶を守れなかった潜水士として、永遠に海上保安庁に汚名を残すことになるんだべ！」

愛がはっと口をつぐんだ。悲し気に、ちらりと八潮を見た。

「潜水士として引退が見えてきている八潮の晩節を汚すのか？　八潮は海保大卒の幹部候補生だぞ、しかも特殊救難隊にもいた超エリートで、場合によっちゃ長官にまで上り詰めるかもしれない人材だ。その八潮の足を、お前は引っ張り続けることになる。お前にその覚悟があるのか！　八潮、お前にもだっ！」

正義が八潮の制服の襟首をつかみ上げてきた。低い声で、囁《ささや》くように言った。

「海蝶なんてのは、海上保安庁のただの広告塔だ」

八潮は奥歯を噛み締めた。

「お前だってそんなものにつき合わされて、経歴を汚したくないだろ。愛を潜らせるのはこれっきりにしてくれ。頼む——」

正義が手をほどき、再度、愛を見下ろした。

「いますぐ潜水士解除を申し立てろ。お前の存在は、他の潜水士たちの経歴や命を、脅かす」

愛が目を真っ赤にして父親を見上げた。正義は容赦なく言う。

「海蝶はお荷物。現場じゃ、迷惑でしかない」

第四章　フラワーマーメイド号事件

『海蝶』

愛は額縁に入ったその文字を、膝の上に載せて眺めている。

巡視船ひすいの居住区内にいる。二段ベッドの下は暗い。『海蝶』の文字も、薄汚れて見えた。

――海蝶なんてのは、海上保安庁のただの広告塔だ。

愛は額縁を投げ出し、ベッドに寝転がった。

覚醒した直後はけだるくて、物事を深く考えられなかった。重たく分厚い布が、頭をすっぽり覆っているようだった。そんな状態で八潮に怒鳴られて、謝ることしかできなかった。やっと視界や意識がはっきりしてきたとき、父親から断罪された。

『迷惑』と。

二回目だ。あと一回、誰かに言われたら、やめる。

愛は枕元の目覚まし時計を見た。まだ二十一時だった。目を閉じてみたが眠れそうもなかった。今朝ブラックアウトしたばかりだ。外に出て活動するわけにもいかない。

電波が入らないとわかっているのに、手元のスマホを引き寄せた。フリックする。壁紙は、母親と二人で写った幼少期の写真を接写したものだ。大阪府堺市《さかいし》内の幼稚園の、入園式の写真だった。

愛は、母親の手を。

母親は、愛の手を。

しっかり握っている。

風か、波か。船が軋む音がする。

金属の塊でしかないのに、不思議と船の揺れに身を任せていると、母親の胎内にいるような、優しく懐かしい感じがした。

愛は右てのひらを見た。

視界の端に畳まれたウェットスーツが見えた。いつもなら、海から上がったら真水で洗い、潜水待機室に引っ掛けて乾かしておく。晴れた昼間なら外に干す。

心肺蘇生の際に、内灘が首からへそのあたりまでをざっくりと切ったので、ハンガーにかけられない。ここに置いたままだ。

愛はそれを手に取った。

〝愛ったら〜。なにやってんの〟

船のうなり声は、母がかつて囁いた声のように、耳に入ってくる。

何歳のころだったか、父親の乗る巡視船の公開イベントに、母や兄と一緒に遊びにいったことがあった。愛は船長から、『うみまる』のぬいぐるみをもらった。海上保安庁のマスコットキャラクターだ。タテゴトアザラシの子供がモチーフになっている。海上保安官の第一種制服を着たうみまるは冊子などでも頻繁に登場する。イベントの着ぐるみも制服姿だ。愛がもらったのは市販されていないもので、ウェットスーツやシュノーケルを身に着けたものだった。

父親と同じ格好をしているそれがうれしくてうれしくて、帰り道、うみまるの人形を振り回しながら歩いて、手が外れてしまった。

「かわいそうなうみまる。たったの一日で手が取れちゃうなんて」

母はうみまるの腕を縫い付けてくれた。

愛は改めて、胸元がざっくりと切られた潜水服を眺めた。

かわいそうな潜水服。たった一度の潜水で切られてしまうなんて。

船体を撫でる風の音が、母の嘆きに聞こえる。

愛はウェットスーツを抱いて居住区を出た。階段を上がり、八潮の個室へ向かう。どの部屋も扉が開けっぱなしでカーテンが引かれていた。巡視船幹部の部屋は睡眠時以外で扉が閉ざされることはない。カーテンで目隠しされているのみだ。

愛は『首席運用司令長／潜水班長　八潮剣』のプレートを確認し、カーテン越しに声をかけた。

「八潮さん」

カーテンが引かれ、八潮が顔を出した。書類仕事をしていたようだ。椅子に座り、ペンを持っていた。

「あの……私のウェットスーツなんですが」

「いま再発注の書類を書いている」

愛は心底ほっとした。八潮はあきらめていない。海蝶のバディでいることを。

「でも時間がかかりますよね」

潜水士に支給されるウェットスーツは一着のみだ。替えはない。

「そうだな。一ヵ月はかかると思う」

その間は潜れない。訓練すらできない。

「ウェットスーツの応急修理の仕方を教えてもらえませんか。当て布とかして使えないですかね」

八潮はじっと愛を見上げている。不思議そうな顔をしていた。

「お願いします」

愛は頭を下げた。八潮が立ち上がった。

「ついて来い」

八潮が階段を下りて甲板に出た。船尾の方向へ進む。愛は半日ぶりに外に出た。夜の海風があまりに心地よい。優しさにすら感じられて、心が晴れていく。

八潮は潜水待機室のシャッターを開けて明かりをつけた。空気ボンベや機材が並ぶスチール棚に、プラスチックかごや段ボール箱がある。こまごまとした作業用品が入っていた。スクレーパーやベルトサンダーもここに保管されている。愛は沈没船捜索のことを思い出した。

「そういえば、該船の船名はわかったんですか」

「玉、だけな」

「午後、おきつの潜水士は潜ってないんですか」

「船体は横倒しになった。安定しているのかどうか判断できなかった。一度お前の潜水事故の振り返りと分析をしてからじゃないと、船内の再捜索はできない」

愛は申し訳ない気持ちになる。気が滅入《めい》ることはもうなかった。この失敗を胸に刻み、成長する。

八潮はゴム用の接着ボンドと、裁縫道具を出した。愛のロングジョンを裏返しにして作業台に置く。切れた部位にボンドを塗った。

「ボンドが乾いたら、今度は表からボンドを塗る。あとは針と糸で縫って終わりだが、ちょっと切り込みが長いからな。当て布をした方がいいかもしれない」

愛は頷いた。

「普通の布で大丈夫ですか」

「そうだな。応急修理とはいえ、やっぱり同じ素材がいいだろう」

八潮は「待ってろ」と船内へ引き返す。数分で戻ってきた。手には黄色いドライスーツを持っていた。秋・冬用の潜水服だ。体を濡らすことなく潜水できる。

「特殊救難隊時代に着ていた古いのだ。ドライスーツだが素材は同じネオプレンゴムだから大丈夫だろう。使っていいぞ」

愛は驚いて、八潮を見上げた。

「いいんですか。大事なものじゃ……」

八潮は苦笑いする。

「熱で素材が部分的に収縮してしまって、もう着用できないんだ。でも捨てるに捨てられなくてな……」

八潮が、黄色のドライスーツをテーブルの上に広げた。背面や前身ごろの黄色の部分は重油で黒く汚れ、火であぶられたような穴があいていた。

「これ――フラワーマーメイド号事件のときの？」

「そうだ。さすがよく知ってるな」

「兄のドライスーツもボロボロになったと聞いていたので……。本当にいいんですか。長官表彰を受けた事案のときに着ていたドライスーツなんて」

「全然かまわない。これで捨てるいい機会になるから」

八潮は作業台にかつてのドライスーツを広げた。熱で縮んでいない箇所を選び、自らハサミを入れていく。

「私、あの事件を結構近くで見ていたんですよ」

八潮がハサミを滑らせながら、愛をちらっと見た。「そうか」としか言わない。

「卒業後の着任地が、四管のPCしののめだったので」

第四管区海上保安本部は、主に東海地方の海を管轄している。愛はPatrol Craft、PC型と呼ばれる巡視艇に配属され、そこの航海士補をしていた。PC型は最大でも全長四十メートルほどしかない、コンパクトな船だ。

真冬のあの日は季節はずれの爆弾低気圧の発生が予想されていた。伊勢湾《いせわん》沖で雨雲が急発達する中、四日市港の霞《かすみ》埠頭につけていた大型船は沖に錨泊し、暴風雨をやり過ごしていた。

暴風が最大風速四十五メートルに達したとき、一隻の穀物運搬船が走錨《そうびょう》を始めた。

走錨とは、錨を下ろしているのに風にあおられて船が走ってしまい、舵がきかなくなることを言う。愛は件《くだん》の穀物船フラワーマーメイド号から遭難信号をキャッチしたが、巡視艇では暴風の海に出ることはできない。他のPL型、PM型の巡視船や、ヘリでの救援頼みだった。

走錨したフラワーマーメイド号はなすすべもなく、沖で錨泊中のケミカルタンカーの横腹に頭から衝突、炎上した。幸い、ケミカルタンカーには船長しかおらず、衝突直前に救命筏で脱出、巡視船に救助されていた。

フラワーマーメイド号には、船長、機関士、一等航海士が取り残されていた。中部空港海上保安航空基地の機動救難士が、船長と機関士を吊り上げ救助した。一等航海士は熱さに耐えられず海に飛び込んでしまい、重油が漂う海に取り残されてしまった。爆炎が海面を舐《な》めようとしていた。いつ海面の重油に引火してもおかしくない状況で、必死に手を振りあげ、助けを求める要救助者——。

巡視船は高波で現場に近づけない。機動救難士のヘリも暴風のため、一旦引き返していた。

そこへ現れたのが、特殊救難隊を乗せたスーパーピューマだった。

愛は当時を思い出しながら、つい声を弾ませる。

「超かっこよかったです。黒煙の流れを見ながら、一瞬の隙をついてさーっと降りていく八潮さんや兄を、ヘリテレ映像から見ていました。もう心臓バクバクで」

私もいつかあんな風に人を助けたい。愛は心からそう思った。

「そうか。見てたか」

八潮はぼそっと言ったきりだ。ドライスーツの胸の部分から三十センチほど切り取る。細長い切れ端を愛に渡す。愛はその裏側にボンドを塗った。

「怖くなかったですか。爆炎を上げる船に救難に向かうのって」

八潮は答えず、「上から強く押さえろ」と身を寄せてきた。細長い当て布の右側を、両手を重ねて強く押さえる。愛は左の方に手を置き体重をかけた。

「しばらくこのままで」

「はい」

八潮の顔がすぐそこにあった。息遣いを頬に感じるほどだ。

「お前は怖くなかったか」

ふいに尋ねられる。

「今朝、沈没船居住空間の、更に奥の水密扉の向こう側に入るのは。怖くなかったか。真っ暗で、男では体がはまってしまいそうなほどに狭かった」

愛は記憶をたどる。なぜ深く考えずに入ってしまったのか——。

「お前、昨晩の睡眠時間は」

「四時起床だったので、二十二時には床に入りましたけど……あまり寝つけなくて」

次の日が初潜水だったから、気持ちが昂っていたのだ。

「潜水直前もかなり緊張していたな。周囲もそれを助長していたと思う。あの時、甲板は異様な緊張感があった。お前はそういうのも全部背負って、極度に張り詰めた精神状態だったんだと思う」

寝不足と極度の緊張——。愛は顔を上げる。

「私、窒素酔いを起こしていたんでしょうか」

八潮は「恐らく」と頷く。

窒素酔いは、深く潜っている状態で、空気ボンベの窒素を吸うことで起こる、酒酔いのような症状だ。思考力が低下し、陽気になって、注意力が散漫になる。

だから、通常では抑制するような大胆な行動を取ってしまった。

愛はぼんやりとしていた記憶を、丁寧に少しずつ手繰《たぐ》り寄《よ》せていく。海斗が沈没船の居住区から出てきた。狭くて入れないと手信号で伝えられた。窒素酔い状態だった愛は——。

「怖いという前に、行かなくちゃって思っちゃったんです」

「なぜそう思った」

「私なら狭い場所でも入れると思ったんです。女性潜水士だからこそできる潜水作業ってこれなんじゃないかな、って」

功を焦ってしまったというのもあるが、それ以上に愛を急き立てるものがあった

──。

「そうだ！　奇妙な点に気が付いたんです」

愛は思わず布から手を離した。身振り手振りで八潮に訴える。水密が厳重なはずの機関室から浸水しているのは一般的ではないこと。機関室になんらかの亀裂や穴があることを確かめられれば、あの船がなぜ沈没したのか、真相がわかると思ったこと──。

説明していくうちに、数珠《じゅず》つなぎになって潜水中の記憶が蘇る。

愛は叫んでいた。

「そして機関室で決定的な証拠を見つけて、写真を撮らなきゃと潜水索を離してしまったんです」

八潮も当て布から手を離していた。

「決定的な証拠？」

「エンジンの冷却水ホースが切れていたんです。切れたホースが蛇みたいに海水の中をゆらゆらと揺れていて──」

冷却水は稼働で熱くなっていくエンジンを冷やすため、常に水が通っている。エンジンをかけた瞬間にバルブが海水を吸い上げ、ホースを通ってエンジンを冷やして海に排出されていく。ホースが切れれば当然、機関室は水浸しになる。

「ホースの切断面を観察しましたが、劣化による切断ではありません。あきらかに人為的に、ナイフかなにかで切られていました」

八潮は視線を宙に浮かせる。

「するとあの船は――」

「ええ。何者かが冷却水ホースを切断し、機関室を浸水させて転覆、沈没させたんです」

愛は水中カメラをつかみ、八潮と共に船内の階段を駆け上がった。

ＯＩＣになだれ込む。当直の涼香が通信スペースの椅子に座っている。目を丸くした。

「愛ちゃん、体調大丈夫なの」

「いまふっ飛びました」

涼香は困惑した様子で、愛と八潮を見比べる。八潮が前に出る。

「外沢。パソコンを起動してくれ。水中カメラのデータを見たい」

涼香がノートパソコンを開く。作業しながら再び愛に向き直った。

「愛ちゃんあの……ごめんね」

涼香からこれまでのような刺々《とげとげ》しさが抜けていた。愛は首を傾げる。

「ブラックアウトの件。海中探査機での事前調査の詰めが甘かったから、あの船がまだ浮いている状態だと見抜けなくて――」

　見抜けなくてよかったのだ。

「見抜いていて船内捜索を見送っていたら、この事実に行きつくのに時間がかかったはずです。結果オーライで」

　愛は水中カメラをパソコンにつないだ。フォルダーを開く。エンジンの画像が出てくる。

「確かに刃物で切断されている」

　八潮が画像データの中の冷却水ホースを指さす。愛の肩を叩いた。

「愛。よくやった！」

　愛は胸が熱くなった。八潮に褒められるとこんなにも嬉しい。気は引き締めた。潜水中も、八潮がＯＫサインを出すたびに舞い上がり、調子に乗ってしまった。窒素酔いも手伝って無謀な行動に出てしまったのだ。

　涼香は画像を見て目を白黒させている。

「誰かが故意に船を沈めたってことですよね。義足の男性が？」

　愛はなんの話かわからない。八潮が説明する。

「特殊救難隊が、行方不明者の漂流予測区域で発見した遺留品だ」

八潮がＯＩＣの大モニターのスイッチを入れた。

「現物はもう立川に送っている。ここには画像しか残っていないが——」

スニーカーを履いた義足がモニターに表示される。

「水没による劣化が見られないですね。不明男性のものでしょうか」

「だろうな。製造番号から、製造元と使用者の情報を陸の方で探ってもらっているところだ」

「まだわからないんですか？」

「時間がかかる。個人情報があるから、製造元も簡単に情報を出さない。令状がないと」

刑事ドラマみたいな話になってきた。海上保安庁は海の警察だから、刑事捜査部門もある。捜査が陸に及ぶ場合は、警察や検察と協力し、正式な捜査活動を行う。

愛には初めての経験だった。

「この義足、救助女性には見せたんですか」

八潮がため息をつく。

「現物を見せた。卒倒してしまった」

愛が現場から離れている間に、いろいろあったようだ。

「不明男性は彼女のお兄さんだと思うんです。お兄さん、足が悪かったんでしょうか

「……お兄ちゃんが、と嘆いた救助女性の顔を思い出す。

愛は、はっとした。

「あの漁船を操船していたのは、行方不明者の方だと思ってたんですけど――」

八潮が頷く。

「だろうな。彼女は海で生きている人間には見えない。夏なのに肌の色が白すぎる」

「ええ。でも義足で船の出港ができますか？」

八潮と涼香は考え込む顔になった。涼香が船舶免許案内のホームページをパソコンで検索する。

「微妙なところね。船舶免許の規定の身体検査は、視力とか判断力のみ。四肢の疾患については明確な規定はなかったと思う」

表示されたホームページをスクロールし、愛は該当箇所を見つけた。八潮も覗き込んで唸る。

「絶対にダメというわけではなさそうだが、別途審査を受けなくてはならない。義足で船舶免許は厳しいと思うが……」

愛は思いついた。

「だとすると、操船していたのは救助女性本人ということになりませんか」

彼女はなんらかの海技免状を持っている可能性が高い。データベースと照合すれば、彼女の顔から素性がわかる。八潮は手を叩き、すぐさま船舶電話の受話器を上げた。

「大至急、運輸局に確認させる」

忍海仁《おしみじん》は羽田特殊救難基地で、当直についていた。

午前零時を過ぎた。日付が変わっても、羽田空港の航空機の離発着音が聞こえている。

仁は二階事務所のデスクに座り、パソコンで報告書を読んでいた。スクロールしクリックする音と航空機の音が、交互に聞こえた。

今夜の泊まり当番は、仁が所属する第四隊の隊長、阿部《あべ》も一緒だ。阿部は潜水作業のバディでもある。彼はいま仮眠を取っていた。一階の倉庫の脇に、仮眠用ベッドが設置されている。カプセルホテルみたいな作りになっている。

仁は、父と妹が対処している八丈島沖釣り船海難事故の流れを追っている。特殊救難隊の第五、六隊も事案に関わっているので、作業内容を共有できる。現場は巡視船おきつや巡視船ひすいの潜水班との合同作業だ。特殊救難隊以外の作業報告内容も見ることができた。

いま、愛のブラックアウト事故の報告書を読んでいる。

——言わんこっちゃない。

椅子の背もたれによりかかり、仁は天井を仰ぐ。

仁から見て妹の愛は〝自由人〟だ。海上保安官の娘だから天真爛漫《てんしんらんまん》とまではいかないまでも、小さいころから計画や予定を無視して思いつきで行動するタイプだった。

厄介なのは、それが自分の欲求や好奇心を満たすための行動ではないことだ。他人のためだったり、人助けだったり、彼女なりの正義が、突飛な行動の原動力になっている。

小学校六年生のときの修学旅行がいい例だ。班での自由行動時間を全てカラオケに費やした。愛の先導らしかった。班の中にひとり、いじめられっ子がいたのだ。班の行動先が偶然、彼女をいじめているグループとかぶってしまった。愛はいじめられっ子を守ろうと、カラオケボックスに籠もったのだ。

これには教師も親も叱れない。母は困った顔をし、父は誇らしげな顔をしていた。

〝さすが。正義仁愛の鑑だっぺ〟

海上保安官としては立派な行動原理ではあるが、組織人としてはなじまない。陸にいれば、組織にそういうのがひとり交ざっていても大きな問題にはならない。百歩譲って巡視船でもなんとかなる。

だが潜水士だけはそうはいかない。

潜るだけで命がけなのだ。

組織の規律を守れず目先の『正義仁愛』に走ってしまう潜水士がいるのは、ただの脅威でしかない。

階段を上がる革靴の音が聞こえてきた。

阿部隊長があくびをかみ殺しながら二階に戻ってきた。黒いTシャツにオレンジの出動服のズボン、黒い出動靴を履いている。仮眠休憩の交代時間だ。

「珍しいな、まだ報告書読んでんのか」

阿部が言う。特殊救難隊員は当番で暇を持て余しているとき、たいていはトレーニングをしている。潜水士は体を動かしていないと落ち着かない体育会系や、書類仕事を苦手とする面々が多い。

仁は立ち上がる。

「コーヒー淹《い》れますよ」

「いいよ、自分でやる」

「いや、俺も飲みたいんで」

阿部は変な顔をしながら、デスクに座る。

「眠れなくなるだろ。仮眠時間が短くなるぞ」

「眠れませんよ」

仁は給湯スペースに立ち、薬缶《やかん》に水を入れて火にかけた。マグカップを二つ出してインスタントコーヒーをスプーンですくう。

「愛ちゃんか」

阿部がニコニコしながら言う。阿部は妹と面識はない。だがいま、『海蝶』を知らぬ海上保安官はいないだろう。

「八潮さんは苦労してんだろうなぁ」

阿部は、八潮が四隊長だったころの副隊長だ。ニヤニヤしている。八潮にしごかれた恨みがあるのだ。

「俺は八潮さんに合わす顔がないです」

「なんでだよ」

「妹のことで苦労をかけっぱなしで……申し訳ないというか」

ふうんと阿部は言ったが、共感していない顔だ。

湯が沸いた。マグカップに注ぎ仁はデスクに戻る。阿部がコーヒーを受け取り、ぼそっと言う。

「忍海一家はすげー濃密なんだな」

「濃密？」

「家族関係。良くも悪くも」

悪い方で濃密だ、と仁は思っている。言わなかった。言葉をコーヒーで流し込む。

「妹の存在を気にしすぎだよ、お前。連帯感ありすぎるっつうか」

連帯感などまるでない。母がいなくなってから忍海家はバラバラだ。

「俺も妹がいるけどさ。まああいつは海上保安官じゃないけど」

阿部は三十二歳、妹はすでに結婚し、甥《おい》や姪《めい》がいると聞いたことがある。

「妹なんか他人だぜ。親戚の集まりで年に何回か顔を合わせるだけ。普段、電話もメールもしないし」

「それは、もう嫁いでいるからじゃないですか？」

「だとしても、妹が万が一同じ組織にいたとしてだよ。なにかやらかしたとするじゃん。俺は知らんぷりしてるけどね」

仁はマグカップを傾けた。もう空っぽだった。

「我が子だったら謝るかな。育てた責任がある」

阿部は腕を組み、天井をちらりと見上げる。

「妻でも謝る。一心同体だから」

それで――阿部は仁の顔を覗きこんだ。

「お前はどっちの理由で、妹の件を周囲に謝るんだ？」

仁は考え込んでしまった。育てた責任など考えたこともない。一心同体とも思ったことはない。そこまで妹を理解していないし、理解されてもいない。むしろ自分と妹の間には大きな壁が、境界線が、ずっとある。

父親が違う。父親を、妹と同じ感情で『共有』できない。

なぜか仁は母の言葉を思い出した。

「仁。親というのはね、子供を愛することだけが、全てじゃないのよ」

海上保安大学校に合格し、将来的には父と同じ潜水士になりたいと仁が話したときに、母が脈絡なしに言った言葉だ。息子が父と同じ仕事を選んだら、母親も喜ぶものだと思っていたから、仁は母のその反応に少し戸惑ったのを覚えている。

真意を聞けぬまま母はいなくなってしまった。

電話が鳴った。

深夜に特殊救難基地で鳴る電話は、たいてい緊急出動命令だ。阿部は途端に真顔になる。仁も背筋を伸ばし電話に出た。

「はい、羽田特殊救難基地」

「夜分に恐れ入ります〜」

女の声だった。

「私、本庁警備救難部、刑事課の者です」

相手は相場《あいば》美波《みなみ》と名乗った。刑事課にいるということは、海上保安庁の『女性刑事』だ。

「現在三管で起こっている八丈島沖の釣り船海難事件に際しまして、救助女性の身元が海技免状から判明したんです。大至急の事案ということで、運輸局に協力してもらっています」

船舶航行に関するありとあらゆる免許を総称して海技免状という。車の運転免許証は警察庁が管理し、警察官が照会することができるが、船の免許証に関しては、国土交通省の運輸局の管轄なのだ。

こんな深夜に運輸局を動かしたということは、よほどの情報が出てきたのだろう。

電話の向こうの女性刑事は、「もしかして」と声音を変えた。

「忍海隊員ですか？　フラワーマーメイド号事件の救難に入っていた」

「ええ。そうですが」

女刑事が吐息を漏らした。微笑んだのだろうか。顔も知らないし、名前も聞いたことはないが、ちょっと色っぽく感じた。

「ちょうどよかった。妹さん。『海蝶』がすごい情報をつかんできたんです」

仁はなぜか父の得意げな顔が頭に浮かんだ。修学旅行先でカラオケに行っていた娘の本意を知り誇らしげになった、あの時の。


夜が明けた。

愛は潜水待機室で、ウェットスーツの補修部分に針を入れていた。またこの潜水服で潜る。潜って遭難者を助けるのだ。

八丈島沖に沈んだ船が故意に転覆させられたのだとしたら、殺人事件に発展する可能性だってある。誰かの悪意によって、義足の行方不明男性が海に投げ出された……。一刻も早く見つけてやりたかった。

八潮の潜水服の切れ端と自身のそれを、針で貫く。糸を通していくたびに、愛は気持ちを強くしていく。バディとの信頼関係が確固たるものになっていくような気がした。それが震災の時、愛に寄り添ってくれた八潮だと思うと、胸が熱くなった。

愛は針の手を止めて右てのひらを見つめた。

船内は静まり返っている。昨夜の風が収まったのか、海も凪《な》いでいるようだ。ひすいも息をひそめている。

シャッターが半分、開いた。朝日が射《さ》し込む。八潮が腰をかがめて潜水待機室に入ってきた。

「ここにいたか」

「おはようございます」

「右手、どうした」

愛はつい過剰反応して、右手をテーブルの下に隠した。

「ちょっと、針を指に刺しちゃって」

八潮は右手にファックス用紙を何枚か持っていた。それ以上何も言わず、立ち尽くしている。

様子がおかしかった。

「八潮さん……？」

「昨晩の話の続きをしていいか」

朝日が八潮を背中から照らしている。Tシャツにジャージのズボン姿の八潮は、体の線がぴったりと浮かび上がっていた。オレンジ色の光にその輪郭を侵略されて、どこか、心許《こころもと》なく見えた。

愛は椅子をすすめた。八潮が座る。今日は少し猫背だった。

「フラワーマーメイド号事件。仁はお前になんて言ってる？」

なぜいま三年前の海難事件の話を始めるのか。愛は不思議に思いながらも、答える。

「正直、ちゃんとは聞いていません。あまり話したがらないので」

「だろうな。俺もだよ」

八潮が不安げにまばたきする。

「怖かった。あんなに怖い思いをしたのは、潜水士を十年やっていて、他にない」

八潮の声が震えていた。

「あれだけの衝突爆炎事故で死者はゼロだったという数字が、独り歩きした。長官表彰も受けたし、マスコミでも頻繁に報道された。テレビ番組で取り上げられ、役者が再現ドラマをやったりもしているが、正直、持ち上げられればられるほど、苦しい」

愛は一心に、八潮の横顔を見つめた。バディになってから、八潮のいろんな横顔を知ることになった。冷静沈着で優しく、誠実な人だと思っていた。人はそれだけであるはずがないのだ。昨日は激怒し、顔を赤くして動揺した。今日は疲れ果てた顔をしている。

寄り添わなくては、と思った。愛はウェットスーツを置き、椅子を八潮の方に寄せた。真正面から顔を覗くことはしなかった。八潮が続ける。

「ヘリで上空を飛んでいたときは、まだ気分が高揚していた。仁もそうだったと思う。重油が広がる黒い海に、盛田恭一《もりたきよういち》が——要救助者の名前だ」

「ええ。フラワーメイド号の一等航海士ですね」

「ああ。彼が重油の海に、顔を真っ黒にして浮かんで、手をめいっぱい振っている。助けてくれと。一刻も早く助けたい。恐怖なんかあの時は微塵《みじん》もなかった。すぐさま降下して、盛田恭一のそばに飛び込んだ」

海上保安庁です、助けに来ました……！

その言葉が出なかった、と八潮は苦しそうに続ける。

「重油の層は海面に数センチはあった。潜って浮上した途端に重油の刺激臭で喉が焼け、頭痛がした。現場は熱くて眩《まぶ》しくて、目もまともに開けられない。爆炎がもう背後に迫っていた。暴風の風向きが変わったら最後だと思った。次に飛び込んできた仁ともども、焼け死ぬと思った」

愛は固唾をのみ、耳を傾けた。

「一刻も早く要救助者をエバックハーネスで固定し、吊り上げ救助しなくてはならなかった。通常なら、要救助者に手順を説明するが、重油のにおいと黒煙で喉が焼けて、咳きこんでしまう。一応説明はしたが、ヘリの爆音や暴風、波の音もすさまじかったから、盛田恭一には聞こえていなかったんじゃないかと思う」

盛田恭一はパニックになっていたという。何度も沈みかけ、水あめのように粘ついた重油を飲み込みそうになる。手がつけられないほどに暴れたらしい。

「仁は彼を落ち着かせるのに手いっぱいだった。俺はバッグからエバックハーネスを出そうとしたが、重油で手が滑って、取り出すだけで一分はかかってしまった」

聞いているだけで愛は喉が痛くなる。潜水待機室は海風が入って涼しいのに、顔に熱さすら感じた。愛は手に汗握り、話の続きを聞いた。

「間に合わなかった。暴風の向きが変わり、ケミカルタンカーの爆炎が海面に吹き荒れた。漏れた重油に火がついた。咄嗟に俺は盛田恭一の手をつかみ、海に潜った。仁もだ。だが――」

八潮が、右てのひらを開いた。

「滑った。重油で」

短い言葉だったが、愛は引火した炎の熱さと恐怖を感じ取る。八潮と仁は無我夢中で海中に没したが、盛田恭一は炎に包まれた海面に取り残されてしまったという。

「初めて聞きました。死者はゼロだったとしか……」

「俺たちはすぐに戻った。オレンジ色に燃え盛る海面に向かって、俺も仁も必死に浮上した。熱かった。あの通り――」

八潮が、かつての潜水服を顎で指す。それは胸の一部を切り取られ、作業台の上に残されていた。

「ドライスーツが熱で縮み、穴があいたほどだ。水温は百度以上はあったと思う。俺も仁も軽度のやけどで済んだのは水を通さないドライスーツを着ていたからだ。なんの装備品もつけていない状態で海面に取り残された盛田恭一は、それどころじゃない」

愛はなぜか、喉がからからに乾いていた。

「もう一度彼の手をつかみ、熱から逃れようと必死に潜行した。盛田恭一は既に意識を失っていて、暴れなかった。だから二度目は手が滑ることなくうまくいったが、盛田恭一の全身からわっと泡が上がったのが見えた」

彼は海面で全身火だるまになっていたのだろう。

「既に衣服は焼けてボロボロで、潜れば潜るほど、黒く焦げた布切れが周囲にバラバラに散っていく。そして――」

恭一の右足は炭化していたという。

「骨も見えていた。左足にもなにか引っ掛かっていた。皮膚だった。水の抵抗で、潜行するとベロッと剝がれた」

八潮が右手をぎゅっと握りしめている。その皮膚が血の気を失い、白くなっていく。

「盛田恭一が死なずに済んだのは、俺たちの救難がうまくいったからじゃない。先進医療のおかげでしかない」

八潮と仁は炎から二百メートル離れた海面へ浮上し、緊急吊り上げを行った。盛田恭一は髪が焼け落ち、顔面の皮膚もやけどでただれて、直視できないほどひどい状態だったという。

「あのときは脈も心拍もなかった。亡くなっていると思っていた。だが、ヘリで五分の距離に高度救命救急センターがあった。蘇生はうまくいった」

「でも、八潮さんたちが戻らなければ、盛田さんが高度救命救急センターに搬送されることもなかったわけで、結果的には――」

愛のフォローを、八潮がむなしそうな顔で受け止める。

「愛」

八潮が間を置き、続ける。

「俺は盛田恭一が一命をとりとめたあと、どんな人生を送っていたのか、知らない。あんなひどい全身やけどを負った状態で、幸福な人生を送っていたとは――」

「それはどの保安官だってそうです。助けた人が幸せな人生を送れているのか、そこまで海上保安官は責任を負うことはできません」

「だが彼は全身やけどだけではなく、右足まで失っていた」

愛は言葉を返そうとして、気がついた。

「まさか――」

八潮の目の縁《ふち》に、涙の塊が光っていた。

八潮は手に持っていたファックス用紙を愛に見せる。海技免状のコピーがついていた。髪型が違うが、顔は救助女性と同じだった。

「今回の海難事故の救助女性の氏名だ。盛田華江《はなえ》。二十九歳」

盛田恭一の妹だと八潮が付け足した。

「恐らく海に投げ出された行方不明者は、盛田恭一本人だ」

救助者、遭難者の氏名が判明したことで、今回の八丈島沖の海難事件にやっと名前がついた。

『八丈島沖玉吉丸海難事件』

海技免状を持つ盛田華江は、今年二月に、中古の遊漁船・玉吉丸を購入していた。八潮がスクレーパーやベルトサンダーで削り出した『玉』という文字とも一致するし、漁船登録されていたころの画像が残っていた。当時の玉吉丸と、沈没船の大きさや形状、特徴が完全に一致した。

兄の仁から巡視船ひすいに船舶電話がかかってきた。八潮と一時間以上、話し込んでいた。

行方不明になっているのは、フラワーマーメイド号事件で八潮や仁が救出した、盛田恭一である可能性が高い。八潮もそうだが、仁もあの救難事件を『奇跡の救難』と思っていないのだろう。かつてのバディ同士でなにを話したのか、愛は踏み込めない。八潮の眉間の皺が深くなっていくさまを、心配するしかない。

事件から三年。恭一は、冷却水ホースを切断されるという誰かの悪意で、再び救出を待つ身となった。

朝八時より、高浜船長による盛田華江の聴取が始まった。本庁の刑事と連絡を取り合いながら、慎重に行っていると聞いた。

新しい事実が出ているか――愛はベタ凪《なぎ》の海を見ながら、聴取の行方が気になっていた。

午前十時半になっていた。愛は洋上で、南方の太陽に焼かれている。

水平線近くには入道雲が見える。無風で、海面は鏡のようななめらかさで空を映している。

全長五メートルの潜水支援艇は屋根もなく、日差しから逃れられる場所がない。

愛は第四種制服の上に救命胴衣を着ている。帽子をかぶっているが、頬がひりひりしてきた。日焼け止めは汗で流れ落ちただろう。午前八時を過ぎたあたりから急激に気温が上昇している。救命胴衣がのしかかる肩に、汗でじっとりと濡れた不快感がある。

小さな船の上で、八潮と二人きりだった。

「一〇三〇《ヒトマルサンマル》、異状なし」

八潮が言う。愛も復唱し潜水計画表に記入する。

沈没船の船内捜索の再開は見送られている。

いま愛は八潮と、行方不明者潜水捜索の支援に回っていた。

救助女性や行方不明者の身元、船籍がわかれば、あとは陸の刑事部門の仕事だ。故意に船を沈没させた事件として、真相を究明する。

潜水士たちは、行方不明者の捜索に全力を注ぐのみだ。巡視船ひすい、おきつの潜水士たち、そして特殊救難隊の第五、六隊が引き続き担う。

現在、特殊救難隊を含めた潜水士たちは、義足が発見された地点から漂流予測にのっとった捜索をしている。水深四十メートルまでしか潜れない巡視船ひすいやおきつの潜水士は比較的水深の浅い陸側を、特殊救難隊は沖の方を担当している。愛や八潮らひすいの潜水士たちは午前中に潜水支援を、午後は潜水捜索で潜る予定だ。

いま潜っているのは、おきつの潜水士三人と、正義の代わりに投入された内灘だ。父は、救助女性——盛田華江の聴取に付き添っている。

愛は顔を上げ、巡視船ひすいを振り返った。

「いまごろ華江さん、どうしているでしょうね」

「聴取は刑事の仕事だ。俺たちは救難専門」

八潮が突き放したように言った。感情を抑えようとして、却って冷徹になっているように見えた。いまもポータブルモニターから目を離さない。内灘が装着している小型カメラの映像が映っていた。八潮の肩に力みが見えた。愛は冗談ぽく話しかける。

「さっき、変なことがあったんですよ」

八潮が愛を見た。

「予備ボンベを両手に持って搭載艇へ運んでいたら、内灘さんが追い越しざまにひょいって。持ってやる、って」

八潮は苦笑いしただけだった。

「どうやったら女と仕事しているという意識を捨ててもらえますかね」

「無理だ。お前は普通にかわいいから」

八潮がさらりと言うので、愛はびっくりしてしまった。八潮はなんでもないというふうだ。冗談めかして愛はぼやいた。

「──整形しようかな」

「顔が、じゃない」

愛は眉を上げげた。

「それ若干ひどくないですか」

「仕草や立ち居振る舞いだ。女のコらしいと言ってる」

「それじゃ、もっとガニ股で歩くとか。乱暴な言葉遣いをするとか？」

「いらん努力だと思うぞ。そのままでいい。そのうちみんな、慣れるさ」

八潮の左胸の無線機が反応した。高浜船長からだった。潜水捜索終了時刻を少し早められないかという相談だった。八潮が応答する。

「なにか緊急事態ですか。どうぞ」

「ひすいの搭載艇が全部、出払ってしまっている。使用したいんだ。どうぞ」

巡視船ひすいには搭載艇が二隻、配備されている。うちひとつの潜水支援艇に、八潮と愛が乗っている。残るひとつと巡視船おきつの搭載艇は、特殊救難隊の五隊と六隊が使用している。

「盛田華江が陸に上がりたがっている。早急に帰宅したい、と」

記憶を取り戻したのだろうか。高浜船長が無線で説明を続ける。

「陸の方の捜査が一気に進み、判明したことが多数ある。盛田華江も少しずつ記憶を取り戻している様子だが、パニック気味でもある」

記憶を取り戻せば転覆時の恐怖も同時に蘇るだろう。正義が付き添っているはずだが、女性をなだめるのに慣れているとは言えない。父は潜ることが専門で、事情聴取など門外漢だ。

「盛田華江の自宅は神奈川県川崎市。親と同居、父親のところに帰りたいと泣いている。夕方の飛行機で戻ると言ってきかない」

海上保安庁としては、救助者を診察させる必要がある。なるべく早く八丈島の港へ彼女を連れて行き、島内の病院を受診させる。医師の判断を仰いだのち、本土に帰すという。

八潮が了承し無線を切った。愛に合図する。

愛は捜索中断の合図を海中の潜水士たちに送ることにした。鉄パイプのような形状のボートフックを取り上げ、舷側を叩く。カンカンカンと耳障りな大きな音が、海原に響き渡る。海面に近いところに見えていた小さな魚たちが、一斉に尾ひれを向けて散らばっていく。海の中は音が響きやすいので、すぐに海中の潜水士たちにも伝わる。

連続三回鳴らす。間をあけて四度、繰り返す。捜索中断の合図だ。

愛はボートフックを置いた。再び記録用紙を取った。

「彼女、八丈島空港から飛行機で帰るということですよね。高所恐怖症なのに大丈夫なんでしょうか」

八潮も思い出したようだ。

「まあ……ヘリは揺れるからな。普通の飛行機なら乗れるんじゃないか」

愛は納得しかねて首を傾げる。八潮が愛の顔をしみじみ眺め、苦笑いする。

「お前、なかなか鋭いな。刑事みたいだ」

「いちいちすみません。でもなんか気になっちゃって」

「あとで俺の同期を紹介してやる」

本庁の警備救難部で刑事をやっている女性海上保安官がいるらしい。

「今回の事案の陸の捜査を担当している。午後にも巡視船ひすいにやってくる」

八潮が珍しく口角をあげてニヒルに笑ってみせた。久しぶりに彼の八重歯を見た。

「海上保安庁のミス・マープルだ」


巡視船ひすいのヘリ甲板は、正午の太陽に焼かれ、陽炎《かげろう》が立っていた。

愛の制帽の中は汗でぐっしょり濡れていた。八潮とともに巡視船ひすいのヘリ甲板に立っている。海上保安庁のミス・マープルをお出迎えするためだ。

大海原の上空にスーパーピューマが見えてくる。まだ機影は小さいが、爆音がすさまじい。凪いだ海にダウンウォッシュによる皺をつけながら、目の前にやってくる。

霞が関のスーツ組が、錨泊中の巡視船に乗り込んでくるのは珍しい。幹部を迎えるわけではないのに、乗組員たちはそわそわしていた。愛も海上保安庁で刑事をやっている人間に会ったことがない。落ち着かなかった。

しかも海上保安庁のミス・マープル。

八潮と同期というから三十代半ばだろう。強烈なオーラがあって癖の強い人かもしれない。愛はちょっと警戒してしまう。

ヘリのダウンウォッシュが愛にも降り注ぐ。慣れているのでふらつくことはなく、ただ目を細めて止むのを待つ。女名探偵を乗せたスーパーピューマがふわりとヘリ甲板に降り立った。ヒュルルルルゥと音を立てながら、プロペラの回転がゆるやかになっていく。やがて完全停止すると扉が開いた。スーツを着た若い男が颯爽と出てくる。愛は八潮とタイミングを揃え敬礼する。

女性も姿を現した。

黒のパンツスーツにパンプスという、公務員らしい格好だった。漆黒の長い髪を後ろにまとめてひっつめているが、化粧が濃いので、デパートの化粧品売り場にいそうだなと愛は思った。彼女は誰の手も借りずヘリから降りる。八潮を見て眉を上げた。左の口角だけあげる独特の笑みで近づいてくる。

「八潮君。少しやせた？」

八潮の返事を待たず、彼女は愛を見下ろした。潜水士をやっている愛より背が高かった。

「この子が噂《うわさ》のメス猿？」

八潮が「おい」とたしなめる。女は名刺を出した。

「本庁警備救難部、刑事課の相場美波です」

愛は名刺を持ち歩かない。居住区へ取りに戻ろうとして「いらない」と言われてしまった。八潮が美波をＯＩＣへ案内する。甲板を一列になって歩いた。愛は美波のあとに続く。

「すごいわね。この子、沈没船が故意に沈められたと命がけで証拠を撮影してきたんでしょ？」

美波がちらりと愛を振り返った。

「命がけというか、私のミスで結果的にそうなっただけです。決して褒められたものでは——」

「謙虚～」

揶揄するように笑われてしまった。

「でもそれ損するわよ。組織の中では。ついでに手柄も持っていかれちゃうから、気を付けて」

損とか手柄とか、愛は意識したことがなかった。同じ海上保安官でも、刑事畑にいる人は意識が違うようだ。

八潮が船内扉を開けて中に入る。船は段差が多い。天井が低いところもあるが、美波はパンプスの足で颯爽と歩いていく。慣れていた。いまは陸にいても、海上保安官になりたてのころは、美波も巡視船艇に乗っていたはずだ。

ＯＩＣへの急な階段をあがりながら、八潮が美波に尋ねる。

「陸の捜査はどこまで進んでいる？」

「あ、もう事件は解決しているから」

「は？」

八潮が足を止め目を丸くする。愛もびっくりして美波の横に駆け上がった。

「どういうことですか、解決って」

「犯人はもう逮捕した。陸で取り調べ中。あとは裏取りね。それからガイシャの華江からも聴取。あとは海猿と海蝶で、行方不明者の捜索をお願いってところかしら」

早い。愛は感嘆した。

「さすがですね。海上保安庁のミス・マープル」

美波は山形の眉を大袈裟に上げた。

「ちょっと、八潮君が言ったの？」

やめてよもう、と額を押さえて嘆く。

「ミス・マープルは老婆でしょ。私はまだピッチピチの三十五歳だからね！」

美波は階段の途中で、目の前にある八潮の尻をぴしゃりと叩いた。

「おい、セクハラだ」

「なに言ってんのよ、練習船時代に酔っぱらって尻出して甲板で寝てたくせに」

「よせよ、何年前の話だ。部下の前だぞ」

二人は仲が良さそうだった。


ＯＩＣでの会議は美波の独擅場《どくせんじょう》だった。

陸の捜査の進展具合を端的に説明する。質疑応答で誰も手を挙げなかったほど、美波の説明は完璧だった。

愛はいま救護室へ向かっている。盛田華江は正義を聴取に呼ぶためだった。

救護室のカーテンを開ける。盛田華江は正義にいら立ちをぶつけていた。

「昼にはこの船を出られるんじゃなかったんですか。搭載艇も戻ってきたのに、どうして足止めを食らっているんですか。いつになったらお父さんのところに――」

盛田華江という個別の名称が与えられた途端、救助女性の輪郭がはっきりしたような気がする。本人も自分が何者かわかったからなのか、目に力があり、声にも張りが出ていた。

正義がやんわりと説得している。

「申し訳ねぇが、陸から刑事さんが来てるんだ。あんたに聴取をしてからって言ってる」

「陸に戻ってからじゃダメなんですか」

タイミングが悪かった、と正義は申し訳なさそうだ。

「あっちはあっちで、あんたに聴取するためにヘリで来ちゃったもんだから、船出すわけにもいかなくて」

華江は落ち着かない様子でカーペットの上を行ったり来たりしている。正義が愛に気が付いた。

居住区で父と大喧嘩を繰り広げてから初めて顔を合わせる。仕事中だから互いに親子の感情は出さない。

「盛田華江さん」

愛は初めて彼女を名前で呼んだ。彼女はすんなり振り返った。自分が盛田華江だということをきちんと自覚している。

「案内します。こちらへ――」

華江はまた正義にすがった。

「嫌です。事情聴取なんか。私、なにも悪いことしてないのに」

「担当捜査員から事実関係の報告もあります」

「報告って――」

「あの漁船は故意に沈められています。誰の仕業かということです」

正義が驚いた様子で前に出た。

「犯人、もうわかってんのか」

「ええ。逮捕されています」

華江はぽかんと口を開けた。腰を抜かしかける。正義が体を支えた。愛も腕を支えて気遣う。

「歩けますか」

「大丈夫……。大丈夫です」

華江が自分を奮い立たせるように言う。サンダルに足を入れた。

愛は二人を居住区内にある応接室へ案内した。船長室のすぐ近くにある、来賓を迎え入れるための小部屋だ。扉を開ける。美波と八潮が待ち構えていた。

応接室は革張りのソファとガラステーブルがある。壁には寄港地で贈られる記念品などが飾られていた。壁の材質も乗組員の居住区よりずっと豪華だ。スーツを着こなす美波がいることもあり、巡視船の中にいることを忘れそうになる。

美波が華江を向かいのソファに促した。愛と八潮は美波の後ろに立つ。正義は華江の隣に座った。

美波が切り出す。

「海上保安庁、警備救難部刑事課の――」

「早く教えてください。犯人は誰ですか」

華江が前のめりになる。

「私はただ早く家に帰りたいんです」

「その前に。乗船し転覆するまでのいきさつは思い出されました？」

美波の質問に、華江は視線を外した。

「事実関係をひとつひとつ、ひも解いていきましょう」

時系列でと美波が強調し、分厚い報告書を出した。『穀物船フラワーマーメイド号海難救助報告書』と記されている。

「この事件の記憶は？」

華江がしっかり頷く。

「あります。自分が何者で、父や兄が誰で、どうやって育ったかも、だいたい思い出せました。ただ先日の船の転覆があった日の出来事だけ、まだ曖昧です」

「あなたの一家はこの船で生計を立てていた。間違いないですね」

「はい。私は、フラワーマーメイド号で育ちました」

船で国内物資の輸送を担う内航船は、家族経営で船を運行させている例が珍しくない。乗組員は親族、その子供たちは居住区を家とし、船から学校に通う。

「フラワーマーメイド号の船長は盛田博《ひろし》さんでしたね」

「はい。私の父です」

「一等航海士が兄の盛田恭一さん。機関士はその都度、外部の人を雇っていたそうですね。司厨長《しちゆう》はあなただった」

愛は驚いて華江を見た。フラワーマーメイド号海難事件の対処に出た八潮は、もっとだ。

「あの船に乗っていたんですか――」

海難現場にいたとしたら八潮が華江を知らないはずがない。美波が説明する。

「事故の前年に、彼女は船を降りているのよ。あの船は司厨長を乗せていなかった」

華江も頷く。

「荷主にどんどん運送料を削られて、司厨長の給料が出せないほど、経営が悪化していたんです」

司厨長は海上保安庁の巡視船でいうところの主計長にあたる。巡視船ひすいでは梓の役割だ。基本、船の事務や乗組員の食事の世話を担当する。船が最低人員で航行しようとするとき、まっさきに削られるのは司厨長だ。

「私は転職したんです。それであの爆炎事故には巻き込まれませんでした……」

美波が八潮を一瞥したのち、聴取を続ける。

「けれどあの事故で一家はひっ迫した。あなたも大変な思いをしていたようですが」

華江が警戒したように眉を寄せる。

「誰がそんな話を」

「盛田博さん。あなたのお父さんが」

華江の顔がみるみる青ざめていく。

「あの事故でフラワーマーメイド号は沈没。その後の海事裁判で、事故原因はフラワーマーメイド号側にあると認定されています」

華江が背を丸める。心細そうに見えた。

「過積載。当時は小麦粉を運んでいたそうですが」

「十二月はいつもそうです。クリスマスケーキ商戦本番ですから。小麦粉の輸送量が倍増して、うちの船も毎年フル回転になります。休みなく運んでも間に合わないくらいで……」

「過積載の理由はどうあれ、それが原因で船の舵がききにくくなっていたのは確かなようです。自然災害による損害とは認められず、保険金は支払われなかった。また、あなたの一家はケミカルタンカー側の賠償請求にも応じなくてはならなかった。負債総額三億円で倒産していますね」

正義がそわそわと、美波と華江を見比べていた。

華江が肩身狭そうに答える。

「父は破産しましたが、売り払える資産は船だけでした。基本は船で生活していたので、陸の住居は賃貸物件でしたし……」

唯一の資産だった船は沈没してしまった。再起を図りたくとも、海事裁判で有罪判決を受けていたら、もう海運業界には戻れないだろう。

「一家は莫大《ばくだい》な借金を背負った状態で路頭に迷った。二十四時間介護が必要なお兄さんを丸抱えした状態で」

事実を淡々と述べたあと、美波が親身な様子で続ける。

「盛田恭一さんは全身やけどの後遺症に苦しんでいたらしいですね。右足を失《な》くし、ケロイド状になった皮膚のかゆみと痛みで夜もろくに眠れない。外出もままならなかったとか」

華江が頷く。

「顔のやけどがひどかったですから。鼻が焼け落ちてしまったんです。あの顔を見たら人は確かに驚きますし、子供は怖がります」

恭一は、唇の右側も固く拘縮《こうしゅく》していたらしい。

「口をきちんと閉じることができないので、会話もままなりません。唾液が飛ぶので、看護師さんから嫌な顔をされたこともあります。役所の人にはくすくすと笑われました。それから兄は、誰と話すことも嫌がるようになってしまって」

社会復帰する手立てを自ら遠ざけてしまったようだ。支援のきっかけも失った。金もない。誰でも心が荒《すさ》んでしまうだろう。

美波が突然、声音を変えた。断言する。

「あいつは怪物だ」

華江がびくっと肩を震わせ、顔を上げた。美波は声をやわらげる。

「お父さんの言葉です。華江さんはそんなお兄さんを、けなげに支えてらしたんですね。お兄さんのためにお金を貯《た》めて、格安の中古漁船を購入した」

「沖まで出れば、人の好奇の目にさらされることはありません。兄も船の知識がありますから、父を含めて三人で、漁船で生計を立てられないかと」

美波が詳細を求める。

「なぜ漁船だったんです？　これまで通りの運搬船の方が……」

「資金が足りなかったんです。困窮していましたから」

物資運搬船はその性格上、大きさがないと意味がないが、船は大型になるほど高価だ。億を超えることもある。よほど資金があるか、銀行から融資を受けないと、手に入れることができない。漁船なら小規模な船でも、ある程度の装備をつければ漁をすることができる。

「では今回の遭難があった七月十四日は、漁に出ていたんですか？」

漁に出るのなら、漁業権の免状を持たなければならないが、取得も申請もした様子がない。一家は漁業組合にも加入していない。華江は船も、漁船ではなく小型船舶として登録していた。

必死な様子で華江が言い訳する。

「私たちは内航船で食べてきた一家です。漁船を購入したところでいきなり漁に出られるわけではないです。まずは兄を海の上の生活に戻してやりたかったんです。兄は外出もままならず、いわゆる引きこもり状態でしたから……」

愛にも兄がいる。仲が良いとは言えないが、ほうっておけなかった華江の気持ちはわかる。

「夜は体のかゆさを訴えて、三十分おきに体を掻いてくれと大騒ぎします。私は事故のあった日から、まともに三時間以上眠れたことがありません」

かゆみ止めは、塗り薬も飲み薬も全くきかなかったという。

「お医者さんは、精神的なもので皮膚が過敏になっていると言っていました。狭い部屋に閉じ込めておくのではなく、気晴らしをさせろと。しかし陸は人の目があります」

兄が生きていた海なら――華江はそう思い、漁船を購入したようだ。

「しかし兄は船乗りをしていたころの体にはもう戻れません。まずはあの体で船に乗ることに慣れる必要があります。漁船として登録するのはそれからだと思いました」

美波が登録書類を出す。

「あなたが玉吉丸を購入したのは今年の二月。八丈島の漁師から現金一括三百万円で購入していますね」

美波が沈没前の玉吉丸の写真を示した。

「玉吉丸の元の持ち主の方が、あなたのことを覚えていました。家族想《おも》いの優しそうな女性だった、と。必死にアルバイトをして生活を切り詰め、船の購入資金を貯めたそうですね」

美波が次の画像を示す。沈没した玉吉丸の画像だ。

「辛いかもしれませんが、これがいまの玉吉丸です。見ていただきたいのはこの部分」

美波が、ペンキの色合いがちぐはぐな部分を指さした。赤錆色の船体に鮮血のごとく鮮やかな三つの丸が浮かぶ。

「『玉吉丸』とここに記されていたはずが、赤いスプレーペンキで塗りつぶされていました。捜索の結果、船舶番号ステッカーもどこにも貼付されていませんでした」

華江が激しく首を横に振った。必死な様子で訴えてくる。

「どうして船がこんな状態なのかわかりません。私は消した覚えはないし、剝がした覚えもありません」

「当日、出港したときに確認はしました？」

「していません。当たり前にそこに記されていると思っているものを、いちいち出港のたびに確認しません。船で海へ出るとき、船舶番号ステッカーが剝がされているとか、船名が消されているとか、そんな心配しますか？」

普通はしない。出港前には航路設定、気象予測、エンジンの確認、係留索処理など、安全な航行のために確認すべき項目がごまんとある。愛は自分が彼女の立場でも、同じように失念しただろうと思う。

美波が続ける。

「これは明らかに故意に塗りつぶされ、剝がされたものと思われます。誰がやったのか、心当たりはありますか」

「全くわかりません。心当たりもありません」

華江が毅然《きぜん》と首を横に振った。

「あなたのお父さんは恭一さんを疑っていました。吐き捨てるように言っています。あの怪物がやったに違いない、と」

「兄が一体なんのためにそんなことを？」

「自分の計画を邪魔するためにやったに違いないとお父さんは話しています」

美波の言葉には迫力があった。華江はあたふたしながら尋ね返す。

「父が、なにを計画していたというんです」

美波が愛を見る。愛は頷いた。華江を責め立てるような構図にならないように、愛は華江の隣に座った。正義と親子で華江を挟む格好になっている。正義はだまりこくって難しい顔をしていた。

愛は沈没船の機関室の画像を見せる。

「玉吉丸の機関室の画像です。冷却水ホースが切断されているのがわかりますか」

華江は何度も瞬きした。

「出港前に、機関エンジンの確認をしましたか？」

「制御盤の数値の確認はしました」

「エンジンまでは確認していなかった？」

愛は詳細な証言を求めた。華江が記憶をたどるように、目を細めた。

「足の悪い兄を船に乗せるだけでもひと苦労です。兄にアレコレ用事を言われるのもあって、出港前の各種点検がおろそかになっていた部分は、あると思います」

華江は言いながら気がついた様子で、息を呑《の》んだ。まさか、と呟く。

「これじゃ、エンジンをかけた途端に、機関室が浸水してしまうってことですよね」

「ええ。出港した途端に、沈没が始まっていたと見ていいと思います」

華江は悲鳴をあげるように、保安官たちに問うた。

「誰が？　誰がなんのために、こんなことを……！」

美波が束になった書類の下から一枚の書類を出した。生命保険契約書類のコピーだった。華江は受け取ったが、現実味がないのか、反応を見せない。

「お父さんはあなたに生命保険をかけていました。死亡時には三億円が支払われる。受取人は父の盛田博となっています」

華江は黙り込んだままだ。重い沈黙で、愛は腹の底が痛くなった。日が陰ったのか、小さな窓から差し込んでいた太陽の光も弱くなる。華江の表情に暗い影が走っている。

「嘘《うそ》。そんなはず。父はそんな……！」

華江が保険契約書のコピーをぐちゃぐちゃに丸めてしまった。美波が眉尻を下げて言い含める。

「お父さんは自供しています」

「確かに父と兄の仲は最悪でしたが、私？　なんで私まで」

「お父さんは金に困っていた上、若くして二十四時間介護が必要になった怪物を持て余していました。死んでほしいし金も欲しいと思って、保険金詐欺を実行することにしたんでしょう。ところが恭一さんは健康体ではありませんから、生命保険に加入することができなかったんです」

　華江が脳天から抜けるような高い声で尋ねる。

「だから私？　だからって、娘の私を……？　お金のために!?」

　正義が間に入った。

「ちょっと待ってくれ。そんな父親いるか。百歩譲って息子の介護疲れとか、息子の将来に絶望してんのはわかるけどさ、なんだって健気《けなげ》に家庭を支える健康な娘まで――」

　美波はきつく咳払いした。聴取の邪魔をしてほしくないのだろう。正義は苦虫をかみつぶしたような顔になり、引き下がった。美波が華江に言う。

「お父さんは玉吉丸が沈没するように細工しました。恐らく、兄の恭一さんは出港前にどこかのタイミングで、それに気が付いたんでしょう」

　華江は納得しがたいようだ。

「だったらなぜ出港を止めなかったんですか。ペンキ塗ったり、ステッカーを剥がすくらいなら――」

「お兄さんは自殺願望があったのでは？」

　華江はうつむいた。指先をもぞもぞと動かす。

「確かに、あの状態で生きているのは辛かったとは思いますが……」

愛の視界の端で、八潮が落ち着きなく拳を握っている。とうとう口走った。

「すみません……。フラワーマーメイド号事件の際、お兄さんの救難がスムーズにいかなかった責任は自分にあります……！」

華江が慌てた様子で首を横に振った。みなに言う。

「私は海保のみなさんの勇気ある行動に敬意を持っています。当時は本当に、命がけで兄を助けて下さってありがとうございました」

華江がわざわざ立ち上がり八潮に頭を下げる。八潮は狼狽《ろうばい》した様子で何度も首を横に振った。

「けれど兄が、この先の人生を悲観していたのは確かです。海保への憎しみを口走ることもありました。死にたがってもいました」

お前はきれいごとばっかりだ、と言っていたらしい。

「お兄さんは自殺は自殺でも、父親に殺されたように見せたかったのでは？」

美波が両手を組み、推察する。

「それが、保険金殺人を実行しようとしている父親に対する意趣返しだった。そして保険金が絶対に支払われないように、船名を消して船舶番号ステッカーを剝がしたんです」

「――私を道連れに？」

華江が唇を震わせ口にした質問に、誰も答えられなかった。

怒っているのか、嘆いているのか。華江が顔を覆った。愛は彼女の背中をさすってやろうとした。華江がはっと顔を上げた。泣いてはいなかった。

「思い出しました。あの日」

華江が一度、息をのんだ。続ける。

「お兄ちゃんは、沈みゆく船にじっと身を任せているだけでした。自分の分の救命胴衣を私に託して――こう言いきかせてきたんです」

なにがあっても大丈夫。

どんな状態になっても大丈夫。

「海上保安庁が必ず救出にやってくるんだろう？　って……」

恭一は父の博だけでなく、フラワーマーメイド号事件の救難を肯定し続けた妹や海上保安庁にも、意趣返ししたというわけだ。

午後の行方不明者捜索は十五時から開始されることになった。

愛は海斗や内灘と、第二公室で昼食をとっていた。

「いやー、ひどい聴取だったみたいですね。映像、見ました？」

海斗が言った。

「聴取って、盛田華江の？」

愛は同席していた。確かにある意味ひどかったが――。海斗が首を横に振る。

「犯人の盛田博の方ですよ。三管本部で聴取しているらしいんですけど、あの元船長は鬼畜だって、みんな言ってるらしいですよ」

「そりゃ、介護に行きづまった息子を殺害ついでに、娘にも保険金かけて、船ごと沈めようとした男だろ」

内灘がしかめっ面で言った。

「そこまでするかって取調官が突っ込んだらしいんですよ。息子の件は百歩譲って同情の余地はあるとしても、なんの落ち度もない娘までというのはあまりにひどい」

盛田博は、取調官にこう答えたという。

〝娘は介護からも借金からも逃れて、結婚して幸せになろうとした〟

内灘は不愉快そうだ。

「娘の幸せを願わないどころか、利用するものと思う父親……いるんだなぁ。信じがたいね。俺は娘がいるから余計だよ。そいつの首を絞めあげてやりたい」

愛は海斗に訊く。

「取り調べ映像をちらっと見たけど、そこまでひどいことを口にしていたの？」

「海保に対する罵詈雑言《ばりぞうごん》のオンパレードだったみたいですよ。現場のモチベーションが下がるからって理由で、こっちのOICじゃ盛田博の取り調べ映像は一部しか見られないんです」

陸と空と海は通信技術でつながっている。情報共有が必要な場合は、陸の取り調べの映像も巡視船艇のモニターで確認することができる。だが高浜船長が盛田博の映像の一部を巡視船乗組員に見せなかったようだ。

「これのこと？」

スーツの女がテーブルに近づいてきた。開いたパソコンを片手に持っている。美波だ。愛の隣にストンと座る。海斗や内灘にも見える位置にパソコンを置いた。ピンクのグラデーションカラーのネイルの指で、エンターキーを押す。

取り調べ映像が流される。

盛田博は禿げ散らかした白髪頭をしている。皮膚はたるみ、シミだらけだ。刻まれた皺も深い。七十代か八十代くらいに見えた。実際は五十六歳だ。その皺の深さに、フラワーマーメイド号事件で全て失ったあとのすさんだ人生が見える。

〈なにが海上保安庁長官表彰だ、なにが奇跡の救助だ、ばかやろう！　死者数ゼロ達成のために、死ぬべきだった人間まで強引に救助しやがって、あれを押し付けられた家族の身にもなれ！〉

拳を握りしめて喚《わめ》き散らす。前歯が一本、抜けていた。

〈どう考えてもフラワーマーメイド号事件は救難に失敗した事案だろう！　それを、医療の力に縋《すが》って死者数ゼロの救難だと！　お前らは頭がおかしいのかっ〉

取り調べをしている保安官が、当時の過積載の責任を問う。博が拳でデスクを叩き立ち上がった。

〈そんな話をいましているんじゃない、俺を保険金殺人にまで追い詰めたのは、お前ら海上保安庁だ！　無駄な救難をしやがって。恭一があの海で安らかに死んでいたら、俺は保険金詐欺事件なんか起こさなかった！〉

握った拳を開くことなく、盛田博は鼻を掻いたり髪を触ったりする。

変だなと愛は思った。映像を覗き込もうとしたが、内灘がパソコンの画面を閉じてしまった。

「わざわざ見せなくていいっすよ」

「腹が立たない？　なんでもかんでも海上保安庁の責任って」

自分も海上保安官なのに、美波は同情の目で愛たちを見る。

「雨の日も風の日も耐えてこらえて船乗って、危険を冒して潜水作業に身を投じる。体はボロボロになっていく一方なのに、救助した相手にこんなこと言われちゃうのよ。そして待っているのはこんなに味気ない食事」

美波はつまらなそうにお盆に載った昼食に箸をつけた。今日の昼食は豚汁とおにぎり、酢の物だけだった。沖に出てもう十日、本来なら陸に戻る準備を始めるころだが、海難事故発生でそうはいかなくなった。今後のことを考え、主計科は食材を節約しているのだろう。この分だと横浜に戻るころには、おにぎり一個とかいう状態になりそうだった。哨戒が長引いたときはいつもそうなる。

愛は厨房の方が気になり、声をひそめた。

「主計科の人たちはみなさん頭をひねって食事の献立を考えているんですよ」

「主計科の料理がまずいって言ってるんじゃないの、どう考えても食費が安上がりだって話よ」

美波は海上保安庁の巡視船艇と、海上自衛隊の護衛艦を比べ始めた。

「あっちは毎晩ビュッフェなのよ。和洋折衷、食べ放題。しかもスイーツ食べ放題の日まであるらしいわよ」

「海上自衛隊と比べたってしょうがないでしょう。予算が違うんですよ、予算が」

内灘が言った。美波が肩に力を入れる。

「だからむかつくって言ってんのよ。あいつら毎日訓練してるだけじゃない。実際に海の安全と国境を守るため、日々危険にさらされているのは海上保安庁でしょう。北朝鮮の工作船事件なんか、さいたるものじゃない」

平成十三年に、北朝鮮の工作船と第十管区海上保安本部の巡視船が銃撃戦を繰り広げた件だ。強行接舷の際に工作船乗組員が銃撃を開始したため、巡視船は正当防衛射撃で応戦した。巡視船あまみは被弾し、穴だらけになった。工作船は沈没したが、海上保安庁側も三人の負傷者が出た。

「戦後、我が国の機関で他国から銃撃を受けたのも、銃撃をしたのも、海上保安庁だけだからね。こんだけ危険な任務を国境の最前線の海で私たちに背負わせておいて、海保全体の年間予算がイージス艦一、二隻分って、ほんとやる気失くすわよ」

美波は火がついたようにしゃべりだした。

「そんな中でも最もしんどいのはやっぱり海猿でしょ。みなさん〝やりがい〟だけでよくやるわ」

愛はムッとする。喧嘩を売りに来たのかとも思ったが、美波は率直に疑問に思っているようだった。

「さらにその海猿の中でも、海蝶って」

美波がとうとう愛に照準を絞った。

「どうして普通の男でも困難な仕事を、女性のあなたが担うの？」

愛は困り果ててしまった。つい内灘と海斗に視線を送る。内灘が言い返そうとして、美波が遮った。からかうように愛の頬をつねる。

「あらー。ずるいの。困っちゃったら男を頼るの？」

愛はムキになった。母親に反抗するように言い返す。

「そんなつもりはないです」

「ごめんね、いじめにきたつもりじゃないのよ。ちょっと興味があるだけ」

潜水士なんて――と美波はため息混じりに、続ける。

「命を賭して誰かを助けたところで、恨まれることだってある世界なのよ。しかも生きている人間を助けることなんて何度ある？　空から救助できる機動救難士や特殊救難隊はまだしも、潜るだけの潜水士は死体の揚収ばっかりでしょ」

美波は豚汁をいっきにすすった。

「私から見たら潜水士なんて葬儀屋と一緒。死体の運搬をしているだけ。霊柩車《れいきゅうしゃ》が空気ボンベとウエットスーツに変わっただけ」

美波は内灘や海斗ではなく、愛に言い含めているようだった。

「海上保安庁の業務は多岐にわたる。警備、救難、水路、エトセトラ。潜水士以外の業務が腐るほどあるのに、あなたはなぜそんなにも海蝶にこだわるの？」

愛は答えられなかった。

第二公室に八潮が駆け込んできた。愛たちを見つけて近づいてくる。

「すぐOICに集合だ」

厳しい表情だった。なにがあったのかと内灘が腰を浮かす。八潮は声を落とし答えた。

「海中探査機が、盛田恭一の遺体を発見した」

午後の潜水は、行方不明者の捜索から、遺体の揚収作業へと変更されるようだ。

ＯＩＣの大型モニター前に巡視船ひすいとおきつの潜水班が集合する。正義は今回も華江の付き添いで不在だった。

特殊救難隊は撤収した。盛田恭一の遺体発見現場は沈没船の百メートル北側の、水深三十九メートル地点だったからだ。水深四十メートル以内なら、特殊救難隊が出動する必要がない。巡視船ひすいとおきつ、十二人の潜水士の対応で充分だ。

愛はＯＩＣの席に着く。

八潮が全員の着席を確認し、海中探査機の映像をモニターに表示させた。

魚の群れが現れる。何百何千匹という魚が、海中の一ヵ所に密集していた。海中探査機のライトの光で照らされた鱗《うろこ》が光り、蠢く。

海中探査機が接近した途端、魚たちは一斉に散らばった。

盛田恭一の死体が露《あらわ》になる。

愛は吐く息が震えてしまう。

海斗が無言で口を押さえた。内灘は「まじか」と目を逸らした。

盛田恭一は海底の岩肌の上に、仰向けになって揺れていた。周囲に、沈没船からと思われる遺留品が散乱していた。漁網やランプなどだ。潮流に揺られ、盛田恭一の体に近づいたり、離れたりしている。

彼はTシャツにハーフパンツという格好だった。右足の切断面を残った数匹の魚がつついている。首周りやTシャツから伸びる腕など、全身が水を吸って膨張し、激しく裂傷していた。

全身やけどで皮膚はケロイド状に突っ張っていたと聞く。皮膚に本来の伸縮力がないため、膨張で次々と破裂してしまったのだ。その裂傷部分を魚が食い荒らしていた。遭難からまる二日しか経っていないのに、ここまでひどく損傷している遺体は珍しい。

内灘と海斗は押し黙っている。食堂で美波が放った『死体運搬人』という言葉が、こたえているのだろう。

八潮が粛々と説明する。

「水深三十九メートル地点、ここに到達するまでに障害物はない。沈没船からは百メートル離れているから、その影響を受けることもない。現場まで三分で潜行、通常ならそのまま担いで水面まであげるが――」

遺体は損傷が激しい。海底で遺体袋に収容した後、引き上げを行うと八潮は決めた。

「現場での作業には十五分程度は必要だ」

海斗がぽろっと呟く。

「死体運搬人、かぁ……」

八潮が鋭く問う。

「なんの話だ」

海斗が肩をびくりと震わせる。

「いや、陸の女刑事さんが俺たちのことを……」

ねえ、と海斗は愛に同意を求める。愛は口を真一文字にした。内灘が答える。

「海猿なんて陸でいうところのただの葬儀屋だと。装備品を霊柩車から空気ボンベに変えただけとか、ナントカ」

「葬儀屋も死者を弔う立派な仕事だ」

八潮がきっぱり言った。内灘と海斗がはっと口を閉ざす。

「生きている人と接する仕事だけが、尊いのか」

潜水士たちの誰もが自戒するような顔つきになった。

「俺は、盛田恭一さんを妹の華江さんのところへ送り届けてやりたい」

愛には、八潮が自分に言い聞かせているように見えた。

「どんな状態であっても」

八潮が厳しい視線で潜水士たちを見渡した。

「揚収作業は俺が担当する。誰か一緒に行けるものはいるか」

愛は手を挙げた。

「私が行きます」

八潮のバディなのだ。

遺体揚収作業は十五時からとなった。

愛は潜水待機室のシャッターを開け準備に入った。すでにウェットスーツに着替えている。

胸元に、八潮の特殊救難隊時代のウェットスーツの切れ端を縫いつけて。

シャッターの向こうのヘリ甲板から、エンジンの音が聞こえてきた。ヘリが動き出すようだ。美波ら刑事たちは八丈島空港へ移動するらしい。神湊港で聞き込みの必要があるのだろう。いつどの段階で盛田恭一が船名を塗りつぶしたり、ステッカーを剝がしたりしたのか。港の防犯カメラ映像を確認する必要がある。

正義と美波が話をしながらヘリ甲板にやってきた。

愛は思わずスチール棚の陰に隠れた。父親にウェットスーツを着ている姿を見せたくなかった。

父と美波の会話が聞こえてきた。盛田華江の身柄を巡視船ひすいから本庁警備救難部に移送する手順について、正義が説明していた。

「八丈島の病院が、夕方からなら精密検査を請け負うと連絡をよこした。一七〇〇《ヒトナナマルマル》に、おきつの搭載艇で神湊港まで送る」

「ではそのころ港に迎えに行きます。彼女の身柄は、あとはこちらで」

華江は記憶をほぼ取り戻している。ようやく、正式な部署に彼女を引き渡す算段がついたようだ。

「忍海さん、ついでに神湊港で簡単な潜水作業をお願いできますか」

港の桟橋の海底に、ペンキのスプレー缶のようなものが沈んでいるらしい。

「玉吉丸が係留されていた場所でもあるんです」

「ンなら遺留品の可能性があんな。水深は?」

「海面から目視できるくらいだから、二、三メートルってところです」

「わかった。俺が到着ついでにちゃちゃっと潜って回収する」

正義が船内に戻っていった。

愛はやっと物陰から出た。スチール棚から空気ボンベをおろす。送気装置で空気の充塡を始めた。パンプスのヒールの音が近づいてくる。

「ちょっといい？」

美波が潜水待機室に入ってきた。さっさと行けばいいのにと愛は思ったが、無視はできない。仕方なく振り返った。美波は笑顔だった。

「今回は本当にありがとうね」

いきなり感謝され、愛は戸惑う。

「あなたが沈没船の機関室で冷却水ホースの切断に気がつかなかったら、私たちは事件を見逃していたと思う。素晴らしいお手柄だわ」

褒めたりけなしたり、なにか企《たくら》んでいるのかと愛は勘繰ってしまう。裏表がないだけなのかもしれないが。美波が一歩二歩と愛に近づいてきた。

「そこでなんだけど。ランチのとき盛田博の聴取映像を見せたでしょ。なにか気がついたことはない？」

なぜそんなことを愛に訊くのだろう。不思議に思いつつも、愛は正直に答えた。

「拳を握りっぱなしでしたよね。変だなとは思いました。絶対に手を開かなかったので」

美波が目をらんらんと輝かせた。あとは、と迫ってくる。愛は一歩退いたが、指摘はした。

「漁船の購入資金についても、ちょっと……。たったの三年で三百万円も貯められますか」

華江は介護をしながらアルバイトに精を出していたらしいが、必死で切り詰めたとしても、三百万円は大きな額だ。

「支払わなくてはならない賠償金だってあるのに、不自然だなとは思いました。へそくりでもあったんですかね」

美波は感嘆した顔になった。いつまでも愛を見下ろしている。

「あの……忙しいのでもういいですか」

充塡を終え、二十キログラムの重量になった空気ボンベを甲板に運ぼうとする。美波に通せんぼされた。

美波は憐憫《れんびん》の目で愛を見下ろしていた。

「苦労続きなんじゃないの。ホントは」

愛は跳ね返した。

「史上初の女性潜水士です。ハードルがないはずはないので想定内です」

「そうじゃない。家族」

愛は眉をひそめ、美波を見上げた。

「正義仁愛、潜水士一家だなんだって持ち上げられて。あなたは元気いっぱいで笑顔がはちきれんばかりだけど。わざとらしいのよ。その笑顔」

刑事に言われると、本心を見抜かれているような気になる。愛は返答に詰まった。

「うちの家族のなにを知っているの、ってところかしら。そうね、なにも知らない。でもわかるわ」

鼻先に指を向けられ、指摘される。

「あなたには人が見過ごすような些細《ささい》な違和感をすくう力がある。体育会系で体を動かすことしか頭にない普通の潜水士たちにはない能力だわ」

「はあ、どうも……」

「複雑な家庭で育つとそうなるのよ」

愛はつい目を逸らしてしまった。

「明るく振る舞っているだけで、実は家族の顔色を窺いながら育ったんじゃないの。両親の仲が悪い家庭で育ったりすると、あなたのようになる」

「父と母は仲が良かったですよ」

「じゃ、お兄さんかしら。台風の目は」

愛はうつむいてしまう。美波の言葉を肯定しているも同然の反応だ。美波はそれ以上、突っ込まなかった。懐から再び名刺を出す。

「私の連絡先。スマホの番号とアドレスも書いておくね」

美波は名刺の裏側に、さらさらとプライベートの連絡先を書き記していく。

「あなた、刑事に向いていると思うの」

唐突に言われ、愛は「えっ」と面喰らう。

「潜水士より、ずっと」

その言葉だけは聞きたくない。愛は首を横に振った。

「なにをおっしゃりたいのか、わかりません」

「海蝶は重荷でしょう。しかもその荷を八潮君にまで背負わせ、苦しめている」

愛の胸にぴりっと痛みが走る。同時に、胃の底に焼けるような焦燥があった。

「八潮君もすっかりやつれちゃってるし。四苦八苦して海蝶の居場所を作っている。でも私なら簡単に作れるわよ」

美波が断言した。

「あなたなら大歓迎よ。海上保安官は体育会系が多いから、あなたのような頭脳派は少ない。刑事課の誰もが、あなたのような人材を欲しがってる」


十五時五分。

愛はマリンブルーの海中を潜行している。八潮のフィンを追っていた。心なしか、二日前に潜ったときよりも八潮の潜行スピードが速くなっている気がした。

一刻も早く盛田恭一を揚収したい。

そんな思いが、八潮のフィンの動きひとつにも如実に出ている。愛も太腿に力を込めた。いつもよりフィンの足を力強く動かした。

台風が去ってから二日以上経過したこともあり、視界は良好だ。水深十五メートル地点に到達すると、盛田恭一の遺体がてのひらくらいの大きさで、青い幕の向こうに見えてきた。愛は遺体袋やロープの入った緑色のバッグを小脇に抱え、バッグの紐を右の手首に絡ませている。バッグを落とすまいと右てのひらの力を強くする。するり。

潜水用のグローブをしているてのひらに、妙な感触があった。

愛は右手を開いた。グローブに穴は開いていないし、なにかが通り抜けた様子もない。

不安がよぎる。

窒素酔いとブラックアウトを起こしたのは昨日の早朝だ。まだ体調が不完全なのだろうか。

私、大丈夫か。

美波の顔が脳裏に浮かぶ。

自分で考えている以上に、美波の勧誘に動揺しているのかもしれない。

潜水士としての居場所はない。八潮を巻き込んで苦難の道を突き進んでいる。

刑事としての居場所はあるらしい。しかも周囲に歓迎されている。

自分のことより、八潮を苦しめていると言われるのが、愛はなによりも応えた。

右てのひらの感覚がおかしい。愛は何度も右手を開いたり閉じたりした。

少し遅れた。八潮との距離が開いている。八潮が吐いた気泡のかたまりが、八潮の背中の後ろをゆっくりと浮上していく。なにかを背負っているみたいだ。

八潮も、フラワーマーメイド号事件の際に要救助者の手がすり抜けてしまったと言っていた。だが八潮はあきらめず、要救助者のもとに戻って救出した。

するり。

また愛の右手に妙な感触がある。

八潮はフラワーマーメイド号事件のとき、グローブをしていただろう。

愛は、あの震災の時、素手だった。

母の手を握っていたのだ。

すり抜け――母は未だに見つかっていない。

ビー玉くらいの大きさの気泡が、口から上へ流れていく。

愛は我に返った。

いまは潜行中だ。遺体の揚収任務を全うする。集中。3・11を思い出すな――。

水深二十メートル地点で八潮が止まった。愛を振り返る。ＯＫサインを出してきた。問題ないか確認しているのだ。愛はいささか急いでＯＫを返した。八潮はまた潜行を始めた。

初めて一緒に潜ったあの日のような表情が、八潮には全くなかった。

八潮もいつもの精神状態ではない。それが痛いほどに伝わってくる。船の上ではまだ八潮は冷静沈着に見えた。忸怩《じくじ》たる思いがあるはずだが、船の上ではほとんど見せなかった。

海中では伝わってしまう。

この濃密な水の世界では。

空気と音を失った圧迫感のある海中では、人の感情が巨大化し、水を通して伝播《でんぱ》してしまう。それは、潜った途端に丸裸になるのと一緒だ。

愛も八潮も、むきだしなのだ。

海の上では隠し通せる負の感情が、海中では簡単に表出してしまう。

海中では、心に蓋ができない。

愛は海底に目をやった。遺体に近づいているが、その輪郭はまだぼんやりしている。魚が集まっているせいかもしれないが、その数は海中探査機で見たときよりも減っている。太陽の光が届きにくくなってきたので、全てが紺色のベールに覆われたようにぼやけてみえる。

八潮が脇バンドに嵌めた水中ライトを取り出し、遺体を照らした。

魚が一斉に泳ぎ去った。

盛田恭一の死体が、スポットライトを浴びたように、浮かび上がる。

愛は口からいっきに排気してしまった。

大きな気泡が次々と顔の表面をなめ、視界を塞ぐ。ボコボコと嫌な音がする。

海中探査機で見た姿と、全く違う。

潮流のためか、盛田恭一は体がうつ伏せになっていた。全身に漁網が絡みついている。沈没船から流れてきたものだろう。ロープに全身を絡めとられているように見えた。だから魚の数が減ったのだ。

愛は必死にレギュレーターの空気を吸った。残圧計を見た。潜水を初めてまだ四分、ボンベの空気の消費を気にする。

――落ち着け。

八潮が遺体のそばにゆっくりと降りたつ。右ふくらはぎに装着してある水中ナイフを抜き取り、愛に見せる。「切るぞ」と指示している。漁網を取り除かないと、遺体袋に入らないからだ。

八潮が遺体に絡みついた漁網を引きながら、絡まっているところを切断していく。

切れた網を取り除いては、別の網にナイフを当てる。愛は荷物を海底におろした。潮流で流されないように、潜水索から展張したロープに結びつける。

改めて、愛は遺体の足元に降りたつ。

水中ナイフを握る。漁網以外に、ロープやテグスも絡みついていた。刃を立てる。なかなか切れない。時間がかかった。八潮はスパスパと切っていくが、愛は一本切るのに時間を要した。右手にうまく力が入らない。ナイフの柄を強く握ろうとすると、手が震えだしてしまう。

愛は何度もナイフを持ち替える。利き手ではない左手ではうまくいかない。右手を振ったり、握ったり開いたりした。再度ナイフを持ってロープに刃を立てる。

右手がどうしても震えてしまう。うまく切れない。

結局、八潮がほとんどのロープや漁網を切った。愛に切れ端を預ける。愛はそれを巻き取り、バラバラにならないように結んだ。この程度のロープワークにすら時間がかかった。頭で思っている通りに手が動いてくれない。手と頭をつなぐ神経が断絶したのではないかと思うほど、体の反応が鈍かった。急いでやろうとすると、ますます手が震える。ロープワークの基礎である巻き結びすらうまくいかなかった。

右手だけが、おかしい。

八潮が緑のバッグから遺体袋を出した。愛はやっとロープと漁網の片づけを終えた。もう一度右手をよく振る。握ったり開いたりを繰り返した。

視線を感じる。八潮が愛を見ていた。

二人とも、むきだし。

愛の不安や動揺は一瞬で伝わっただろう。右手がまた大きく震え出す。

海斗が叫ぶ声がする。彼は巡視船ひすいの甲板で、愛と八潮の潜水支援をしていた。

「一五三〇《ヒトゴーサンマル》、浮上！」

愛は海面で立ち泳ぎしながら、レギュレーターを口から外す。潜水マスクを額にあげ、手の甲で顔を拭った。汗が止まらない。肩が激しく上下していた。

海斗の隣にいた内灘が、甲板の手すりから身を乗り出し、愛に拍手を送った。

「予定時刻ぴったりだな！　素晴らしい。大慌てで浮上してきたのか？」

無事上がってきた愛をニコニコと見ている。

八潮が浮上してきた。

愛はつい背を向けてしまう。

遺体袋を乗せた担架はもう引き上げられている。巡視船ひすいの舷側をこするように、乗組員三人がロープを引いている。現場での作業が二十分を超えたので、愛と八潮は水深八メートル地点で減圧をしていた。担架の引き上げが先になった。死人に減圧は必要ない。

担架がぽたぽたと海水を垂らしながら、甲板へ持ち上げられ、見えなくなった。愛はそれを無言で見送る。八潮の視線が、横から突き刺さっていた。

潜水作業は完了したが、愛は手の震えを最後まで制御できなかった。遺体袋を開ける手、遺体を足から袋に入れる手、遺体を担ぐ手……。

右手だけが、ずっと震えていた。

制御がきかなかった。震えを抑えようとすればするほど、不自然に動いてしまう。まるで誰かが愛の肘をつかみ、好き勝手に揺らしているのではないかと思うほどだった。

舷側に、縄梯子《なわばしご》が垂れた。愛は足先のフィンを外して腰バンドに引っ掛け、縄梯子をつかんだ。甲板へ上がる。海中のように手は震えていない。スムーズに上がることができた。

内灘が愛の肩を叩き、激励する。

「よくやった」

愛は形だけ微笑む。ひとつため息をつき、フードを外した。空気ボンベを下ろす。

「愛」

八潮が全身から海水を滴らせ、近づいてくる。愛は思わず目を逸らした。八潮は空気ボンベをおろし、愛のボンベの横に並べた。潜水マスクとフードを取り、愛の横に膝をつく。愛の顔を覗きこんでくる。

「グローブを取れ」

愛は言われるまま、両手のグローブを取った。

「開いてみせろ」

愛は両てのひらを上に向けて、八潮の方に突き出した。八潮が愛の両手を取る。顔を近づけたり、裏返したりして、つぶさに観察する。怪我をしていると思ったのだろう。愛のボンベにつながる残圧計を手に取った。八潮のものと比べる。

八潮の残圧は、七十。

愛の残圧は、四十。

あまりに差がありすぎる。愛が海中で大量にボンベの空気を消費していた証拠だ。複数の潜水士で一斉に動く環状捜索などの場合、極端に空気の消費量が多い者がいるのは、大問題だった。

八潮が愛の顔を覗きこむ。

「愛。なぜあんなに震えていた？」

愛は答えなかった。

「しかも制御がきかないのは右手だけだった」

「盛田恭一さんの遺体が、予想以上に……」

「海中探査機で見たときよりも、恐怖感はなかったと思うが？」

八潮の言う通りだ。潮の流れで盛田恭一はうつぶせになっていた。無残に崩れてしまった顔はよく見えなかった。顔を直視せずに遺体袋に入れることができたのだ。

「ロープや網がやたらと絡みついていたという点だけが違うが、あれは恐怖を助長させる光景だとは思わない」

愛は唇をかみしめた。

「俺にとってはな」

八潮が咳払いをはさむ。

「お前にとっては違うのか。震災を経験したお前には」

八潮は見抜いている。愛は目を閉じた。直視したくないし、突き詰めたくない。八潮に右手首をつかまれた。目を開け八潮を見返す。八潮の目は、部下やバディを叱責する目ではなかった。愛を心の底から心配している。

「お前の手をすり抜けたものはなんだ」

悲鳴が聞こえた。

誰かが、愛の代わりに悲鳴をあげたように思えた。

八潮が手を離して立ち上がる。愛も振り返った。

華江が、担架の遺体にすがりつき、号泣していた。

「お兄ちゃん……！　お兄ちゃん！」

正義もいた。そうっと華江の体を担架から引き離している。

「病院でまた会えるから。検死が終わってからじゃないと……」

華江は甲板に泣き崩れた。「お兄ちゃん」という言葉を繰り返す。巡視船ひすいのすぐ脇に、巡視船おきつの搭載艇が横付けされていた。これから華江を八丈島の病院へ送り届けるのだろう。

正義が華江の肩を抱き、立ち上がらせる。

ふいに父が愛を振り返る。目が合った。

〝何人助けたところで、お前自身が救われることはない〟

兄の声が聞こえた気がした。父の声かもしれない。

愛は、父と八潮にも背を向けた。

空気ボンベの突起に指を入れて持ち上げる。潜水待機室に向かった。

「お兄ちゃん、お兄ちゃん……！」

華江の泣き声が聞こえてくる。家族を想う声が潮風に乗って、大海原を舐めるように霧散していく。

お母さん。
愛は心の中で繰り返した。
あんな風に、泣いてすがれる『遺体』があったら――。
こんなにあの件を引きずることはなかった。
また右手が震え出した。
するりとなにかがすり抜けた感触がある。右手を見たがなにもない。
九年間ずっと、すり抜け続けている。

東日本大震災

十五歳の愛は腕時計を見た。午後二時四十六分になっていた。

「え、なにこれ。地震？」

「ぽいね。長くない……？」

気仙沼のフェリー埠頭にあるカフェレストラン『I♡WAVE』にいる。

愛は天井を見上げた。チューリップのような形をした電灯が、ぶらんぶらんと横に揺れている。ドリンクバーに並べられたグラスがぶつかり合ってガチャガチャ音を立てる。一分は経っているはずだが、なかなか揺れは収まらない。そういえば一昨日も、東北で最大震度五弱の地震があった。愛はそれを東京の台場にある官舎で、テレビのニュースで知った。

「おとといのやつの余震かな？」

愛の言葉に、リーダー格の友人が「かもね」と軽く返す。途端に、ガクッと大きな揺れが襲ってきた。この一、二分とは揺れの種類が違う。体を芯から揺さぶるような、細かく激烈な揺れだった。

停電した。

友人たちが悲鳴を上げて、テーブルの下に隠れる。愛も一歩遅れて、テーブルの下に入った。ぎゅうぎゅう詰めだ。食器が割れる音が方々から聞こえる。テーブルからはみ出てしまっている愛の尻にも、隣のテーブルのグラスが落ちてぶつかった。愛は思わず声をあげた。

「長いし、でかいし、なんなのコレ！」

「怖いよ、怖い……！」

いじめられっ子だった気弱な友人がテーブルの脚をつかみ、泣いている。愛は彼女の肩を抱いて、「大丈夫、大丈夫」と念仏みたいに唱えた。心の中では泣き叫んでいた。こんな地震は経験したことがない。このまま地球が割れてしまうと思った。

——お父さん、お母さん、お兄ちゃん。

怖い！

他のテーブル客も、ウェイターもウェイトレスも大騒ぎしている。

「火を消せ、早く！」

「ガス栓閉めろ！」

「外へ出ろ！」

店の外へ逃げた方がいいのか。揺れはひどくなる一方だ。窓ガラスが割れる音がした。大きな音を立てて、ガラスの破片がソファに降り注ぐ。

まさか、建物が崩れる？

「無理ぃ！」

ひとりの友人が、テーブルを飛び出した。頭の上のリボンが傾いている。まっすぐ歩けないほどに揺れていた。彼女はテーブルにぶつかり、落ちてきたものに足を取られながらも、店の外へ逃げ出した。他の友人たちも続く。愛はマーキュリーデュオのリュックで頭を隠して外に飛び出す。

店の前に停めていた自転車は倒れていた。愛はそれを起こした。ドーン、メキメキ、という鈍い音が地面から聞こえた。

岸壁に亀裂が入っていた。あっちからも、こっちからも。

普通の地震じゃない。このまま日本列島は沈むか割れると本気で思った。腕時計を見る。午後二時五十分になっているのに、まだ揺れている。

気が付くと、友人の姿がひとりもなくなっていた。どこに行ったのか。愛は海を振り返った。いつもの気仙沼湾の、凪いだ海だ。大島にある山が視界の中でぐらぐらと揺れる。

海が沈黙しているのはいまだけだ。三陸は入り組んだリアス式の海岸線になっている。大きな津波がくることで有名だ。父は気仙沼に家を建てる時、「なるべく高台に」と何度も口にしていた。津波の恐ろしさを、親や祖父母から何度も聞かされて育ったという。

だが二〇〇八年の岩手・宮城内陸地震では、津波は来なかった。内陸直下型で揺れはひどく、山地での土砂崩れ被害の方が大きかった。松岩の高台にある我が家の隣家も、あの揺れで背後の斜面が崩れて半壊の被害にあった。

今回は、どっち？

津波が来るのか、山が崩れるのか。

海側にいた方がいいのか、高台に避難した方がいいのか。

防災無線が鳴った。愛の問いに答えるような警戒情報が流れる。

〈こちらは気仙沼市役所です。大津波警報が発令されました。予想される津波の高さは、六メートルです〉

六メートル！

愛は思わず、背後のエースポートの建物を振り返った。三階建てだから、だいたいあの屋上くらいの高さの津波がくるということか。

愛は自転車にまたがり、急いで高台に向かって漕ぎ出した。

国道を突っ切り、水産工場や観光ホテルの路地裏を抜け、自宅のある松岩の高台へ向かう。大川にかかる、あけぼの橋が見えてきた。海に最も近い橋だが、海を見ないようにした。

愛はひたすら自転車を漕ぐ。家から道路に飛び出してきた人が「また揺れてる！」と叫び、電柱にしがみついている。自転車を漕いでいるからテーブルの下に隠れているときよりは揺れを感じない。あの状態でじっとしている方が怖い。県道に入り、立ち漕ぎして、坂道を上がった。

県道二十六号は大渋滞になっていた。狭い歩道は、揺れで外に飛び出した人々が溢れている。

「津波が来る、早く高台へ！」

「また揺れてる、余震だ！」

路地から車が飛び出してきた。愛は急ブレーキをかける。助手席と後部座席に三人の子供がいる。運転席の母親が血走った目で愛を睨む。左折したいようだが、渋滞で車列は前に進んでいない。道を譲る人は少なく、あちこちからクラクションの音が聞こえてくる。三人の子を乗せた母親は割り込もうと必死で、ヒステリックにクラクションを鳴らしている。

こんな時に、「ひすいがひすぃてりー」という父親のくだらないダジャレを、愛は思い出した。

お母さん。

愛は携帯電話を出して、母親に電話をかけた。発信音がしない。

「なんでよ。どうなってんの！」

何度かけてもつながらない。愛はメールを打った。

『お母さんどこ？　大丈夫？』

返信がなかなか来ない。届いたかどうかもわからない。

防災無線の放送が流れ続けている。

〈沿岸部の人は、歩いて高台へ避難をしてください。こちらは気仙沼市役所――〉

愛は何度も何度も電話をかけた。みなが一斉に安否確認の電話をしているからだろう、全くつながらない。二つ折りの携帯電話をへし折ってやりたいほど、愛はいらだった。

携帯電話を握り、一度、大きく深呼吸する。

いったん落ち着こう。

六メートルの津波？

まさか。これまで、予想通りの高さの津波が来たことがあるか。この界隈は近海の地震だけでなく、遠く南米で起こった地震でも津波警報が鳴る。結局、津波なんか来ないか、到達したとしても五十センチとか一メートル程度だった。防潮堤だってあるし、たいしたことはないかもしれない。

いや、あんなに長く大きな揺れは初めてだ。地球が割れると思ったほどなのだ。あれほどの規模の地震で、六メートルの津波で済むのか。六メートルどころか、二十メートル級の大津波が来るのではないか。

どっちが正解なのか、わからない。

とにかく家に帰らなきゃ、と愛は再び自転車を漕ぎだした。家に帰ってテレビのニュースを見た方が、正しい情報が得られるかもしれない。

坂道を立ち漕ぎして上る。杖《つえ》をついたおばあさんと手を引く中年女性を追い越した。手に古いラジカセを持っていて、ひっきりなしに叩いては、スピーカーに耳を当てている。

「ダミだァ、電池切れかね。家のテレビは停電でつがないしねぇ」

そうだ、停電しているのだ。テレビは見られない。災害用ラジオが家にあったか記憶にない。あるとしても、しまってある場所がわかるのは、お母さんくらいだ。

愛は自分の避難行動が正しいのかわからないまま、坂道を上り切った。地元では「八幡《はちまん》さま」と呼ばれ親しまれている古谷館八幡神社《こやだてはちまんじんじゃ》の横を抜け、自宅に到着した。

戦慄する。

裏の古い空き家が、潰れてぺしゃんこになっていた。背後の急斜面を固めたコンクリートにも、無数の亀裂が入っている。もともとあった亀裂が、この地震で広がったのか。

この高台は、崩れるのではないか。

愛は自転車を家の前に投げ置いて、玄関の扉を引いた。鍵がかかっていた。リュックから鍵を出す時間も惜しかった。焦って手が何度も滑った。鍵を開けて玄関の中に入る。

「お母さん！」

また余震が来た。愛は頭を押さえしゃがみこむ。家からなのか、外からなのか、メキメキという嫌な音が聞こえてくる。崩れちゃう。この家が。この高台が。靴箱の上にあった空っぽの花瓶が、ぐらんと倒れる。愛が小学生の時に作った素焼きの置物は落ちて、たたきの上で粉々になった。

この高台から離れるべきではないか。だが高台を降りたら津波がくる。

どうしたらいいの。

「お母さぁんッ」

愛は泣いて絶叫した。

最後に電話をしたのが午後二時ごろだった。先に東京に帰っていて、と話してある。もう電車に乗っただろうか。

最寄り駅は松岩駅だ。こぢんまりとした無人駅で、利用者は少なく、本数も僅かだ。ラッシュの時間以外は一時間に一本しか電車が来ない。内陸にある気仙沼駅に比べ、松岩駅は市内最東端にある駅だ。海に近い低地にある。母は地震が来たときもまだこの駅で次の電車を待っていただろうか。それともタクシーを拾って、大船渡線の始発駅である気仙沼駅へ向かっただろうか。愛が約束を守っていれば、午後一時半には松岩駅を出る予定だった。いまごろもう新幹線に乗っていた。

お母さんは、私のせいで、地震に巻き込まれたかもしれない。

助けにいかなきゃ。

愛は涙をこすり立ち上がった。余震でぐらぐらの地面を踏みしめ、外に出る。携帯電話でもう一度、母の番号を鳴らす。何度でも、何度でも。自転車にまたがり、古谷館八幡神社の横を通る。サイレンがひっきりなしに鳴っている。境内に、避難してきた人が三十人くらいいた。坂道を降りはじめた愛を見て、近所のおじさんが叫んだ。

「愛ちゃん、ダメだ、戻れ！」

「お母さんを助けるのっ」

神社への狭い参道は、人と車でいっぱいになっていた。愛は自転車のベルを鳴らし続けた。ブレーキハンドルから指を離し、人や車を避け、猛スピードで下りる。見知らぬ人が愛に叫んだ。

た。

「下に降りちゃだめだべ！　死にだいのがっ」

電話がかかってきた。愛は急ブレーキをかけた。携帯電話を見る。母だ。電話に出た。

「お母さん!?」

母はいまにも泣き崩れそうな声で、愛を心配する。

「愛、大丈夫。怪我してない？」

「平気。いまどこ」

「アイラブウェーブに迎えに来たところなの。愛はここでランチを食べてたのよね？」

「そこは海沿いじゃん、すぐ離れて……！」

いまは自宅の近くにいると話したら、母はほっとした様子だ。

「八幡さまのところにいなさい。そこは津波が来ても安全な場所だって、お父さんが言ってたから」

「やだよお母さん、歩きでしょ。迎えに行く」

「海沿いへ来ちゃだめ！」

「いやだ、ひとりになるのは絶対いやだから！　あけぼの橋まで全速力で走ってきて、自転車で迎えに行く」

愛は電話を切った。携帯電話をポケットに突っ込み、再び自転車のサドルに足を乗せた。県道二十六号に躍り出た。

「うそでしょ……」

車道も歩道も避難の人であふれていた。スピードを出したいのに、次から次へと人がわいてくる。渋滞にしびれを切らした人が車線を無視して走ろうとする。方々からクラクションの音が鳴り響き、パニック寸前といった様子だ。遠回りになるが、途中のY字路を左へ曲がり、裏道に入った。

郵便局や松岩小学校が見えてきた。避難の人々が続々と校門に入っていく。防災頭巾をかぶった小学生たちが校舎に戻るのが見えた。地震で校庭に避難したようだが、今度は津波から避難するのだろう。

愛は緩い下り坂に入る。交差点を右折した。あとは道なりに行けば、もうあけぼの橋だ。

あけぼの橋もまた、人と車であふれ返っていた。

埠頭から松岩の高台に向かおうとしているのだろう。母親の姿は見あたらない。

愛は再びあけぼの橋を渡る。埠頭へ向かう愛に注意を払う人は少ない。みな茫然《ぼうぜん》と橋の下の川を見下ろしている。

「やべぇな、生まれて初めて川底見たべ」

「ボートがひっくり返ってら」

愛はちらりと河口を見た。三隻のプレジャーボートが泥の上にひっくり返っている。川の流れは真ん中に細くあるだけだ。

愛は顔を上げた。気仙沼湾と大島の方を見る。遠くの水平線に白波が立っている。あれが津波だろうか。確かに海が膨らんでいるように見えたが、巨大津波には見えなかった。あれくらいの波なら冬の時化《しけ》のときにしょっちゅう防潮堤に叩きつけている。

あけぼの橋を渡り切った先に、お巡りさんが立っていた。愛を見て血相を変える。

「ダメ、高台へ上がって！　埠頭には行ぐな！」

「大丈夫、海上保安官の娘だから！　母親をさがしているんです」

なおも行こうとする愛の自転車を、警察官は押さえつける。

「津波てんでんこだ、親も子もあと。まずは自分の命だべ。でかいのが来る」

「でも、防潮堤もあるし……」

「甘く見んな。川の水位、さっきまでえらい低かった。引き波だ。いまにでかい押し波が来る証拠だべ！」

愛は橋の欄干の先の、川の流れを見た。驚いて、二度見する。

水位が通常に戻っていた。さっき見たときは、空っぽだったのに。どんどん増えていく。黒い帯が次々と重なるように、白波を立てた川面《かわも》が盛り上がっていく。

「もう水が戻ってきた。津波だべ！」

橋の欄干に手をついていた人々が、一斉に橋から離れ、川沿いの建物の中へかけ込んでいった。こっちのビル、いやあっちのマンションの方が高い、と人々が右往左往している。

「早く逃げろ！　逆流してきたど！」

ヘルメットをかぶったおじさんが、拡声器で怒鳴って回っている。

愛、と叫ぶ声が聞こえた。人の姿が消えた埠頭の道路を横切り、母親が走ってきた。

「お母さん！」

母が、転んだ。

「来たぞぉ、津波だ……！」

警察官が叫ぶ。起き上がった母親の手や膝が濡れていた。愛のスニーカーも、水で濡れていく。

大川が溢れていた。つい数分前まで空っぽだったのに。しかも普通の水じゃない。

墨汁みたいな水が、白波を立てて欄干にぶつかっている。

「お母さん、後ろに乗って！」

母親は肩に担いでいた荷物を自転車の前かごに投げ入れ、後ろの座席に跨《また》った。愛は自転車の向きを変え、あけぼの橋を引き返そうとした。ペダルをこぎ出そうとした足が止まる。ガーンと自転車のタイヤ越しにひどい振動がある。さっき川底にへばりついていたボートが、いまは黒い波に弄ばれ、欄干にぶつかっている。欄干はひしゃげ、いまにも破壊されそうだ。欄干の隙間からもどーっと黒い水が溢れてきた。

「橋さ落ちる！　離れろ！」

警察官が叫び、近くに止めたパトカーに上半身を突っ込んだ。無線で報告を入れている。みるみる橋は水浸しになり、あっという間に橋と川の境目がわからなくなった。橋を渡るのは無理だ。

松岩の高台に戻れない。

愛は埠頭の方を振り返った。町は黄色くもやっていた。大量の土煙が上がっている。埠頭は水産加工場が多く、高い建物が少ない。

愛の目に、五階建ての白い建物が目に入った。屋上に大きな電波塔を備えている。国の合同庁舎だ。あそこに、気仙沼海上保安署が入っている。

愛は再び自転車をUターンさせた。

「愛！　なにやってるの、海沿いに戻る気なの！」

「お父さんのところに行く」

母が息を呑んだのがわかった。母と密着した背中から、母の恐怖心も伝わってきた。女、二人しかいない。心細い。

お父さんがいてくれたら――。

父はいま東京湾だ。兄はもっと遠く離れた呉にいる。

愛と母だけが、こんな日に限って東北の海沿いにいる。

ここから最も近い高台は松岩小学校のあたりだが、橋はもう水没し、黒い水が堤を越えて車道を舐めはじめていた。次に近い高台は、気仙沼小学校のある笹《ささ》が陣《じん》地区だ。二キロ以上北東にある。遠すぎる。

「高台に行く時間はないよ。でもお父さんのところなら、助けてもらえる!」

父は気仙沼海上保安署にいないとわかっている。でも行きたかった。いま、愛にとっては、海上保安庁は父親そのものだ。

怖かった。どうしてもお父さんのところに行きたい。

愛は気仙沼海上保安署に向かってひたすら自転車を漕いだ。ペダルはどんどん重たくなっていく。母の体重にくわえ、水没していく車輪が重かった。泥水が車輪の回転を阻む。地面は見えない。黒い水がどんどんせり上がってきた。

JR気仙沼線の線路下のガードを下る。この界隈で最も低い道路だ。水浸しになっていた。いっきに自転車で突っ込んでいく。車輪の両脇に大きな水飛沫が上がった。

予想以上に深い。車輪の半分が水に浸かり、スニーカーの足がずぼっと水にハマってしまう。スピードが落ちた。やがてガツンと大きな音がして、前につんのめる。体が前に持っていかれ、母が自転車から投げ出された。

「お母さん！」

車輪の間に木材が挟まっていた。愛は自転車のハンドルを投げ捨てた。母の元へ向かう。腕をつかみ上げた。膝の上まで水が来ていた。自転車ではガード下を進めない。

「走るしかない。急ごう！」

母の手を引き、走る。黒い泥水がばしゃばしゃと跳ね上がり、頬にかかる。ガード下を抜け、水産加工場の敷地内を突っ切る。決壊寸前だった大川からは離れているはずだし、ガード下からも上がってきたのに、水位が全く下がらない。膝まで水浸しのままだ。どこから溢れているのか。埠頭は防潮堤で守られているはずなのに――。

まさか防潮堤を越えたのか。本当に六メートルの津波が来ているのか。

水産加工場は人の気配が全くない。空っぽのプラスチック籠が次々と流れてきて足にあたり、つまずきそうになる。工場を突っ切った先に、気仙沼海上保安署がある。あと少し。母と無言で、必死に水の中の足を持ち上げた。母と手を取り合い、前へ進む。太腿を打つ何かがあった。発泡材だった。もう水が太腿の高さまで来ている。

「愛、二階へあがろう！」

母親が愛の手を引く。水産加工場の二階に事務所があるようだった。敷地の門に何かが大量に押し寄せて、つまっている。全部、車だった。人が乗っているのもある。外に出ようとしているが、他の車が次々とぶつかってくる。テールランプを光らせたまま頭から沈んでいく。若い男性がフロントガラスを叩く。愛に助けを求めているようだった。

――怖い。

「ここはやだ。お父さんのところがいい。お父さんのところ……！」

愛はだだをこねた。腰が抜けて座り込んでしまいそうだった。腰がつめたい。もう下半身が黒い水に浸かっていた。

「愛、来なさい。手を離しちゃだめよ！」

母が二階に上がるのを諦めた様子で先へ進む。車内で助けを求める男性からも、母は辛そうに目を逸らした。泳ぐようにして前へ進む。気仙沼海上保安署の入る合同庁舎の壁が見えてきた。一階が半分くらい水没していた。五階の窓が開いている。ビデオカメラを回し、港の様子を記録している海上保安官が見えた。

「助けて！」

母が壁を叩き叫んだ。愛は恐怖でもう声が出なかった。

「気づいて！　娘がいるの！」

港をのみ込む音なのか。ゴーッという地響きのような音が絶え間なく続く。黄色い土煙ともやで、目の前にあるはずの大島が全く見えなくなっていた。激しい強風のとき海上に現れる煙浪《えんろう》も上がっている。

建物が破壊される音が方々から聞こえてくる。木が折れる音。金属がひしゃげる音。コンクリートが砕ける音。重油のにおい以外に、生臭いようなにおいもする。爽やかな潮の香りは一切ない。

愛は恐怖の臨界点を超えてしまった。頭が空っぽになって、ぼんやりしてしまう。母が建物のすぐ脇に立つ電柱に左腕を回した。海から猛烈な押し波がきている。立っているのがやっとだ。母は愛を電柱の陰に立たせた。頬を二度、叩かれる。愛は我に返った。

「しっかり抱いていなさい！」

細い電柱でも、押し波を受け止めてくれるからまだましだった。波の直撃を背中に受けている母は苦しそうだ。電柱が体にめりこんでいるように見えた。母の背中の向こうの気仙沼湾は、とぐろを巻くような波が立ち、家がぐるぐると回っていた。

それは普通の一軒家だった。

どこから流れてきたのだろう。この界隈は商業岸壁だ。一軒家はどこにもないはずなのに。

いったい気仙沼は、どうなっちゃうの？

がんばれ、と頭の上から叫ぶ声がした。

五階の窓から、若い男の人が顔を出していた。父親と同じ制服を着ている。愛がつい一時間前「だっさい制服」と罵った、紺色の作業服みたいな、第三種制服を着た海上保安官だ。

「いま行く！　がんばれよ！」

若い男性保安官が顔を引っ込めた。ロープや縄梯子が、何本も降ってきた。男性保安官が中にいる人たちになにごとか叫びながら、縄梯子を伝って降りてきた。

「ロープにつかまれ！」

隣の窓が開いて、別の海上保安官が叫んだ。母が手を伸ばしたが、ロープの先が押し波であさっての方へ持っていかれ、なかなかつかみ取れない。縄梯子は短すぎた。手を伸ばしても届かないほど高い位置にある。愛は電柱を登ろうとしたが、手も足もずるりと滑ってしまう。

背後の水産加工場の屋根が、ぎゅうぎゅうと音を立てている。波型のトタン屋根が津波の力で押しつぶされ、圧縮されていく。金属がひしゃげる音で、耳が切り裂かれるように痛んだ。ドンと音がして、水産加工場の外壁が崩れた。門に詰まっていた車に、ひしゃげた屋根が覆いかぶさる。狭いところに入り込んだ押し波が、洗濯機のような渦を作っている。クラクションをファーっと鳴らしたままの車が弄ばれ、沈んでいった。

無数の段ボール箱が波の上で踊り、崩れる。中に入っていた缶詰が大量に噴き出してきた。電柱を抱いてこらえる愛の方にまであふれてくる。大きなワゴン車も流れてきた。中に若い母親と小さな子供が乗っていた。抱き合って泣いていた。どこからかタンクが流れてきた。目の前のワゴン車の十倍くらいの大きさがある。水色のタンクにはカモメの絵が描かれていた。母子を乗せた車と激突し、車の方が沈んでしまった。

あれは石油基地の重油タンクではないか。重油のにおいがする。海難対応に出た父親の頭についていたにおいだ。あれを何十倍も濃くした刺激臭が、鼻やのどに突き刺さる。

「つかまれ！」

海上保安官が縄梯子伝いに降りてきた。彼も膝まで水につかって、愛に手を差し伸べている。愛は首を横に振った。電柱から手を離したら流されてしまう。もう顎まで津波がきていた。立っていたつもりだが、下半身が浮いてしまっていた。

足の裏がズキズキと痛んだ。靴が脱げてしまったようだ。

気が付けば、目の前は二階の窓になっている。

体が浮き、波の流れる方向へ洗われている状態だった。体にぶつかる飛沫で目を開けるのも辛く、口を開けることもできなかった。両腕だけでなんとかつかまっている。片方でも離したら流される。母が電柱を抱えながら、反対側の手で、愛の右手首をつかんだ。

「右手は、お母さんにつかまって！」

愛は母の左手を握り返した。電柱に回した愛の左腕に細かい振動があった。パキパキ、メキメキ……。この電柱のコンクリートが割れ、水の力で剝がされている音だった。

「左手を離して。保安官の方へ……！」

漁船が二隻、黒い波に上へ下へと揺さぶられ、周囲の建物を破壊しながら流れていくのが見えた。陸地だったところを航行している。大島の前では、赤い炎が海面に浮かび、煙を上げていた。あちこちからタンクの重油が漏れているのだ。

電柱が傾きはじめた。愛がいる方へ、太いコンクリートの柱が倒れてくる。コンクリートが割れ、その欠片《かけら》が愛の顔に降り注ぐ。ポキンと折れるのではなく、ぐにゃあと曲がり、傾いていく。押し波の力で、中の鉄筋が折れ曲がっているのだ。

愛は悲鳴を上げながら、左手を保安官の方へ差し伸べた。泥と海水と油まみれの凍えてかじかむ左手を、保安官がぐいとつかみあげた。体が持ち上がる。

なかった。
「待って、お母さんも……！」
愛の右手は、母親の左手をつかんだままだ。だが、母は愛の手を、握り返してはい
「先に行きなさい」
母が手を引き抜こうとした。
「嫌だっ！」
愛は絶叫した。電柱はどんどん倒れ、いまにも波に沈みそうだ。母親の体に電線が
何本もたれてくる。引っ張られてパツンと切れた電線は、母の背中を鞭打《むちう》った。
「お母さん！」
母の体が完全に電柱から離れた。愛は母の手を絶対に離すまいとした。押し波に洗
われるままの母親の体は、重い。愛の右肩の関節がバキッと音を立てた。凄《すさ》まじい力
で波に引っ張られている。縄梯子がずるっと下へ引きずられる。愛や男性保安官の体
も落ちた。愛の体がまた水に浸かる。窓を見上げた。何人もの海上保安官が縄梯子を
つかみ、顔を真っ赤にして引っ張っている。愛の手をつかむ男性保安官は苦しそうに
縄梯子に手首を絡ませて、堪えていた。締め上げられた手首の先が赤紫色になってい
る。
ロープを持った別の海上保安官が、隣の窓から顔を出す。

「これにつかまれ！」

母親に向かってロープを投げた。だが、蜘蛛《くも》の巣《す》のようにあたりを覆う電線に引っ掛かってしまった。愛や母のところまでは届かない。

絶対離さない。死んでも離さない。お母さんとつないだ、この手を……。

電柱が折れた。

ぐるぐると波に弄ばれながら、方々に伸びた電線をぐちゃぐちゃに巻き込み、沈んでいく。愛の体にも電線や樽のような形をした変圧器、水の力で折れた鉄筋が牙をむいて流れてきた。愛は咄嗟に、体を丸めていた。

「ああ……！」

窓の方から上がった海上保安官の悲鳴で、我に返る。

愛は、男性保安官の首からわきの下に両腕を回し、その体にしがみついていた。

自分の右手を見る。

母と手が、離れていた。

「お母さんッ！」

愛は後ろを振り返った。「見んな」と、愛を抱きかかえた男性保安官に、目を隠された。愛は首をめちゃくちゃに振った。男性保安官の指の隙間から、母を見た。

第五章　家族

八潮は風呂で冷えた体を温め、居住区に向かった。個室に入る。

　十七時になっていた。

　八丈島沖で起こった不可解な海難事件は、解決の目途がたった。一時間前に盛田恭一の遺体も無事、揚収した。あとは陸の捜査次第だった。まだまだ事実関係が判明していない部分がある。沈没船から証拠品を採取してほしいと言われたら、潜水士が潜る必要がある。引き続き捜査の支援をしつつ、巡視船ひすいは遅かれ早かれあと数日で横浜港に戻るはずだった。

　八潮は椅子に座り、ため息をついた。反射的にスマホを手に取ってしまう。ここは電波が届かない。放り投げた。

　特殊救難隊時代にバディだった仁とは、いまでもプライベートで親交がある。フラワーマーメイド号の件で、船舶電話で通話したのは今朝のことだ。愛の話はしていない。あちらも八潮に気兼ねしているのか、愛が呉の研修に行ってからというもの、妹のことを話そうとしなかった。

仁は知っているのだろうか。

愛が震災の日、なにを見たのか。

愛の身になにが起こったのか。

第二管区気仙沼海上保安署が作成した東日本大震災の記録に、『気仙沼市松岩の忍海愛《おしみあい》さん、十五歳』という箇所が出てくる。津波に飲まれかけていた彼女を、庁舎にいた内勤の海上保安官が助けた、という記録だ。

『窓からロープと縄梯子を垂らした救助は激烈を極めた。倒壊した電柱や電線に阻まれ、残念ながら母親の救助には至らず……』

愛を救助した過程について触れているのは、たったの二行だけだった。

あの震災ではあまりにたくさんの人が死んだ。各種報告書や報道に記録される個人の悲劇は、いつも数行でしか触れられない。その数行にどれだけの悲しみが詰まっているのか。

八潮は部下の人事書類をまとめたファイルを、鍵付きの引き出しから取り出した。愛の、潜水研修時代の成績表を見る。

特に点数が低い項目が二つあった。

ひとつは息こらえ。女性で肺が小さく肺活量も少ないため、必須として課される二分半の息こらえができない。補習後の最後の検定で、二分三十秒〇八というギリギリの成績で合格している。

　もうひとつは、漁網やロープが絡みついた構造物内捜索、及び取り出し作業だ。息こらえと同じくらい点数が低かった。教官が補足を記している。

『ロープが絡みついている現場は特に苦手な模様。狭い箇所の出入りは得意だが、漁網やロープそのものではなく、それらが絡みついている構造物や人などに、恐怖心があるようだ』

　水中の構造物にロープを結索して戻る試験にはなんなくパスしている。ロープや漁網そのものに恐怖心があるわけではないのだ。

　八潮は、気仙沼海上保安署の報告書と、潜水研修の成績表を見比べた。

　脳裏に、盛田恭一の揚収現場を思い浮かべる。愛は途中まで冷静だった。八潮の方が気持ちが上ずっていた。愛は八潮を支えようとする落ち着きがあった。

　バディは水を介し、つながっている。

　水で接着しているような存在なのだ。感情の変化を、水を通し、我がことのように感じてしまうことがある。

　漁網やロープが絡みついてしまった盛田恭一の遺体をライトで照らした瞬間、愛は豹変した。

愛には恐らく母親の死に関して、強烈なトラウマがある。

潜らせ続けていいのか。

ブラックアウトを起こした一件にしろ、愛は潜水士として課題が多すぎる。

育てていけるか。

備え付けの電話が鳴る。高浜船長からだった。

「ちょっとOICに来てくれるか。女刑事から電話だ」

「相場ですか？　なにか」

十四時過ぎ、ヘリで八丈島空港へ飛び立ったはずだ。いまは神湊港で聞き込み捜査をしているころだろう。

「忍海も連れて来いと。聞きたいことがあるそうだ」

八潮は電話を切った。乗組員の居住区へ降りる。金魚ののれんの手前で止まり、廊下の壁をノックした。すぐ手前の部屋にいた機関科の真奈が顔を出す。

「愛を呼んでくれるか」

「いま風呂ですよ」

八潮は腕時計を見た。船に上がってもう一時間以上だ。今日はこれ以上の業務はないし、このまま休むつもりだろう。多少の長風呂には目をつむってやりたい。真奈が上目遣いで八潮に尋ねる。

「あの……。なにかありました？」

「というと？」

真奈は心配そうだ。

「愛ちゃんの様子が、ちょっと尋常ではなかったので。いつも明るいのに」

八潮は頷くにとどめた。

「上がったら、ＯＩＣに来るよう伝えてくれ」

引き返し、階段を上がった。ＯＩＣには誰もいない。通信スペースの船舶電話の受話器が外れた状態で、放置されていた。八潮は電話を取った。

「八潮です」

「私。愛ちゃんに代わってくれる？」

美波が、ずいぶん馴《な》れ馴《な》れしい調子で愛を呼ぶ。

「いま風呂だ。恭一の遺体を揚収した直後なんだ」

受話器越しにため息が聞こえる。不安そうだ。

「なにか彼女に用事か」

「いえ、ちょっと潜水待機室でいろいろあってね」

「潜水士を死体運搬人呼ばわりするからだ」

「ケンカしたわけじゃないわよ。私は彼女をうちに欲しいくらいなの」

「欲しい？　まさか、刑事課にスカウトしたのか」

だめだったぁ、と美波が甘ったれた声で言う。たまに彼女はこうやって女を押し付けてくる。

「愛ちゃんは予想以上に強情《ごうじょ》っぱりみたいだけど、弱点はわかった」

「あのなぁ、お前……」

八潮は頭を掻いた。愛は弱点だらけだ。これ以上、愛に近づかないように言おうかと思ったとき、美波が予想外のことを指摘した。

「あの子の弱点は、あなた」

「は？　俺」

「あなたが自分のせいで苦しんでいると思うのが、とにかく辛いみたい」

「俺は全く苦しんでいない」

「もしかして、デキてる？」

「バディだ。そういう関係じゃない。とにかく、俺からバディを奪うようなことはするな」

「そんなに必要な子？」

「必要だ」

「うちにも必要。あの子、盛田博の言動の不自然さまで指摘できたのよ」

八潮は受話器を握り直し、詳細を尋ねた。

「盛田博は聴取の間中、手を絶対に開かなかったのよ。ずっとこぶしを握ったままだった。それから船の購入資金がどこから出ているのかっていうのもね。もちろん、指摘される前にうちの捜査員がちゃんと洗ってたわよ」

名誉のために話しておくけど、と美波が言い訳がましく続けた。

「で？　購入資金はどこから」

「華江の銀行口座から。去年、一括で三百万円の振り込みがあった」

「誰がそんな大金を振り込んだ？」

「元夫」

結婚はこれからする予定だったのではないのか。美波もあいまいだ。

「よくわからないけど、元夫が離婚の慰謝料として振り込んだ金が購入資金になっている。元夫のところにも捜査員が確認に行ったの。報告を聞いてひっくり返ったわよ」

八潮は、いま華江がこの船のどこにいるのか思い出しながら、続きを聞いた。

「彼女、司厨長の給与を貰えなくなったからフラワーマーメイド号を降りたと言っていたけど、違うみたい。結婚して妊娠したから船を降りたの。三年前の話」

だんだん背筋が粟立《あわだ》ってくる。八潮は尋ねた。

「どういうことだ。これから結婚して家を出る——兄の介護を父親に丸投げするから、恨みを買って、保険金殺人のターゲットにされたんじゃないのか」

「そんなことより、離婚の原因よ」

美波が咳払いを挟む。

「彼女、流産しているのよ。妊娠八ヵ月で」

フラワーマーメイド号事件の三ヵ月後だという。盛田恭一が退院し、自宅介護が始まったころだ。

「病院では、階段から落ちたって華江は言い張ったらしいの。でも元夫は憤って、うちの捜査員にこう言った」

全身を痒がって暴れた恭一に、華江は腹を蹴られた。

「離婚の原因はこの一件だったらしいわ」

元夫は、華江がなぜ兄をかばうのか、理解できなかったという。夫婦の間に亀裂が入り、離婚に至ったようだ。

「盛田恭一はもともと気性が荒い性格だったみたい。華江の元夫によると、例のフラワーマーメイド号事件の過積載についても、恭一の身勝手な独断だったらしいわ」

「過積載は船長で父親の盛田博が決定したことじゃないのか。海事裁判でも――」

「かばっているのよ、息子を」

八潮は、全身の血がさあっと引いていくのを感じた。美波も察したようなため息をはさみ緊張した声で続ける。

「もしかして、またかばっている、ということなのかも」

「娘を、ということか」

「愛ちゃんの指摘もあって、拳を握ったままだった盛田博の手のひらを、精査させたの」

背筋は寒くなっているのに、八潮の手はぐっしょりと濡れていく。

「爪に、赤いペンキの痕が残ってた」

八潮は受話器を叩き置いた。双眼鏡を取り、大急ぎでOICを出る。急な階段を殆ど飛び降りるようにして、甲板に出た。双眼鏡で西の海を見る。靄か潮曇りか、陸と水平線の境目があやふやだ。八丈島は、付け根を分断され空中に浮かぶ山のように見えた。

一隻のボートの航跡だけが、八の字の波を作り、海面に残っていた。

八潮は思わず、クソ、と手すりを拳で叩いた。

船名をペンキで消し、船舶番号ステッカーを剝がして保険金詐欺を阻止しようとしたのは、父親の盛田博の方だ。ペンキの痕が手に残っていたのなら、間違いない。

保険金詐欺事件の首謀者は、盛田華江ということになる。

あれは自作自演の海難事故だったのだ。

自らを死んだことにして、保険金をせしめようとしていた。盛田博はそれを止めようとしていたのだ。

盛田華江はつい十分前、正義が操船する搭載艇で、神湊港に向かった。

正義は操舵ハンドルを握りながら、八丈島沖の海を滑走していた。

海は凪いでいる。十七時過ぎ、太陽はまだ水平線の上だ。眩しかった。

いつもなら三十ノット、時速五十五キロくらいは出すが、今日は救助女性を乗せている。小型艇は高速滑走すると船首が浮いてしまい、水面に叩きつけられる。また反動で浮く、という悪循環になって、座っているのも困難なほど揺れる。せっかく助けた女性を海に振り落としてしまったら大変だ。

速度計が五ノットを指していた。時速でいうと九キロくらいだ。ノロノロ運転だが、風がある分、海上ではそこそこのスピードを感じる。海での体感速度は陸の三倍と言われている。神湊港まであと五分ほどで到着しそうだ。

華江は操舵席の後ろのベンチに座っている。救命胴衣を着て、手すりにつかまっていた。左手は膝を抱えている。膝の上に右頬を乗せて、南の海をぼんやり見ていた。

正義は久しぶりにウェットスーツを着ていた。神湊港で海底の遺留品を回収するためだ。ボンベは持ってきていない。水深二メートルなら呉の潜水研修用プールより浅い。さっと潜って巡視船おきつに戻る予定だ。

正義は腰を浮かせた。水しぶきを受けたガラス越しでは、前を見づらい。防波堤が張り出した神湊港が右手に見えてきた。その背後の八丈富士には雲がかかり、もやっている。

海の家の屋根や、カラフルなパラソルが並ぶ海水浴場を挟んだ左手は、底土港だ。護岸工事をしているのか、大型クレーンが見える。東京の竹芝と結ぶ東海汽船の定期船は、朝しか姿を見せない。いま底土港につけている船は、ダイバーの観光船のようだ。

「あとちょっとで陸だっぺ」

後ろに声をかけた。華江は不安そうに口をすぼめている。船を降りても、海上保安官や警察官に必ず守ってもらえることを、伝えてやることにした。華江を安心させてやりたかった。

「巡視船艇がいっぱい来てんなー。もう大丈夫だべ」

漁船や商船とは船の構造が全く違うので、海上保安庁の巡視船艇はひと目見てすぐわかる。全体的にすらっとした細いシェイプをしている。船体は真っ白で、青いS字をデザインしたラインと、青いファンネルが目印だ。クールな見た目と言えるだろう。

「左に停まってんのは、あれはPM巡視船かの、かな。うちのおきつと同じタイプの船でな。右のはあれ、四管の船だ。尾鷲《おわせ》のPLすずか、だな。外から応援に来たんだっぺな」

事件捜査となると、海上保安庁の刑事たちが船に乗り込んで現場に来るため、様々な巡視船艇が『指定船』になる。特別捜査船、鑑識指定船と呼ばれ、現場捜査を支援する。普通は小型の巡視艇に割り振られることが多いが、小型船は八丈島まで来られないから、中型船が集結していた。

「大丈夫。あんだけの保安官が事件を解決するために動いている」

岸壁にも大量の人員が集まっていた。スーツが半分、海上保安官の第四種制服を着たのが半分、忙し気に栈橋を行き来したり、捜索用のテントを張ったりしている。全部で百人はいそうだ。パトカーも何台か見えた。正義は双眼鏡で確認する。腕に『捜査』の腕章をつけているのが何人もいた。

「おっとぉ。警視庁の刑事さんか、ありゃ」

保険金詐欺殺人未遂事件だ。今後は、八丈島署の警察官と合同で捜査を行うことになるのだろう。

気がつくと、華江が立ち上がっていた。眩しそうに手でひさしを作り、神湊港を見ている。

「危ねえよ、立ち上がったら。座んな」

正義の左胸につけた無線機から声が流れてきた。

「こちら巡視船ひすい。おきつ搭載艇、忍海さん、聞こえますか。どうぞ」

八潮の声だった。正義は華江に座るように手で合図しながら、無線機を取った。

「こちらおきつ搭載艇、忍海。聞こえてますがー。どうぞ」

八潮からなかなか返事がない。どうぞ、ともう一度促すと、やっと八潮は応える。

「八潮です。忍海さん、現在地を教えて下さい」

「現在地ぃ？　レーダーねぇから正確には……目視だが」

どうぞ、と応答を促していないのに「ええ、目視でかまいません」と八潮は割り込んできた。

「神湊港沖、三百メートルってとこか。あと五分もしないで防波堤の中だ。どうぞ」

「盛田華江は。いや、華江さんは。どうぞ……」

八潮は華江を呼び捨てにしかけていた。まるで容疑者を扱うようだった。

後ろをちらっと振り返る。華江は立ったまま、正義を見下ろしていた。

またあの目だ。

怒り。

正義は今度こそ目を逸らさなかった。なぜそんな目で正義を見るのか。そんな風に正義を見るそばから、なぜ頼ってきたのか。

華江は表情を崩さない。ただの無表情ともとれるが、瞳に憎悪がはっきりと現れている。

「後ろに、いるが」

正義は華江から目を離せぬまま、答えた。無線でのやり取りなのに、語尾に必ずいれる「どうぞ」を正義も忘れてしまう。八潮はためらうような吐息をいくつか挟んだ。

「変わりは、ないですか」

この状況で「変わりがある、様子がおかしい」とは言えない。

「いや。変わりは、ない。どうぞ」

正義は華江から目を逸らした。知らんぷりしていようと思った。なにも気がついていないふりをする。接岸すれば、港にごまんといる海上保安官や警察官がなんとかしてくれる。

正義は前を見たまま、唾をのみこんだ。

これは盛田博の犯罪ではなかったということか。

成人まで育てた大事な娘を、保険金のために殺すはずがないのだ。

首謀者は盛田華江本人か。

絶望的な介護をこの先何十年も必要とする兄ごと、船を沈める。自分も死んだことにして保険金を得る。海難現場は八丈島沖五キロだった。泳いで陸へ帰れないことはない。華江は保険金を詐取し、全くの別人として新しい人生を始めようとしていたのか。

無線の向こうの八潮も、犯人と二人きりになっている正義の状況を察しているに違いなかった。

「あと五分で、入港ですね」

「ああ……」

答えた声が上ずる。無線なのに、取り留めのないやり取りが続く。背後に立つ華江の存在に、背筋がぞわり、ぞわりと寒くなる。正義はよせばいいのに、スピードを上げてしまった。

早く陸へ行かねば——。リモコンレバーを上げたとき、視界の端にずっと見えていた、銀色の棒きれが消えていることに気が付いた。鉄パイプとよく似た形状の、ボートフックだ。

「あの」

華江に呼ばれた。

「もしかして、ばれてます……？」

振り返った途端、ボートフックが降ってきた。


愛は風呂に浸かっていた。

右手がしびれている。

海底での揚収作業で冷えたのかもしれない。湯船につかってもう三十分は経っている。なかなか右手のしびれが治らない。

ぎゅっと握りしめてみる。するりとまた、なにかが抜ける感触がある。

いつになったらこの悲しみから逃れられるのか。

何十本もの黒い電線に絡め取られたお母さんは、最後、空を見ていた。

愛を見てはいなかった。津波から無事娘が引きあげられたのを確認し、顔を背けた。救助を自ら放棄していたのだ。私も助けてという声をあげたり、視線を送ったりすることで、娘の心残りにならないようにしていたのだと思う。

最後の最後まで、愛だけでなく、未来の愛までも、気遣っていた。

一人、助けられた愛は、毛布に丸まって震え、自分を罵ることしかできなかった。

自分が兄のような海上保安官の卵だったら、母の手を離すことはなかった。

黒い海に潜って母を救出できた。

あの日初めて、潜水士になろうと思った。

絶対に海上保安官になって、
九年かけて夢をかなえた。

救われない。

あの事実が、当時よりも大きく愛に揺さぶりをかけてくる。

愛はもう一度、右てのひらを目の前にかざした。にらみつける。

悔しくて悔しくて、この右手をちぎって捨ててしまいたい。

なんてちっぽけで、力のないものを、身につけているのか。訓練しても、どれだけ努力しても、なにも手に入らない。

愛は風呂から出た。裸のまま、脱衣所で脱いだウェットスーツを籠から引っ張り出す。叫んでいた。殆ど錯乱して、ウェットスーツを引き裂く。丈夫にできているから、力いっぱい引っ張ったところで普通は破れない。愛のそれは、簡単に引き裂かれた。もともと、つぎはぎだらけだったのだ。

愛の、海蝶としての人生そのもののようだ。

その場しのぎの、急ごしらえの、救いようのない動機の上に、ぐらぐらに成り立っていた……。

扉が開く音がした。愛はウェットスーツを籠に押し込み、バスタオルで体を巻いた。背中を丸め、目頭を擦る。

「愛ちゃん？」

涼香の声だった。振り返る。涼香が入り口に垂れたカーテンを引き、顔だけのぞかせている。その目が、破れたウェットスーツをとらえた。涼香はなにも聞こうとせず、伝える。

「緊急招集がかかった」

「なにかあったんですか」

愛は慌てて体を拭いた。

「おきつの搭載艇が、行方不明になっているの」

愛はすぐにはピンと来なかった。タオルを肌に滑らせる手を止める。

「おきつの搭載艇って……」

誰がなんのために乗っていったか。

父だ。

盛田華江を病院へ送り届けるため……。

「神湊港の三百メートル手前で、沖へ向かってUターンしたみたい。愛ちゃんのお父さんの無線機もつながらないの。通信中に突然、途絶えて」

愛のショートカットの襟足から、冷めた湯がぽたぽたと肩に落ちる。制服が濡れていく不快感をはっきり感じるのに、目の前で聴かされている出来事には、現実感がない。

愛はＯＩＣにいる。八潮が愛の肩に手を置き、事情を説明している。

盛田華江こそ保険金詐欺事件の首謀者だった。

当時、神湊港には警察官や海上保安官が数多く控えていた。盛田華江はその数の多さを見て、自分が犯人であるとばれたと悟ったらしい。搭載艇を乗っ取って、逃走した――。

「いま、巡視船おきつが現場海域を捜索している。この船もあと十分で出航できる」

八潮は正義と直前まで通信をしていたらしいが、様子がおかしいと気がついても、すぐには追えない。巡視船ひすいは錨泊していた。海底に沈んだ錨を巻き上げるだけで三十分近くかかるし、甲板に上架された搭載艇を海面に下ろすのにも、時間がかかる。よほど近くの海でスタンバイ状態でいない限り、高速滑走するおきつ搭載艇を見失わずに追いかけるのは無理だ。

「羽田航空基地からガルフも出ているし、スーパーピューマも出ている」

航空機でもってしても、この海域までは一時間以上かかる。

「恐らくは忍海さんを人質に取っているんだと思う。船を乗っ取るために海に突き落としたところで、忍海さんはベテラン潜水士だ。港まで三百メートルなら泳げただろうし」

愛は唇をかみしめた。盛田華江が常に正義から手を離さなかったことを思い出す。

「あの手――」

愛の口から、自分でも驚くほど、淡々と言葉が出た。

「父の手を離すまいとしていました。ときに感情的になって、父の手を引っかいたりもしていました」

頼っていたからではない。

「憎んでいたから……？」

「盛田華江が忍海さんを憎む理由はない」

高浜船長が否定した。

「そうでしょうか。父の盛田博ではなく、娘の華江の方が、海上保安庁を憎んでいたんですよ。フラワーマーメイド号事件で――」

「あの救難に失敗したのは忍海さんじゃない。俺だ」

八潮が言った。愛は激しくかぶりを振る。

「八潮さんの名前は外に出ていません」

忍海一家は、名前が広報されてしまっている。

一家で潜水士になったとして、さまざまなメディアで特集を組まれ、テレビや新聞に名前をさらしている。父や兄はインタビューに答えていないとはいえ、『正義仁愛』一家は、いつもこんなふうに紹介されていた。

父は、現役最年長記録を更新中の潜水士。

息子は、奇跡の救難と呼ばれたフラワーマーメイド号事件で表彰された特殊救難隊員。

娘は、海上保安庁初の女性潜水士。

ネットで氏名を検索すれば、父は人事院総裁賞を受賞したときの顔が、兄は海上保安庁長官表彰を受けたときの顔が出てくる。

八潮が肩を震わせる。

「盛田華江は、おきつの忍海さんが現場に駆けつけた時点で、兄の救助に失敗した海上保安官の父親だと、理解していたということか……？」

いまＯＩＣには内灘と海斗もいる。事態を飲み込めず、ぽかんとしていた。誰もが事案を追うのに精いっぱいな様子で、その裏の細かい事情までは整理がつかない。

愛は、父親が人質に取られているという現実感がなかった。盛田華江に対する怒りも、全くわいてこなかった。

なぜか、海に対して怒りがこみあげる。

海は、父が華江に拉致されたのを、知らんぷりして見ていた。

海は、九年前に母を飲み込んだくせに、今度は父を、見捨てる。

愛はふらふらと通信室のモニターにすがりついた。

「とにかく、探さなきゃ」

座っていた涼香が立ち上がる。

「搭載艇は小さすぎる。広域モードにするとレーダーに映りにくいし、AISも設置していないから、現在地もわからないし……」

AISとは船舶自動識別装置のことだ。三百トン以上の船に搭載義務があり、小型船舶にはその義務がない。通常は船の甲板にあげられている搭載艇には、無線機の設置もない。

内灘が絶望的な声で窓の外を見た。

「もう日が沈む……。捜索はひと筋縄ではいかなくなるぞ」

OICの電話が鳴りっぱなしだった。高浜船長や通信長が、対策本部と連絡を取り合っている。全ての無線を拾う通信スペースでは、巡視船おきつ、ガルフ、スーパーピューマの無線のやりとりまでも入ってくる。現地対策本部が立っている下田海上保安部からも、情報収集の無線が飛んでくる。

「こちら三管対策本部。巡視船ひすい、応答せよ」

高浜船長が応答する。下田海上保安部の現地対策本部、対策官が言う。

「巡視船ひすいの捜索範囲が指定された。北緯三十三度七分」

高浜船長が「海図持ってこい！」と誰にともなく言う。航海士のひとりが海図台の引き出しを開けて、海図を持ってくる。

高浜船長が無線のスイッチを切り換え、船の全スピーカーに対策官の指示が流れるように設定した。涼香がレーダーに座標を入力していく。

「東経百三十九度五十一分！」

内灘が座標の該当箇所を四角く囲む。約一キロメートル四方の範囲だ。

底土港の南東にある大根《おおね》という海岸沖だった。大根は八丈島の東にある崖沿いの岩礁地帯だ。港も海水浴場もない。崖のすぐ下に、岩の浜が何キロも続く。

島の北にある八丈富士のあたりは海岸線に国道が走っている。大根の界隈は道路もないし、定期船の航路からも遠く離れ、人の目がないところだった。

高浜船長が出航を命じた。巡視船ひすいは父を探すため、動き出す。海難現場から東へおおよそ四キロほど先へ向かう。

三管本部の対策本部からも一報が入った。八潮が届いたファックスを読み上げる。

「大根は浜から岩礁が続いている。その潮だまりにボートが一隻係留されていたのを、八丈島署の警察官が発見したそうだ。中に女性用の衣類や水、食料、偽造の免許証が入っていた」

免許証は、森川花枝《もりかわはなえ》という名前だったらしい。生年月日も盛田華江と近い上、顔写真は華江そのものだったという。

八潮が整理する。

「あの日、華江は船を転覆させたあと、大根の岩礁まで泳いで戻る予定だったんだろう。ボートに泳ぎ着いたら着替えて、手ごろな場所から上陸。偽造免許証で車もレンタルできる」

また七月十五日——事件翌日の東京・竹芝への定期船の予約が、森川花枝という名前であったらしい。

「夜のうちに車で底土港へ戻り、素知らぬふりで本土に戻る予定だったんじゃないか」

都会で、森川花枝として生きていくつもりだったのか。

警察に押さえられているとは知らず、ボートを取りに大根の岩礁に向かった可能性はある。ボートが押収されていると気づいたら、また沖へ逃げるだろう。それで巡視船ひすいに、大根沖の捜索が指定されたのだ。

今度は別の無線から厳格な声が聞こえた。

「こちら第三管区海上保安本部」

愛には聞き覚えのある声だった。本部長だ。出港前、愛に『海蝶』の額縁を手渡したときは、ひょうきんな声音だった。いまは低く張り詰めた声だ。

誰もが無線のスピーカーを前にぴんと背筋を伸ばし、本部長訓示を聞く。

「忍海正義保安官の拉致事件に従事する全ての巡視船、航空機、隊員に告ぐ。海難救助に従事する海上保安官への復讐《ふくしゅう》は、絶対に許さない。一同、忍海正義保安官の保護と盛田華江の逮捕に向けて、全力で捜索に当たること……！」


愛は一旦、居住区の自室へ下がった。

血眼になって父親をさがしたかったが、愛は要救助者の娘である以前に、海上保安官であり、そして巡視船ひすいの航海士補だ。緊急対応中ということでシフトが組み直され、愛はヨンパーのワッチに配置された。早朝四時から八時まで、船橋に立って監視作業に当たることを言う。

二十時になっていた。いま仮眠を取らないと業務に支障をきたす。だが父親が拉致されているのに、眠れるはずがなかった。

愛は何をするでもなく、デスクに座り続けている。

どういう状況下で父が発見されるかにもよるが、遅かれ早かれ、潜水部署の発動がかかるだろう。

愛は潜水士として、父親の救助に向かうことになる。

右手を開いた。何度見ても、使い物にならないことに変わりはない。

愛はデスクの下の、タオルに包まれた額縁を取り出した。タオルを取り去る。

『海蝶』

この文字面に、怒りすらわいていた。いま、海を憎んでいるように。

扉が開いた。涼香が入ってくる。心配そうな顔をしていた。手には愛のウェットスーツを持っている。休憩に来たわけではないようだ。

「愛ちゃん。風呂場に置きっぱなしになってたよ」

洗って干しておくべきものだった。だが愛は首を横に振る。

「それ捨てるんです。使い物にならないので」

私の右手のように……。

「破れてしまっているでしょ。補修したんですけど、また裂けちゃって……」

自分で引き裂いたことは、言わなかった。

涼香がウェットスーツを畳み、棚の上に置いた。その目が、『海蝶』の額縁をとらえる。涼香の目に触れないようにしてきた。初めて見るだろう。

「それは……？」

「長官が私のためにしたためてくださったんです」

「飾っておけばよかったのに」

涼香が自虐気味に笑った。

「できないか。私がいるんだもんね」

ひとつ咳払いして、涼香は続ける。

「でも、いまは見せられるってこと？」

涼香の声音に、少し鋭さがあった。

「愛ちゃん。海蝶、やめる気なのね」

愛は気持ちがぼんやりしたままだ。否定も肯定もできず、涼香に尋ねる。

「涼香さんは、どうしてやめたんですか」

涼香は答えない。じっと愛の顔を見下ろしている。

「残りたったの一週間、研修を耐えていたら、潜水士になれたのに」

涼香が呆れたように、笑った。

「いよいよそれを私に訊いちゃう日が来たかぁ」

愛の後ろを通り過ぎて、涼香が並びのデスクのチェアを引いた。腹を割って話すという空気を感じた。コーヒーも酒もつまみもない。簡素なデスクに、二人で肩を並べて座る。手元にあるのは、『海蝶』の額縁だけだ。涼香が言う。

「海蝶としてうまくいっているときは訊けないものね。脱落者に、どうして海蝶を諦めたのかなんてさ」

愛はごめんなさいと漏らし、唇を嚙みしめた。

「いいわよ。私だって、そのつもりでとっておいたんだもの。愛ちゃんに話すのを」

涼香が宙を見る。遠い目で語り始めた。

「体力的なきつさは、愛ちゃんが一番わかっているよね。私もダイバーとかライフセーバーの資格を持っていたから、想定内だった。想定外はやっぱり精神的なものだよね」

そもそも――と涼香はため息をつく。

「どうして高校生でダイバーの資格を取ったのか。海が好きだったから。海を感じて、海の中にいて、海で泳いだり潜ったりすることが本当に好きだったのよ。ライフセーバーの資格もその延長でさらっと取ったの。なにも考えずに」

涼香が、左右の親指の爪の先を擦り合わせながら、続ける。

「だけど、海保の潜水士――海猿は。海蝶は。違うじゃない」

愛はまっすぐ、涼香の横顔を見た。涼香もじっと愛を見返し、断言した。

「人助けが好き。それが前提にないと、どうしようもないのよ」

愛はその言葉を反芻《はんすう》した。

「海蝶は、海が好き、という理由だけでできる任務じゃない。当たり前のことなんだけど、それに気がつくのにずいぶん時間がかかってしまった。だから慌てて、人助けする自分、危険を承知で身を削って訓練に励む自分を、好きになろうとしたの」

涼香はひとつため息を挟んだ。

「無理だった。それでも潜ろう、訓練に励まなきゃと心と体に鞭打って、実習船で呉の沖の海に出たの。海に入ろうとして、その海の冷たさにはっとした」

水温の話をしているのではないことは、愛は充分にわかった。

「痛いほど鋭いの。でも同期は平気で海に入っていく。海が私だけを拒否してる――それを痛いほど感じた。幼いころから海が近くにあって、高校生の時は週に三回は潜っていた自分を、海が受け入れてくれないって……」

涼香は髪をかきあげ、自嘲するように言う。目には苦しみが見えた。

潜水教官は見抜いていたらしい。

「どうしたとか、お前潜らないのかとか、聞かないのよ。そして茫然自失《ぼうぜんじしつ》の私の背中に言うわけ」

海はいやがっていない。お前が海をいやがっているんだ。

「私は潜水研修七週目にして、海を憎むようになってしまっていた、というわけ」

愛は唇を嚙みしめた。海蝶として初出港を迎えたその朝、父が言った言葉が蘇る。

海を憎んだまま、潜るなよ。

「涼香さん」

愛は伝えた。

「私もいま、海が憎いです」


仁は窓を開けた。

外から轟音《ごうおん》が聞こえる。飛行機の離発着音だ。羽田特殊救難基地の第四隊のデスクのシマには、誰もいない。

仁は当番勤務を終えて、今日一日非番のはずだった。夕方に呼び出され、慌てて官舎から基地に戻った。

父が行方不明だという。

錯綜《さくそう》する情報に右往左往しているうちに、第四隊に出動命令が出た。阿部隊長をはじめ仲間たちは一階に降りて、出動準備を始めている。荷物が多いから、航空基地のヘリのすぐ脇までワゴン車で行く。仁は二階の窓から、バックドアが上がった車と、空気ボンベを次々と運び入れている仲間の姿を見ていた。

仁は留守番だ。

ファックスが受信を開始する音がした。仁は窓辺を離れ、次々と排出される紙を手に取る。

『巡視船おきつ潜水士拉致逃走事件』と記されていた。

こんな事案は扱ったことがない。見たことも聞いたこともない。海上保安官が拉致されるなど、海上保安庁発足史上、初の出来事だろう。

しかも捜索対象者は、自分の父親だ。

仁はまだ混乱していた。椅子に座って概要書類を捲る。保険金詐欺を企てた自作自演の海難事故だった。それが二転三転し、フラワーマーメイド号事件から派生した復讐事件へと成り代わった。復讐されるべき仁や八潮ではなく、無関係の父親が拉致された。

仁は頭を思い切り掻いた。

頭が真っ白になっていた。

父親が、拉致された。

その救難に行けと出動命令が出たのは五分前だ。無理に決まっている。頭が白紙の状態でヘリから降下したり、潜ったり、できるはずがない。興奮、混乱し、無謀な行動を取ってしまう。仲間を自分の命と共に危険にさらすだけだ。

阿部隊長が階段を上がり、事務室に戻ってきた。仁は立ち上がる。

「忘れ物ですか」

気を利かせたつもりだったが、阿部隊長が目を吊り上げた。

「そんなわけないだろう。お前、本当に行かないのか」

腕時計を見て、阿部隊長が再度、意思確認をする。

「あと三分で出る」

仁ははっきり答える。

「自分は残ります。冷静でいられる自信がありません。基地に残ってバックアップします」

阿部隊長は「必ず助ける」とだけ仁に言い残し、階段を駆け下りていった。

がらんどうの事務室の静寂が、やけに気になる。飛行機もモノレールの音も途切れたのだろうか。落ち着かないほどの無音だった。

頭に父の姿がちらつく。

白髪が増えて髪が薄くなり、少し猫背になった最近の後ろ姿ではない。

若いころ——初めて会った日の、大きな大きな後ろ姿だ。

当時、父は第十一管区中城海上保安署の警備救難課で、内勤業務についていた。いまは尖閣対応のため『保安部』に格上げされているが、当時は『保安署』扱いで小さく、父も潜水士になっていないころだ。機関科乗組員として船に乗ってエンジンをいじくってばかりいたのが、突然、陸にあげられたらしい。苦手な書類仕事で四苦八苦していたと聞く。着なれないスーツで保安署に出勤する、二十四歳の青年だった。いまの自分や妹の愛よりも若い。

仁はあの日、沖縄の夜の繁華街を泣きながらさまよい歩いていた。まだ四歳、預けられていた夜間保育所をこっそりと抜け出して母親をさがしていた。結局、迷子になっていた。

父が仁の前にしゃがみこんだ。

「あれ。迷子け？　こんな時間に」

覗き込んできた顔はゴリラみたいに大きかった。初めて聞く東北弁がへんてこりんに聞こえた。人懐っこそうな瞳は優し気で、母の生まれ故郷の石垣島の海を彷彿《ほうふつ》とさせた。仁は、その人の海みたいな目を見て、不思議な安心感を覚えた。その大きな体に身をゆだねたくなった。

その人は、仁の頬にのった涙を拭ってくれた。かわいいなと頭を撫でられた。頭をぐいと押し付けるような、やたら力のこもった撫で方だった。

「名前は？」

電話が鳴った。

仁は現実に引き戻される。窓が開いていた。羽田空港と都心をつなぐモノレールが走り去る。仁は近くのデスクの受話器を取った。

お兄ちゃん、と切迫した声が聞こえる。

「――愛」

仁は椅子に座った。妹は父親が拉致された現場の最前線にいる。予想以上にしっかりした声だった。

「お兄ちゃん、これから出動？」

仁は一瞬ためらったが、はっきりと言う。

「俺は行かない。四隊に出動命令が出たが、俺は基地に残ることにした」

「はあ!?」

心底軽蔑した声が、受話口から洩《も》れる。

「お父さんが事件に巻き込まれているのに、行かない？　出動命令が出ているのに、行かない？　バカなの！」

愛は火がつくと言葉が辛辣になる。母親にそっくりだった。

「俺は要救助者と関係が深すぎる。現場で冷静な判断ができると思わない。隊に迷惑をかける」

「迷惑、迷惑って。私にもいつもそれを言う。周囲を気にする感情ばっかり。もう少し自分の気持ちに正直になったら」

「お前は自分に正直すぎる。周りが見えていない」

「周りが見えないことのなにが悪いの！」

妹のやつ、開き直ってきた。

「そうやって自分の感情に蓋をし続けているから、お父さんと九年も口をきかない状況になっちゃったんじゃないの。お父さんは助けを求めているはずで、お兄ちゃんこそが最前線の救出部隊に選ばれたのに、冷静でいられないから行かないって、なんなのよそれ。弱虫！」

「弱虫でも構わない」

仁は断言する。やっと妹を黙らせた。

「傷つき、死にかけているかもしれない親父を前に、冷静な判断を下せずに仲間に迷惑をかけるくらいなら、最初から身を引く」

仁は受話器を乱暴に置いた。

冷静になれ、と自分に言い聞かせる。椅子に寄りかかった。手を後頭部において、天井など眺めてみる。

白いなにもない天井に、また那覇の夜の記憶が蘇る。

「仁」

名前を訊かれ、答えた。その人は太い眉毛をあげて喜んだ。得意げな顔になる。

「俺の名前はな、正義の味方のセイギって書いて、まさよし、って読むんだべ。俺たちいいコンビでねーの」

正義仁愛、という言葉を初めて教えられた。

「海上保安官の精神だべ。俺と、君の名前が入ってんだろ。あ、海上保安庁ってわかるか」

仁はこっくりと頷いた。ますますこの若い男の人を信用する。母から、実の父親は海上保安官だと聞いたことがある。名前も知らないし、いまどこでなにをしているのか、当時は知らなかった。事情があって遠くにいるとだけ母は言った。

「で、君はどこへ行く」

その人が仁に尋ねてきた。

「ママのところ。『渚《なぎさ》』っていう、おみせ」

「ようし。お兄さんが連れてってやろ」

その人と手をつないで、歩き出した。途中、自動販売機で炭酸のジュースを買ってもらった。母親からは、炭酸を飲んではいけないと言われていた。首を横に振ると、

「飲め飲め、母ちゃんに内緒でな」と、その人はいたずらっ子みたいな顔で言う。一口飲んだ。舌の上で弾ける存在を感じ、びっくりして目を白黒させた。その人は大笑いしていた。「かわいいな、かわいいな」と何度も頭を撫でられた。相変わらず脳天を押しこむような強さで、仁は首に力を入れてこらえた。

一年経たず、その人は仁の父親になった。

初めて一つの布団で寝たときは、衝撃を受けた。母のような柔らかさや甘いにおいが一切ない。とにかく、でかい、かたい、力強い、そして熱かった。腕枕も高すぎて、首が痛い。ぐっとこらえて目を閉じていたら、「とんとんしてやろうか」。仁の背中に大きな手が回ってきて、リズミカルに叩いてくれたのだが、体の芯にどぉんどぉんと響いて余計に眠れなくなった。

それでも、仁はその人のことが大好きだった。

父親を知らない仁と、子供を知らないその人が、お互いにどうしていいのかわからないながらも、「ただ好き」という感情だけでつながっていたと思う。照れくさくて恥ずかしくて「お父さん」「パパ」と呼べないまま、妹が生まれた。

それで、なにかがこわれた。

その人は自分とよく似た愛を、いつもいつも、困った顔をして抱き上げていた。目尻を下げて、眉をひそめて。抱きしめる。その人と愛は、愛が生まれた瞬間から『親子』だった。

たまに、仁だけを釣りに連れて行ってくれたり、食事に連れて行ってくれたりした。「甘えていいんだぞ」「なんでもほしいものを言えよ」とは口にする。だが、仁には目尻が下がることも、眉が困った形になることもなかった。ますます「お父さん」「パパ」と呼べなくなった。

仁が六歳の時だったと思う。「ただいま」と玄関扉が開いて、その人が家に帰ってきた。一歳半だった妹が、よちよち歩きで玄関に行って、両手を広げて言ったのだ。

「パパー!」

自分はどうがんばってもあの人の息子にはなれない、と悟った瞬間だった。

電話が鳴る。仁は再び現実に戻った。

受話器を上げる。

「お兄ちゃん!」

愛の声に、仁はカッとなった。

「愛、いい加減に――」

「私、潜水士やめる」

仁は言葉を飲み込んだ。

「八潮さんに潜水士解除してもらう。もう潜らない。お父さんを見つけても、助けに行けないの」

　愛が訴えるように続ける。

「三回『迷惑』って言われたから。約束は守るよ」

「誰と誰に言われた」

「お兄ちゃん、お父さん。自分」

　最後は自分で自分に引導を渡したということか。仁は返す言葉が見つからなかった。潜水士にはなるな、早くやめろと口を酸っぱくして言い続けてきた。「やめる」とうとう決断させたいま、仁の心に残ったものは――。

　愛が命令するような口調で言う。

「だからお兄ちゃんが、お父さんを助けに行って」

　仁は大きなため息をはさんだ。

「愛……！　俺は」

「お兄ちゃんは、どうして海上保安官になったの。どうして潜水士になったの」

　愛が次々と質問を重ねてくる。仁はまた言葉に詰まった。

　父の背中が頭にちらつく。巡視船視察イベントでの潜水士による展示訓練の姿は輝いていた。ヘリからホイスト降下をした父は、フィンのついた足にスナップをきかせて、ロープを基点にぐるっと回って扇形のきれいな水飛沫を上げてみせた。会場がわっと沸いたのだ。家では「助けられなかった」と、明かりの消えたダイニングで、ひとり遅くまで酒を飲んでいたこともある。「これ父ちゃんだべ！」とニュース映像で見切れて映っている自分を指さして、威張っていたこともある。

海上保安大学校を受験すると話したとき、父は「大学校は狭き門、人事にコネねえな」と冗談めかすだけだった。目はとても嬉しそうで、酒を飲む手は震えていた。喜びだったのだろうか。

愛が電話口で言う。

「わからないなら、教えてあげる」

「いまはそんな話をしているときじゃない」

「いまだから言うんじゃない！　お父さんはどこかに連れ去られて、自暴自棄になった犯人になにされているかわかんないんだよ！」

なんで黙っていられるのかと悲痛に訴えられる。

「お兄ちゃんは海上保安官で、その中でも選ばれた海猿で、更にその中から精鋭として選抜された特救隊じゃん！　誰よりもお父さんを助ける能力と実力と装備がある。なんでそういうのを全部放棄して、ただ椅子にぼけっと座ってんのよ！」

仁は、意味もなく椅子から立ち上がった。

「ぼけっとしているわけじゃない……！」

父のことを考えてはいた。こんなにも、狂おしく。

「まだ震災のときのこと、引きずっているんでしょ。お母さんが津波に飲まれたのはお父さんのせいじゃないんだよ！　お父さんは――」

「知ってる、気づいてる。親父はお前をかばってるだけだ！」

愛が黙り込んだ。仁はいっきにまくし立てる。

「親父が二管に異動願を出していたなんて嘘だ。お前が気仙沼の高校に進学する。だからあの日、準備のために母さんとお前は気仙沼にいた。そうだろ」

妹が受話器の向こうで泣き出した。

「そうだよ。全部私のせいなんだよ。本当は一時半に松岩を出るはずだった。私が約束を守っていれば、お母さんは津波に飲まれなかった。私が自転車に乗って逃げようなんて言わなければ、お母さんは津波に飲まれなかった。私が気仙沼保安署まで行こうなんて言わなければ、私があのとき、手を離さなければ――」

愛、もういい。仁は何度も言ったが、妹は止まらない。仁は一方的に言葉をかぶせた。

「知ってるさ！　気仙沼育ちの親父が、海辺の気仙沼保安署に避難しろなんて指示するはずがない。全部、お前を守るためについた嘘だ。お前のためには嘘をつく。お前のためなら、俺が真実を知らなくてもいいと思っている。俺に対しては――」

違う、と愛が叫ぶ。

「そんなんじゃないよ。お父さんは娘のため息子のためなんて、ない。お母さんのことに関しては、自分のために、嘘をついてるだけなんだよ！」

仁は、虚をつかれたような気分だった。

「自分の、ため……？」

「その方がラクでしょ。我が子のせいで妻が死ぬよりも、自分のせいで死んだと考えた方がラクに決まってる。そこに、息子や娘の区別はないの！」

鼻からふうっと空気が抜ける。仁は、笑ってしまった。

「なるほど。さすが血のつながった親子だな。俺には、親父の真意なんか全然わかんなかっ……」

だから——と愛が仁を遮る。

「なんでそういう風にひねくれて考えるの！」

「ひねくれじゃなく、事実だ。いつもそうだ。小さいころからお前だけがかわいい。お前は褒められるしかわいがられるし、俺には——」

「それは私が女で、娘だから、そうなっちゃってるだけで」

「俺は叱られたことすらないんだよ！」

「当たり前じゃん！　お兄ちゃんは感情を見せないし、私と違って叱られるようなことも一切しなかった。そんな完璧な子供だったお兄ちゃんを、お父さんはどうやって叱れっていうのよ！」

好きで完璧に振る舞ってきたわけじゃない——。

反論の言葉に、仁は嗚咽《おえつ》が入ってしまいそうになる。

「お兄ちゃんは、無意識にお父さんに反抗する機会をさがしてただけでしょ」

妹が声を震わせる。妹のほうこそ泣いていた。仁は奥歯を噛みしめた。

「震災でお父さんがついた嘘をこれ見よがしに大きく受け止めて、反発しはじめた。一方で、海猿になって特救隊にまで上り詰めて、必死に必死に、お父さんに無言のメッセージを送っているの、僕にかまって、もっと愛してって……！」

仁はもう言い返さなかった。なにか言葉を出そうとすると、勝手に目から涙が噴き出してくる。

海蝶をやめる——愛に言われたとき、仁の心に残ったもの。

それは、「申し訳なさ」だった。

こういう瞬間がこれまでも何度もあったような気がする。レストランで食事をするとき、いつも愛が父親の隣の席を仁に譲っていた。父と三人で車で出かけるとなれば、助手席に座るのはいつも仁だった。

〝お兄ちゃん、いいよ。お父さんの隣〟

それが愛の口癖だった。愛は幼いころから見抜いていたのだ。

兄が、父を巡り、妹に嫉妬していることを。

仁は愛に嫉妬していたのだ。

愛に潜って欲しくなかったのは——嫉妬していたからだ。

妹は声を裏返しながら、電話口で懇願している。お父さんを助けて、と。

「愛。わかったよ。俺が行く」

仁は受話器をそっと置いた。三秒で気持ちをやり過ごす。脱兎《だつと》のごとく階段を駆け下りた。倉庫から『忍海』の名札がつながれた緊急出動用バッグを担ぎ、外へ飛び出した。

特殊救難隊のワゴン車が出発しようとしていた。その窓を激しく叩く。

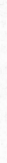

愛は、船舶電話の受話器を元に戻した。
巡視船ひすいの通信スペースは、雑然としている。涼香が座り業務を行っていた。
二人っきりの居住区で「海が憎い」と告白した愛に、涼香はただひとつ頷いただけだ。なにも言わなかった。いまも愛に注意を払う様子はない。ひっきりなしに聞こえてくる陸・海・空の対応勢力のやり取りをメモしたり、応答したりしている。

愛はその場から離れようとした。

階段の前に八潮が立っていた。厳しい表情だ。

「――さっきの言葉は本当か」

愛は目を逸らした。海蝶をやめると兄に断言した。だがいまのタイミングで八潮とこの話をしたくない。笑ってごまかした。

「やだなぁ八潮さん。立ち聞きですか」

「船橋にいたら、海蝶をやめるとわめく声がした。飛んでくるのは当たり前だ」

少し二人で話そう、と八潮が愛の腕を引いた。愛は八潮の手をやんわりとほどいた。

「言ったとおりです。潜水士解除をお願いします」

八潮が茫然と愛を見る。悲しそうだった。

「一緒に潜っている八潮さんがいちばん知っているはずです」

もう悔しさもむなしさもなかった。決断すればすっきりしたものだった。

「私は潜水士に向いていない。震災で、目の前で母親が津波にのまれるのを見ました。ちょっと似た光景があるとパニックになります。特に、この右手が……」

もう震えてはいない。全ての荷を下ろしラクになった。

「海の中で震災と結びつくなにかがあると、右手が震えてきかなくなります。私が潜ったら、八潮さんに迷惑をかけてしまいます。八潮さんの命を危険にさらしてしまう」

愛――。八潮が嘆くように語りかける。

「いくらなんでもいま、このタイミングはない。拉致されているのはお前の父親なんだぞ」

「だからこそです！　なおさら私は身を引いて兄に託した」

必死に訴える。愛は声が震えた。

「私では、また、死なせてしまうから。母を助けられなかったように」

この、鍛えても鍛えても使い物にならない右手が――！

愛は爆発しかけた感情をぐっとこらえ、低い声で言った。

「八潮さんも、もう解放されてください」

「解放？　何の話だ」

「私が九年前、八潮さんにあんなこと言っちゃったから……」

お母さんをさがして。

八潮が悲し気に目を細める。気まずそうにうつむいた。

「八潮さんは私に負い目があるんですよね。だから、誰もやりたがらない海蝶のバディを引き受けた。お母さんが見つからないのは、決して、八潮さんのせいじゃないです」

八潮になにも言わせず、愛は続けた。

「そもそも、母の手を離してしまった私のせいです。八潮さんが気負う必要はないし、私を――海蝶を背負う必要もないんです」

八潮がなにか言おうとしたが、愛の背後に目をやり、口を閉ざす。高浜船長が愛の後ろに立っていた。八潮を呼ぶ。

「ガルフの映像が入った。来い」

八潮は愛の横をすり抜け、ＯＩＣに入った。

愛は航海士補だ。船橋に入る。

内灘がワッチに立っていた。愛を見て、動揺したように肩を揺らす。全て聞こえていたのだろう。

「お前、ワッチは四時からだろ」

「眠れません。じっともしていられません」

「だからといってここにいられてもな……」

内灘はきまり悪そうに、口ごもる。

「毎度、私を邪魔者扱いですね」

「潜水のときは、もう邪魔とは思っていない」

愛は内灘を見返した。内灘はぷいっと目を逸らし、慌てた手つきで双眼鏡を構えた。

「がんばれよ、お前。これからじゃないか」

「ワッチの邪魔ですね、私。父の捜索をよろしくお願いします」

愛は一礼し、船橋を出た。

階段を数段上がった先に、海図台や作業台が置かれた小さなスペースがある。通信スペースのすぐ脇であり、ＯＩＣが目の前に広がる。

作業台には大量の捜査資料が山積みになっている。次々と届くファックス用紙が投げ込まれている状態だった。刑事課の美波のサインが入った書類が目につく。

――私にいまできることをやろう。

愛はＯＩＣに背を向けて作業台に立ち、広げられた資料や届いたファックスの整理を始めた。巡視船おきつから届いたファックスがあった。おきつ搭載艇の仕様が書かれている。

八潮と高浜船長のやり取りが、右斜め後ろのＯＩＣから聞こえてきた。

「三管と四管の巡視船五隻と固定翼機一機、回転翼機二機が、おきつ搭載艇の捜索に従事する予定だ」

涼香がヘッドセットを上げて、ＯＩＣに叫んだ。

「羽田航空基地より報告です。スーパーピューマわかわしが特殊救難隊第四隊六人を搭乗させ、二一〇〇《フタヒトマルマル》に離陸予定です。八丈島空港にて補給後、現場海域に向かうそうです。到着予定時刻は、二一四五《フタヒトヨンゴー》予定」

了解、と八潮が手を挙げた。高浜船長が届いたファックスを読み、顎をさする。

「息子の方も捜索に入ったわけか。発見次第、第四隊が降下して忍海保安官を保護するのだろうが、潜水装備もしているという話だ。万が一、船が沈んでいた場合にも備えているんだろう」

背中でやり取りを聞きながら、愛は唇を噛みしめた。船がすでに沈没している、もしくは、父が海に投げ出されている可能性も考えなくてはならないのか。

たとえまだ搭載艇にいたとしても、あの小船には食料や水の備蓄がない。屋根もない。日が昇り始めると、太陽でひたすら焼かれ続けることになる。太陽が南天に昇るまでに発見してやらないと、脱水症状等で命を脅かされる。

愛は資料をつかみOICに入った。八潮と高浜船長の話に割り込む。

「おきつ搭載艇の仕様や今日までの稼働実績から、逃走時の燃料は残り半分ほどかと思います。すると全速前進で二時間は走り続け、最低六十キロは進みます」

愛は張り出された海図に赤いマグネットを置いた。

「神湊港沖三百メートルというのが最後の確認地点です。ここを基点に東西南北どこへ向かったのかがわかればいいんですが……」

おきつ搭載艇の燃料が二時間で尽きたとすると、エンジン停止地点から潮に乗って漂流しているはずだった。捜索範囲が更に広がる。

高浜船長が鉛筆で、海図に大きく斜線を引き始めた。

「三管本部がたてた漂流予測範囲は一万三千四百平方キロメートルだ。長野県とほぼ同じ大きさだ」

そんな大海原に浮かんでいる、たった五メートル全長の小舟を探す。

漂流予測に則《のっと》った捜索での発見は、不可能に近い。だが誰もそれを口にはしなかった。

「おきつ搭載艇から無線連絡や、信号紅炎を上げるなどのアクションが取られればいいんだがな。このままどれだけ行方不明の状態が続くか……」

うなった高浜船長に、愛は提案する。

「やみくもに探すより、別の切り口から突破口を見つけるほうが早いかもしれません。そもそも盛田華江はなぜ逃走し続けているんでしょうか。逃げ切れたとしても遭難するだけです」

高浜船長が腕を組み考え込んだ。愛は続ける。

「華江は計画が失敗するたびに、その都度目標を変え、臨機応変に動いているように思えます。つまり――」

八潮が愛をじっと見つめていた。愛は更に詳細に話そうとした。

「きっと華江は、なにか次の計画が――」

「もう、やめよう」

八潮が言った。愛は二の句が継げなくなる。高浜船長が黙って八潮と愛を交互に見ていた。八潮が高浜船長に黙礼する。

「自分は潜水部署の発動に備えます」

愛が戸惑っているうちに、八潮はOICを出ていってしまった。

あいつ、と高浜船長がため息をついた。

「潜水班長の前に、首席運用司令長だろうが。すっかり船務を忘れてやがる」

高浜は書類を整理しながら、愛に言う。

「この状況でワッチに備えた睡眠はできないだろうから、OICにいても構わない。だが八潮の邪魔はするなよ」

「邪魔なんて、私はそんなつもりは――」

「八潮は見たくないんだ。お前が女刑事っぽく振る舞うのを」

愛ははたと口を閉ざした。

「俺も聞いている。刑事課の相場美波に誘われているんだろ。陸に上がって女刑事になれと」

曖昧に、愛は頷く。

「これから別の戦いが始まるぞ」

高浜船長が鋭いまなざしを愛に投げかける。責めるような口調ではなかったが、鞭打つような厳しさを感じてしまう。愛は反論した。

「戦いはもう終わったんです」

「違う。これからは、〝海蝶を投げ出した罪悪感〟と戦っていくことになる」

愛は息を呑んだ。

「お前は三管本部の希望者の中から選抜され、潜水研修に呼ばれた存在だ。選抜されず、研修を受けられなかった潜水士希望者がごまんといる。そいつらの思いを踏みにじったことになる」

受け止めきれず、愛は目を閉じた。高浜船長の言葉はまだ続く。

「二ヵ月間、お前を支えた同期の想い、指導した潜水教官の熱意、研修にかかった諸経費——一ヵ月ももたず海蝶をやめるということは、それらを全て無駄にするということだ」

潜水士に関わる人々だけでは済まないと愛は思った。本庁や三管本部の広報官は今後、海蝶の外部発信について頭を悩ませることだろう。愛が海蝶をやめることの影響は計り知れない。

ため息を挟み、高浜船長が言う。

「忍海。行くも地獄、戻るも地獄だ。どっちの地獄を選ぶのかは、お前次第だ」


正義は目を覚ました。

紫色の暗闇に、大量の星が瞬いている。プラネタリウムで居眠りでもしてしまったのかと思ったが、オレンジ色がじわじわと周囲を侵食し始めていた。水平線に太陽が上がっているらしい。

体が痛い。固くて凸凹した場所に寝ている。起き上がろうとして、全身に稲妻が走ったかのような激痛が走った。頭も割れそうなほど痛い。

「くっそぉ……」

そう呟くのが精一杯だ。目をぎゅっと閉じ、痛みが治まるまで堪える。自分に何が起きているのか、さっぱりわからなかった。

右を見る。舷側。左を見る。舷側。顎を引いて、後頭部を起こす。

華江が膝を抱え、正義の方を向いて操舵席に座っている。

正義は起き上がるべく、手をつこうとした。手も腕も、動かない。手首にロープの食い込みを感じる。尻と手が密着していた。後ろ手に拘束されているのだ。体の重さで手が潰れている。痺れていた。足を動かしてみる。右足を上げたら、左足も一緒にくっついてきた。

正義は芋虫みたいにロープで結索され、おきつ搭載艇のベンチに転がされていた。ウェットスーツのタッパーが脱がされ、ロングジョン一枚という格好だった。右のふくらはぎに装着されているはずの水中ナイフがない。奪われたのだろう。取り返さないとまずいが、頭が働かない。

ぬるい風が、顔の表面を通り過ぎていく。喉が異様に渇いていた。正義は起き上がろうと、もがく。華江が立ち上がる。手にボートフックを持っていた。

「待て、やめてくれ、殴らないでくれ……」

懇願した瞬間、記憶が蘇る。八丈島の神湊港まであと少しというところで、ボートフックで頭部を打たれそうになった。正義は腕で頭をかばった。二度目に振り下ろされたボートフックをつかみ、奪い返そうとした。華江が言った。

〝忍海仁の父親でしょ。息子の失敗の責任は？〟

正義は動けなくなってしまった。そのまま腹を突かれ、後ろに倒れて操舵ハンドルに後頭部を強打した。目がくらみ立てなくなった。ボートフックで殴打され続けて気を失ってしまった。

ひと晩、昏倒《こんとう》していたようだ。

ここは、どこだ。

華江はボートフックを構えたまま、正義の前に仁王立ちしている。ボートフックの先には、べったりと血がついている。顔が濡れている感じはあったが、汗か海水だと思っていた。たぶん出血しているのだ。手で血を拭うこともできない。顔の皮膚には突っ張った感じがあり、じんじんと脈打っている。腫れているのだろう。目を見開いても、視界がえらく狭い。

「ここ……どこだっぺ」

「太平洋」

「だろうな」

笑ってみる。腹筋のあたりにじんと痛みが走った。ボートフックで腹を突かれた時のものだろう。

「どこ、向かってる」

華江は答えない。ボートフックを横向きに持ち替え、その場にあぐらをかきながら、ブツブツ言う。自分に言い聞かせるような口調だった。

「いまのままでは終われない。徹底的にやらないと……」

「なにをやるって？」

華江は口を閉ざしてしまった。

正義は襲われる直前まで、八潮と無線のやり取りをしていた。海上保安庁は海と空、総力戦でおきつ搭載艇を探しているはずだ。だが、夜間は発見が難しかっただろう。夜が明けたいま本格的な捜索が始まるはずだ。

正義の背中の下に、機関エンジンが入る水密扉がある。音はしないし振動もない。搭載艇はすでに燃料が切れている。船を乗っ取られた時点で、燃料は半分くらいしか残っていなかった。だが全速前進で燃料切れまで走ったら、六十キロくらいは進める。

八丈島沖六十キロ……。

三百六十度、海と空しかない世界だ。

「このまんまじゃ野垂れ死ぬだけだべ。陸に帰ろう。無線機を貸してくれ。あれを使えばなんとか——」

「海に捨てた」

正義は、希望を捨てない。

「信号紅炎は」

赤い煙が出る、発煙筒のことだ。法定備品としてどんな小船にも常備義務がある。かなり派手な色で大きな煙が上がるので、見つけてもらいやすくなる。

華江は答えなかった。

正義は喉が渇きすぎて痛かった。何度も唾を飲み込む。鉄の味がした。口の中も切れている。

「――あんたが首謀者だったのか」

改めて問う正義を華江は鼻で笑う。当たり前だと言いたげだ。

「お人好《ひとよ》しのお父さんにこんなことができるはずない。ニコニコヘコヘコして、娘の私にも強く言えない」

「保険金詐欺の計画は、いつから練ってた」

「二年五ヵ月と二十三日前」

ずいぶん細かい。二年五ヵ月二十三日前に、なにかあったのだろう。

「お父さんに計画を話しても、困った顔をするばっかりだった。でも金銭的にも精神的にも完璧に救われる計画だと、お父さんは理解していたのよ。だから、やめろって、絶対に言わなかったのに……」

華江がため息をはさんだ。

「妨害するくらいなら、言って欲しかった」

いらだたしげに頭をかいた。潮風と湿気で、華江の後ろにまとめた髪は乱れている。

「船名を塗りつぶして船舶番号ステッカーを剝がしたのなら、〝あきらめろ〟ってなんで私に直接言わないかなぁ。いくら娘には意見しづらいからって……」

「あんたの父さんが自供したのも、海保をメタメタに罵ったのも、あんたをかばうためだったのか」

華江は断固とした口調で言う。

「お父さんは、溺れたフナムシすら助けるような人。殺人どころか詐欺だってできるはずがない」

いまなら華江はなんでも話しそうだ。正義は質問する。

「父さんは、兄貴の方には、玉吉丸の詐欺計画を話してたのか」

「そう。あの船には乗るなって前日に警告していたの。妹が船を沈没させて保険金詐欺をしようとしている、巻き込まれるから乗るな。犯罪にならないように細工はしてあるが、お前はこれ以上妹を追い詰めるな、とかなんとか。なにからなにまでペラペラとしゃべったみたいよ」

「それ、誰から聞いた」

「お兄ちゃん」

華江は少し横を向いた。悔しそうに続ける。

「兄はわざと、知らんぷりして船に乗ったのよ……沈みゆく船で、私を指さして笑うために」

あいつは怪物。華江は乱暴な口調で言った。それは盛田博の言葉ではなかったか。

盛田博の方が、娘の言葉を真似《まね》ていたのだろうか。

「兄は沖へ出ても、素知らぬふりで甲板に座って釣り糸を垂らしてた。私は機関室の冷却水ホースを切って、船を浸水させた。エンジンが止まって船が傾き始めたとき、慌てる演技をしたの。きゃあエンジンがかからない、どうしよう、舵がきかない、船が沈んでいる……！　ってね」

計画を知っていた恭一には、華江の言動はただの道化に見えたことだろう。華江は救命胴衣を着用し、五キロ先の大根の岩礁まで泳ぐつもりでいたという。

足の悪い兄を、船に残して……。

「騒ぐ私を見て、兄は腹を抱えて笑ってた。ピエロか、ってね」

恭一は沈没の恐怖を微塵も見せなかったらしい。

「兄はケロイドで赤紫色の顔で、くちゃくちゃと唾を飛ばしながら、私に訊くのよ。船舶番号ステッカーはどこだ、って。船名はどこに書いてある、と」

華江はそこで初めて、保険金詐欺が成立しないことに気がついたらしい。

「兄は私をあざけり笑った。トロいから、なんでもかんでも失敗するんだ、って。どんくさいから、俺がちょっと蹴ったくらいで流産するんだと……！」

正義は息を呑んだ。

「二年五ヵ月二十三日前の、出来事か」

華江は答えなかった。目に涙を浮かべただけだ。

「気がつくと、兄の背中を押してた。兄は呆気《あっけ》なく海に落ちた。もがくことも、助けを求めることもなかったけど……」

華江は吐く息を震わせている。殺してもなお、怒りは収まっていないのか。

「赤んぼ、何ヵ月だった」

「八ヵ月。男の子だった。名前も決めてた……！」

華江は声を押し殺していたが、余計に無念の思いは伝わってくる。

「兄は昔っからそうだった。短気で乱暴で、すぐ手が出る。事故を起こした過積載だって、お兄ちゃんが強引に決めたことなのよ」

無理難題を押し付けてくる荷主の要請を、盛田博はずっと断り続けていたらしい。

「でもお兄ちゃんが、金が欲しい、引き受けよう、一回の積載量を増やせばいいことだろうと反対するお父さんを強引に振り切った。甲板が波で洗われるほど、小麦を積んだのよ」

あんな奴、と華江は叫ぶ。

「あの事故で、爆炎に焼かれて死ねばよかったのに……！　なんで助けたのッ」

華江がボートフックで甲板をドンッと突いた。正義は言い返す。

「あんたが海保を憎んでいたということはよくわかった。だが蓋を開けてみたら、どうだ。兄さんを突き落としたあと、転覆し始めた船をどうすることもできねぇで、結局海保に助けを求めた。それはずいぶんと虫のいい話だべ」

「助けてもらうために呼んだんじゃない」

華江が鼻で笑った。

「切り替えたの」

正義は目を丸くした。

「保険金詐欺の準備のために大変な労力と時間を使ったのよ。離婚の慰謝料も全部使っちゃった。そう簡単にあの海難を無駄にはできない」

船の転覆を、保険金詐欺から復讐へ切り替えた、ということか。

「一一八番通報すれば、場所的に特殊救難隊が一番に駆け付けるでしょ。忍海仁が来てくれたら万々歳だったんだけど――」

「仁の隊は来なかった。だから吊り上げ救助を拒んだのか」

華江が残念そうに正義を見下ろした。

「そう。でもいずれやってくる巡視船は絶対に、三管の潜水指定船だと思ってた」

第三管区海上保安本部所属の巡視船艇のうち、潜水士が乗っているのは、巡視船ひすいと巡視船おきつだけだ。

「ひすいには仁の妹が乗ってること、おきつの方には父親が乗ってること、知ってたのか」

「知ってたわよ。知りたくもなかったけどね。私たち一家を追い詰めた海上保安官が、史上初の潜水士一家だなんだとチヤホヤされていることなんか、誰が知りたい!?でも、否《いや》が応《おう》でも目に入っちゃうじゃない」

保険金詐欺を成功させるため、現場にいちはやく駆けつける海上保安庁の巡視船の状況を、華江は把握しておこうとしたのだろう。調べるうちに、仁にますます憎しみを募らせていった、ということか。

そして華江の予想通り、なにも知らない正義が救難にやってきたというわけだ。

「あの時、俺を頼るふりして手を離さなかったのも、どこかのタイミングで復讐するつもりだったからか」

「そうよ。ターゲットから離れちゃったら、復讐できない」

「記憶喪失も嘘か」

当たり前だと華江が顎を振る。

「身元が海保側に知られたら、フラワーマーメイド号事件とすぐ結びついちゃうでしょ。具体的にどんな復讐をするのか計画を練り直すためにも、時間稼ぎをする必要があった」

愛と話したとき、錯乱したようなふりをして兄の話をしたのも、真の復讐相手である仁の話を愛から引き出したかったからだろう。

正義は首が疲れ、ベンチの上に頭を置いた。空の星の数が減っている。

「あんた、とんでもねぇ凶悪犯に成り下がっちまったな」

華江が鋭く正義を見返す。「誰のせいで」と言い返そうとしてきた。正義は遮る。

「なんでそんなになるまで兄貴の元に居続けた。あんたは親じゃねぇ、介護の責任もねぇ。赤んぼ殺された時点で警察に言うとか、逃げるとか――」

「逃げたら誰がお父さんを支えるの」

華江が早口で正義を遮った。華江の潤んだ瞳に正義は胸を突かれる。

「私が去ったら、お父さんが一人で、賠償金とお兄ちゃんを抱えることになる」

華江が泣き出した。

「お父さんは若い時に海の事故でお母さんを亡くして、男手ひとつで再婚もせず、私たちだけのためにすべてをなげうって生きてきたの！　これからもお父さんはそうするに決まってる。私の流産でお兄ちゃんが逮捕されたとして、家族間のことだもの、数年で出されて、結局またお父さんが面倒を見ることになる。そんなお父さんを残したまま、逃げられるわけないじゃない！」

正義は胸がねじくれたように痛くなった。

だからって父親は、娘がそんなふうになることを、望んでいるわけねぇべ。

正義にはその言葉が出なかった。我が娘を思い出し目頭が熱くなる。正義は天を仰いだ。太陽が強すぎる。星はあっという間に消えていた。

正義は肘と腹筋の力でなんとか肩を起こし、華江に問いかけた。

「なら、お父さんのところに帰るべ。心配してる。それこそ断腸の思いだ。娘を守るために凶悪な男を演じてるんだろ。この先、取調室でなにしでかすかわかんねぇよ」

「わかってる」

華江が立ち上がった。

「だから私はこうするの」

決意を込めたように、華江は涙を拭う。ボートフックを海に投げ捨てた。ぽちゃんと大きな音と飛沫を上げて、それは沈んだ。重大ななにかが放棄されたように感じる。

華江はじっと海面を見つめている。梅雨明け間近の強い朝日が、華江の白いTシャツをオレンジ色に染め上げている。

正義は察した。

「もう、復讐じゃなくなってんだな、これは。この逃走は。だろ?」

華江が顔を上げた。太陽を睨んでいる。その横顔は、挑戦者のようだった。燃料も食料も水すらもない小型船で、太平洋を漂流している女の顔ではない。

華江は操舵席の脇に積まれた非常用具箱を引っ張り出した。信号紅炎を出す。

赤い煙が上がった。

正義には、救助を求める煙には見えなかった。

戦いの火ぶたが切られたことを知らせる、烽火《のろし》だ。


行くも地獄。

戻るも地獄。

夜通し、この言葉が愛の頭の中をぐるぐると回っていた。

愛は巡視船ひすいの船橋にいる。午前五時半、ワッチに入って一時間半が経過していた。船橋に立ち、双眼鏡で大海原を監視している。

言葉に囚《とら》われず、集中しろ――。

海蝶として父を助けられないのなら、せめて、見つける。

双眼鏡の中の丸い景色に目を凝らし、ゆっくり、西から東へ、双眼鏡を動かしていく。早朝だというのに水平線に入道雲がわき上がりはじめていた。今日もかなり暑くなりそうだ。気象予報によると、正午の予想気温は三十三度。日陰がない搭載艇で直射日光を受けてしまうと、体感温度は四十度近くなるだろう……。

愛はなにかを見た気がして、双眼鏡を西へ戻した。

入道雲に赤い筋が見える。まるで雲が出血しているようだ。鮮明な赤い煙がひとすじ、立っていた。愛は双眼鏡のダイヤルを調整し、ピントを合わせた。

信号紅炎だ。

「信号紅炎発見！　本船より三時の方向！」

ＯＩＣにいた高浜船長や航海士たちが、雪崩《なだれ》を打って船橋にやってきた。一同が双眼鏡を覗き込み、水平線に上がるひとすじの赤い煙を確認する。

「おも舵いっぱい！」

高浜船長が操舵手に指示を出し、船内放送を入れる。

「信号紅炎発見、本船はこれより南南西へ舵を取る！」

続けて、通信スペースへ声を上げる。

「他に信号は出ていないか。ＶＨＦ救難信号、イーパブ、一一八番通報は？」

涼香が叫び返す。

「いえ。船舶通信の方では何も入っていません」

愛は訴える。

「きっと、おきつの搭載艇です！」

愛は操舵席の右側に設置されたレーダーにかじりつく。信号紅炎が出ている方向にレーダーを向ける。かろうじてレーダーが届く位置に、小さな船影が見える。

「いました！　おきつ搭載艇と形状や長さがほぼ同じです」

高浜船長が再び、緊急の船内放送を流した。

「該船発見、繰り返す、該船発見……！　これより巡視船ひすいは現場に向かう。座標は北緯三十三度六分五十秒、東経百三十九度五十分五十一秒――」

愛は海図台に上がった。現在、巡視船ひすいは八丈島の大根岩礁の東、五キロの地点にいる。高浜船長が指定した座標は、現在地より南西へ十キロほどの地点だ。

華江は搭載艇を乗っ取ったあと、大根岩礁に向かったのだろう。しかし、着替えや食料、偽造の身分証等を積んだ船は、警察が押収したあとだった。

あきらめて南へ向かって逃走したのか。

八丈島は北へ向かえば伊豆七島の島々があり、定期船の他に東京湾を目指す船が航行している。八丈島の南は、遠く小笠原諸島まで、人が住む島は青ヶ島しかない。航行する船も少ない。人目のつかないところへあてもなくさまよい、二時間ほどで燃料切れを起こしたのだろう。漂流しはじめ、黒潮に乗って北へ戻されたようだ。朝になって投降の決意をし、信号紅炎を上げたということか。

ＯＩＣに続々と幹部が集まってくる。八潮もいた。

愛を一瞥したがなにも言わず、モニターを見ている。

愛は甲板に出た。見張り台へ上る。海面から二十メートルの高さがある。ファンネルよりも高い位置だ。船のスピードが上がり、猛烈な風が吹きつける。風で振り落とされないように鉄骨をつかみ、愛は双眼鏡を覗いた。

脚の速い巡視船おきつが、船体を海面にバウンドさせながら、信号紅炎へ向かって航行している。陸から近い大根岩礁界隈を捜索していたはずだが、巡視船ひすいよりも早く現場に到着するだろう。

今回の案件に従事している全ての巡視船や飛行機、ヘリがいま、赤い煙に吸い寄せられている。

空からエンジンの轟音が聞こえる。十時の方向だ。ガルフが、かなりの低空飛行をしている。固定翼機は滑走路がないと着陸できない。界隈をぐるぐると回ることになるが、どの対応勢力よりも早く駆けつけ、機体にくくりつけられたカメラで現場映像を撮ってくれる。右翼が下がり、機体が大きく傾いた。旋回している。もう信号紅炎の真上にいるのだ。

今度は巡視船ひすい後方より、ヘリのプロペラ音が聞こえてきた。

スーパーピューマわかわしだ。

愛の頭上を通り越した。猛烈なダウンウォッシュを浴びる。ヘリのドアが開いていた。開口部の上についたホイスト装置が外に出ていて、降下の準備が始まっていた。ホイストマンが巡視船ひすいに向かって敬礼する。愛も敬礼で返した。ウェットスーツ姿のひとりの隊員が、開いたドアから顔を覗かせる。

兄だ。目が合った。

頷き合うこともない。手を振ることも、敬礼もない。

ヘリが去り際、再び激しいダウンウォッシュが降りかかる。愛の帽子が飛びそうになる。愛は頭を押さえた。強く吹き付ける風は、兄に幼いころ頭をぽんと叩かれた感触と、似ていた。

〝大丈夫だよ〟

転校先の学校になじめなかったとき、愛は兄に手を引かれて校門まで送ってもらった。普段はしゃべらないし絡んでこない兄に、頭をぽんと撫でられるだけで、妙に説得力があった。

――お父さんを、お願い。

ヘリは遠ざかっていく。機体の形がわかるだけになり、やがて空に浮かぶ点になった。

愛は時計を見た。五時四十八分。

間もなく本件は解決するだろう。

私は、必要ない。

愛は船内へ引き返した。ＯＩＣに向かう。

大型モニターは画面が二分割されていた。ガルフやスーパーピューマわかわしの搭載カメラが、それぞれ現場の様子を捉えている。

小型の搭載艇に乗る二人の人間の様子を、確実に映し出す。

「彼は……。生きているのか？」

高浜船長がつぶやいた。愛が入ってきたのを見て、気まずそうな顔をする。

「画像をキャプチャし、拡大して鮮明化できるか」

八潮が涼香に指示する。涼香は返事ひとつでパソコンに画像を取り込み、鮮明化ソフトを使って画像を解析していく。

モニターいっぱいに、小型艇の様子が映し出される。ぼんやりとした映像で、二人の人間が寝そべっているようにしか見えない。次第に様子が明らかになる。

愛は思わず目を逸らした。

父は顔面が腫れていた。右瞼の上と上唇がパックリと割れ、流血した血は乾いていた。ウェットスーツのタッパーはどこにもない。ノースリーブのロングジョンだけの恰好だ。露出した腕にもあざが見えた。後ろ手に拘束されているようで、肘から下の様子が見えない。右肩の一部は皮膚がつぶれ、流血している。裸足《はだし》の足首にロープが食い込んでいる。足は青紫色に腫れあがっていた。拘束によりうっ血しているのだ。

後ろから正義を抱きかかえるようにして、華江が座っている。正義の首に手を回し、耳の後ろにナイフを突きつけていた。恐らく、父がウェットスーツに装着していた水中ナイフだろう。

華江はモニターの前にいる愛たちを――空を飛び回るガルフを睨んでいる。

父はみじろぎ一つしない。

生きているのか、死んでいるのか、わからない。

愛は腰が抜けそうだった。

当たり前のように子供のころからそばにいて、当たり前に家に帰ってきた父親が、なぜ、こんな姿になっているのか。

『父』という存在を意識したとき必ず思い出されるのは、遊園地での一件だった。愛はまだ幼稚園児だった。パパは王子様であり、唯一無二のヒーローに見える年頃だ。

緊急出港で、父は巡視船に戻らなくてはならなくなった。愛はメリーゴーラウンドの前で癇癪を起こした。口下手な父はおろおろと「ごめんな、ごめんな」と言うばかりで、走って遊園地を去った。何度も何度も、愛のご機嫌をうかがうように、振り返って――。

船舶電話が鳴った。

愛は我に返る。

三管対策本部の対策官からのようだ。電話を代わった高浜船長が指示内容を繰り返し「了解です、ただちに」と受話器を置いた。八潮に向き直る。

「改めて、本件に関しても巡視船ひすい潜水部署の発動がかかった。本船は該船より五十メートル南に待機。救助に入る特殊救難隊の支援に回る。潜水班は支援艇をおろして該船より二十メートル南の地点で待機、ゴーサインを待て」

「直ちに出動準備に入ります！」

八潮が答える。愛を見た。眉を寄せ、首を少し傾げる。

来ないのか、と愛に問うている。

愛は目を逸らした。

八潮は口元をきゅっと引き締め、行ってしまった。

愛はワッチに戻るのみだ。船橋に向かおうとして、通信スペースから機内のやり取りが聞こえてきた。

〈わかわし、現場より二時の地点にてホバリング中。ゴーサイン、待つ〉

兄が乗っているヘリの操縦士の声だ。搭載艇にダウンウォッシュによる刺激を与えないため、現場より百メートル手前で待機しているらしい。兄の声も耳に入る。

〈特殊救難隊第四隊、忍海。リペ降下準備完了。出動命令を待つ〉

リペリング降下――巻き上げ・吊り上げができるホイスト装置を使わず、降りる速さをロープを握る手の力で調整しながら、降下する方法だ。

ゴーサインがなかなか出なかった。第四隊長は恐らく、対策本部のゴーサインを待っているのだろう。兄はしびれを切らしているようだ。切迫した声が聞こえてくる。

〈阿部隊長、ゴーサインを！　すぐ降りられます！〉

〈待て、本部が協議中だ〉

〈目の前に要救助者がいるんですよ！〉

愛は驚き、通信スペースに引き寄せられる。兄は、華江と父を『要救助者』と表現した。被害者と犯人、とは言わない。

ＯＩＣでモニターを見ていた高浜船長が「ン？」と身を乗り出す。モニターの端に映る空を、指さした。

「これはどこのヘリだ……!?」

愛もＯＩＣに入りモニターを見た。スーパーピューマが二機いる。一機は、兄の乗るわかわしだ。もう一機には『みみずく』の文字が見えた。関西空港海上保安航空基地所属の回転翼機だ。涼香が椅子から立ち上がり、叫んだ。

「〈大阪〉です！」

愛は思わず叫ぶ。

「なんで〈大阪〉が出ばってきてるんですか」

〈大阪〉とは、海上保安庁の特殊警備隊、通称ＳＳＴのことを指す。大阪特殊警備基地を本拠地とすることから、こう呼ばれる。羽田の特殊救難基地のように報道されることもなければ、取材をされることもない。ファンのためにカレンダーを販売するようなこともない。

〈大阪〉は警察で言うところの、特殊急襲部隊と同じ立ち位置にある。テロリストや凶悪犯を制圧するための部隊だ。警視庁のＳＡＴ、米国のＳＷＡＴと呼ばれる部隊と性格的には同じだ。秘匿性が高く、誰がそこの隊員に選抜されたのか、外部に漏れることはない。本人が話すこともない。出動命令が出れば、黒や濃紺の装備品に黒いマスクで顔面を覆い、機関銃を提携して表舞台に出てくる。テロリストを制圧し、さっといなくなる。それが〈大阪〉だ。

三管本部対策室の対策官から、兄の隊に無線で指示が入った。

〈こちら三管対策本部。特殊救難隊は下がれ。特殊警備隊で制圧することになった〉

兄が激怒している声が無線越しに聞こえてきた。

〈待ってください、うちはすぐに降りられます！〉

〈特殊警備隊はもっと迅速に制圧できる〉

〈相手はテロリストでも凶悪犯でもない。海難事故の被害者家族と、怪我をした海上保安官です。ただの要救助者だ！　特殊警備隊で制圧なんかしちゃだめです〉

仁は、華江を凶悪犯と見ていない。仁と八潮が救難に失敗した、海難事故の被害者家族として扱いたいのだ。愛は兄の罪悪感をひしひしと感じた。

仁と対策官のやり取りが続く。

〈馬鹿を言うな。忍海保安官の首にナイフをつきつけているのが見えないか！　しかも暴行を受けている！〉

〈救難失敗の被害者家族を、もっと不幸にしていいんですか！　当事者の俺が降ります！〉

阿部隊長が間に入る声がした。やんわりとした声音だ。

〈忍海。人質はお父さんだからムキになるのはわかるが――〉

〈そっちじゃないです〉

仁が言い切った。

〈自分は盛田恭一の救難に失敗した、張本人です。その意味での、当事者なんです……！〉

隊長も対策官も仁の剣幕に押されているのか、返事がない。

〈父は、復讐の身代わりになった。俺が行かないで、誰が――〉

特殊警備隊からも、無線が入る。

〈降下準備、完了。〇六〇〇《マルロクマルマル》に制圧開始予定〉

有無を言わさぬ調子だ。熱くなっている仁に釘をさすような、冷めた言い方だった。確実に任務を遂行しようとする強い意志を愛は感じた。

巡視船ひすいのＯＩＣにいる乗組員はみな、〈大阪〉の登場に張りつめている。モニターに映る二機のヘリの動きや、音声にばかり集中している。愛はモニターの中の父親を見た。

位置が変わっている。

父は華江に後ろから羽交い絞めにされた状態で、中央のベンチにいたはずだ。いまは船尾の方にいる。華江が父を引きずり、じりじりと後ろへ移動しているのだ。

なんのために？

愛はモニターにかじりついた。目を凝らす。華江は、黒くて四角いものに尻を埋めている。一見すると黒いベンチシートに見える。華江の右肘から下が、そのあたりで見えなくなっていた。

――あれは、穴だ。

おきつの搭載艇は、甲板の下にエンジンがある。

愛は、父の首に回した華江の手に注目した。さっきまでナイフを握っていた。

いま、華江の左手は拳を握っているだけだ。

〈大阪〉のカウントダウンが始まっていた。

〈制圧開始、三分前――〉

愛は無線機をつかんだ。全対応勢力に流れる無線だというのに、焦って叫んでしまった。

「お兄ちゃん、すぐ降下して！　あの船は沈む！」

愛は無線を叩き切り、OICを飛び出した。甲板への階段を駆け下りる。

巡視船ひすいも全速前進で現場に近づいている。甲板に出た途端、強い風が頬に当たる。愛は甲板を走った。ヘリが二台、青空をホバリングしているのが見えた。〈大阪〉――特殊警備隊を乗せたスーパーピューマみみずくの扉が開いている。濃紺のヘルメットに真っ黒の装備品で身を固めた隊員が、ホイスト装置に腕をかけ、降下ロープを引いているのが見えた。船内放送で、〈大阪〉のカウントダウンが流れてくる。

〈制圧開始、二分前〉

特殊救難隊を乗せたスーパーピューマわかわしは旋回し、現場を離れていく。

愛は潜水待機室に飛び込んだ。潜水支援艇が甲板の高さまで下ろされ、装備品が運び込まれているところだった。八潮や内灘はウェットスーツ姿になっている。海斗は両手にボンベを抱えていた。

「八潮さん！　現場手前で待機せず、すぐに該船へ向かってください！」

八潮が険しい顔で愛に向き直った。

「華江がエンジンルームに手を突っ込んでいるのを見ました。ナイフを持っています。同じことをしているに違いないです！」

内灘が目を丸くし、割り込んできた。

「まさか、また冷却水ホースを切っているのか！」

愛は頷いた。

「あの船は沈没を始めているはずです。上空ヘリからでは喫水線が見えにくい。〈大阪〉が降り立った瞬間、船はバランスを失っていっきに転覆します。父は手足を拘束されているから、海に投げ出されたら沈んでしまいます。浮上もできない。早く助けに行かないと……！」

内灘と海斗がすぐさま潜水支援艇に乗り込んだ。八潮は背筋を伸ばし、愛の目の前に立つ。

「愛。もう一度訊く」

愛は八潮を見上げる。いつもならこういうとき、八潮は腰をかがめ、愛の目線と高さを合わせてきた。今日は上から見下ろしている。上官として愛に向き直っているのだ。

「お前は行かないのか。お父さんの救助に」

行きたいが――。行けない。

「本当に、海蝶をやめるのか」

「決めたんです。三度『迷惑』と言われたらやめると」

八潮が反論しようとしたが、愛は封じた。

「三度目は、自分自身です。自分の存在が迷惑であると、深く自覚しました。もう潜れません。せっかく八潮さんに手伝ってもらって直したウェットスーツも、破いてしまいました」

「愛ちゃん……！」

背後から、女性の声が割り込んできた。

三角巾頭の梓が息を切らし、甲板に出てきていた。機関科の真奈もいる。今日は頬に重油の汚れが少しついていた。涼香も出てきた。手に、愛のウェットスーツを持っていた。

梓と真奈はおしゃべりなのに、今日はなかなか切り出さない。三人とも、なにか言いたそうな、じれったそうな顔をしている。

涼香がウェットスーツを愛に突き出した。

「がんばれ、あきらめるな、なんて口が裂けても言えない。私は海蝶の苦労を、誰よりも知っているつもりだから」

でも、と涼香は目を潤ませた。彼女が泣いているのを、愛は初めて見た。

「私がいた地獄には来ちゃだめ。同じように苦しむなら、前を見てよ……！」

梓が涼香の手からウェットスーツを取る。畳まれたロングジョンを、その場で広げた。

愛は目を見張った。

「――直ってる」

愛が昨夜、引き裂いた胸元に、八潮の黄色いウェットスーツの切れ端が再び縫い付けられていた。愛はロングジョンを受け取り、その縫い目を指でなぞった。

「私が縫い直した」

涼香が言う。真奈も前に出た。

「ひと縫いじゃまだ弱いと思って、もう一巡、私も針を入れた」

梓が苦笑いする。

「仕上げは私ね。二人とも嫁入り前のあまちゃんだから、裁縫がへたくそだこと」

愛は目頭がじんわりと熱くなった。ロングジョンのつぎはぎの感触を、右手で何度も確かめる。三人の女性海上保安官たちの想いが、三重に縫い付けられている。

そして今日も、愛のウェットスーツの傷口を塞いでいるのは、八潮のウェットスーツだ。

八潮が愛の肩に両手をついて、顔をのぞきこんできた。目線の高さが同じになる。

「愛。俺も一晩、考えた。自分がなぜ、海蝶のバディをやろうと思ったのか」

愛は一心に、八潮を見返した。

「確かに、お母さんを見つけられなかったことを悔いている。だからといって、その懺悔《ざんげ》のためとか、そんな立派で尊い理由でお前のバディになったわけじゃない。もっと自分勝手で、ひとりよがりの理由で、俺はお前のバディになろうと思ったんだ」

八潮は口元を震わせ、切々と訴える。

「俺は、お前と一緒に夢を見たかった」

夢――。心の中で反芻したとき、愛の目から涙が勝手に落ちた。

「特殊救難隊を去り、巡視船の潜水士に戻った直後だった。体力的な衰えを感じる毎日で、潜水士としてのモチベーションを失っていた。少し早いが、引退も考えていた。かといって、陸に完全に上がってしまうのも怖い」

途方に暮れていたのだ、と八潮は一度空を見て、続ける。

「そんな時だ、お前が潜水研修に選抜されたと聞いたのは」

愛はとうとう、嗚咽を漏らした。

「海上保安庁初の女性潜水士になる。そう啖呵を切ったお前を見て、これだと俺は思った。残り短い潜水士人生を、海蝶を育て、その道を開拓することに情熱を傾けたい。俺はお前と一緒に夢を追いたかった。お前と一緒に夢を実現すると決めたんだ」

八潮の目が、愛の目と同じ高さにある。いつもいつも、八潮は同じ目線で、愛と同じ景色を見ようとしてくれていたのだ。手首をつかまれる。乱暴に感じるほど力強いが、頼りがいがあった。

「お母さんを助けられなかった無念を抱えているんだろう。俺だって同じだ。この右手が、あのフラワーマーメイド号事件のとき、すり抜けていなかったら……」

八潮はそこでごくりと、言葉を飲み込んだ。

「だからいま、自分の手で始末をつけてくる」

お前はどうだ――八潮が目で強く訴えかけてきた。

「今度は、父親を助ける。今度こそ。その右手で」

愛は自分の右手を見つめた。

開き、また握りしめる。

〝海を憎んだまま、潜るなよ〟

父は言った。

その父がかつて家族を残し海難現場に向かったあの日の、遊園地で――。

パパが行っちゃったァ、といつまでも泣く幼い愛に、母は言った。

〝もしお父さんが人を助けられなかったら、愛はどう思う〟

悲しい、と愛は答えた。

〝もしお父さんが人を助けられたら？　愛はどう思う〟

うれしい……！

私も、人を、助けたい。

愛は目頭を擦った。その気持ちこそが『正義仁愛』だと母は教えてくれた。海上保安官の娘として、その気持ちを大切にしていきなさいとも言われ続けてきた。

愛はもう、海上保安官の娘ではない。海上保安官だ。

そして、海蝶になった。

「三十秒で着替えてきます！」

愛は目頭を擦り、潜水待機室へ向かった。


スーパーピューマわかわしが現場上空を旋回する。

仁は苛立っていた。

百メートル先の海上に父の姿があるのに、降りることができない。仁はひと晩中へリに搭乗し、黒い海面がやがて太陽で色づくまで、目を皿にして父親を探し続けてきた。

やっと見つけたのに……！

仁はヘリの扉を拳で叩いた。

「クソ……！」

降下準備万端で、その一歩を踏み出そうとしていたところだったのだ。

〈大阪〉のカウントダウンが、苛立ちを逆なでする。

〈制圧開始、三十秒前〉

仁は、父の元へ、飛べるはずだったのに。

落ち着け、と阿部隊長が仁の肩をつかむ。

「相手は凶器を持っているんだ。対策官の言う通り、〈大阪〉が入るべき事案だ」

わかわしが旋回してしまった。機体が右に傾く。開いた扉の先に見えていた現場が、見えなくなった。入れ違いに、〈大阪〉のヘリが現場の南側から旋回し、近づいていく。

仁は機長の椅子をつかみ、揺さぶる。

「おい、戻ってくれ！」

「無理だ。うちは後方支援に指定されている。指示系統を乱せない！」

「扉、締めます！」

ホイストマンが扉の取っ手に手を掛ける。仁は「待て！」と叫び、扉の枠に手を置いて首を外に出した。時速百五十キロほどのスピードが出ている。猛烈な風が顔にあたり、ヘルメットの隙間にまで風が入り込む。いま、ヘリは該船より数百メートル離れた上空にいる。横からおきつの小型搭載艇を観察できる。

仁は双眼鏡を構えた。おきつ搭載艇を真横から、鮮明にとらえた。ハッとする。

これまで現場の真上にいたから、気がつかなかった。

「喫水線がずいぶん下がっている、あの船は沈没し始めている！」

どういうことだ、とヘリ内にいる特殊救難隊員たちが一斉に双眼鏡を目にあてた。

阿部隊長はすぐさま無線で三管対策本部に一報を入れようとした。

〈大阪〉からの無線が邪魔をする。

〈制圧開始、十秒前。七、六、五……〉

おきつ搭載艇の真上にホバリングしていた〈大阪〉のヘリから、ロープが二本、垂れた。

阿部隊長が無線をつかみ取り、悲痛な叫び声を上げる。

「ダメだ！　いま降りたら、船が傾くぞ！」

〈大阪〉の無線がほぼ同時に重なった。

〈制圧開始。降下する！〉

全身黒ずくめの恰好をした〈大阪〉の隊員たちが、ヘリのスキッド——足場になっている鉄骨を蹴る。

〈大阪〉の隊員たちは潜水装備をしない。ヘルメットや防弾チョッキ、救命胴衣、けん銃が主な装備だ。海上保安官だから溺れることはないだろうが、着地船が沈んだら、制圧どころではなくなる。

あの状態で父が海に投げ出されたら、誰も助けられない。

仁は装備を始めた。ボンベを頭から背負う。

「支援に入ります、ショートスライディング降下で！」

海上保安庁の伝統的な降下方法だ。いま〈大阪〉がやったリペリング降下のように、ヘリが現場の真上まで行って降下すると、下にいる要救助者に強烈なダウンウォッシュが降り注ぐ。該船は転覆しかけているのだ。バランスの悪い船にヘリの暴風を当てるのは御法度だ。

ショートスライディング降下は、ヘリが近づいて行くのに合わせて降下員がロープで降り始める。船に到達する直前でヘリは前進をやめて、急停止する。慣性の法則で、ぶら下がっている降下員だけはロープごと前へ進む。その力を利用して船に降り立つ。上空のヘリは即座に後進し、ダウンウォッシュを当てないように現場を離れる。降下員はすぐさまロープを放さないと、ヘリに引き戻されてしまう。ヘリ操縦士と降下員の息が合わないと成功しない、難易度の高い降下方法だ。

阿部隊長はもう本部の指示は仰がなかった。操縦士に指示を出す。操縦士も了承して操縦桿《かん》を前に押した。ヘリが旋回して方向を定めた。

「まっすぐ突っ込むぞ！」

「了解！」

仁は胸に装着したスライダーに、ロープを通した。スライダーには、ロープを押さえるフックがついている。フックを一旦解除し、ロープの滑りを確認した。フックを戻す。のばしたロープに腰掛けるような要領で、太腿の下にロープを通す。

仁はヘリの扉の縁に立った。目をカッと見開く。上瞼が裏返しになるほど強い風があたる。仁は眉間に力を込め、五十メートル前方に目標を捉える。

〈大阪〉の隊員二人が、おきつ搭載艇の船首部に着地したところだった。

船が、ずうんと沈む。沈んだまま戻らない。船首を下に、傾いたままになる。銃をかまえた隊員のひとりが、尻もちをつく。海に落ちた。

四時の方向から、別の小型艇の滑走が見えた。巡視船ひすいの潜水支援艇だ。潜水士が八人、乗っている。体がひとまわり小さいのが交ざっていた。

妹だ。

結局、潜るのか。

呆れてしまうが、仁は口角が上がった。ほっとしてもいた。自由奔放なようでいて、ずっと自分を気遣っていた妹に、言ってやりたい。

もう譲らなくていい。

まっすぐ、強く、海蝶の道を突き進め……！

「準備完了！」

仁は操縦士に親指を立てて見せた。ホイストマンに言う。

「降下する！」

ヘリの縁を蹴り、仁は空へ飛んだ。

愛は水飛沫を浴びていた。

潜水支援艇の舷側に左足をかけ、双眼鏡で進行方向を見る。支援艇は全速前進で現場へ向かっていた。何度も船首が浮き、海面に叩きつけられる。愛は左手だけで手すりを握り、船から振り落とされぬようこらえる。船首が二メートル持ち上がり、波の谷間へ、頭から三メートル叩きつけられる。胃が浮き、腰に強烈な負荷がかかった。

愛は重心を落とし、両足を踏ん張った。

船は急旋回もする。四十度近く傾いた。体が横に倒れ、手すりをつかむ左手に全体重がかかる。

動じない。

降りかかる波が、ひっきりなしに愛の全身を濡らす。真横からバケツの水をぶちまけたような波までくる。それでも愛は動じなかった。

目標地点から絶対に、目を離さない。

今度こそ、死なせない。助ける。

無線から、降下を知らせる声が聞こえたのは十秒前のことだ。〈大阪〉——特殊警備隊の隊員二人が降下、着地した途端、おきつ搭載艇は尻が持ち上がった。隊員のひとりは振り落とされまいとしている。落水したひとりは船に上がろうとしていた。犯人逮捕どころか、父を保護するに至っていない。

おきつ搭載艇の持ち上がった尻が、海面に叩きつけられた。右へぐらりと傾く。

華江はおきつ搭載艇の舷側にしがみついている。もう父を羽交い絞めにはしていなかった。

父は海に投げ出された。

「落ちたぞ、急げ！」

双眼鏡を覗いていた内灘が立ち上がり、シュノーケルを口にくわえた。フィンを取りつける。ボンベも背負っていた。

愛は、動じない。

沈んだのなら、潜って助けにいくのみだ。

九年前とは違う。愛は潜れるし、体力もついた。海を守る組織から指名された潜水士なのだ。

どういう状態で父は沈んでいくか、どう助ければ確実か、愛はさまざまにシミュレーションする。OICのモニター画面で見た父の姿を思い出す。意識混濁、両手足拘束、足先のうっ血。後ろ手に拘束された手も同じ状態だろう。青紫色にうっ血していたら、感覚を取り戻すのにかなり時間がかかる。ロープを自力でほどくことは困難だ。自力で泳ぎ、浮上するのも不可能だ。父の体重は九十キロ近い。肺の空気を吐いた途端、かなりのスピードで沈んでいくはずだ。

この辺りは水深百メートル以上ある。見失ったら最後だ。海上保安庁では探しに行けないほど深いところへ、父は落ちていく。

八潮が操舵ハンドルを回しながら、叫ぶ。

「二十メートル手前まで行く。それ以上は近づけない。引き波で、あの船は余計にバランスを崩す」

「その地点より泳いで、忍海保安官を救助という流れでいいですね！」

海斗も興奮気味だ。空気ボンベの腰ベルトを素早く締めている。

愛も潜水マスクを目にあてる。空気ボンベは出動前から背負っている。フィンも足に取りつけた。

スーパーピューマわかわしが、猛スピードで空から近づいてきている。該船より二時の方向だ。特殊救難隊員がショートスライディング降下していた。

顔は見えなくとも、体格や仕草で、兄とわかる。

兄は背中に空気ボンベを背負っていた。

心強い。二十キロボンベをはじめとする重装備を身にまとった状態で、難易度の高いショートスライディング降下ができる。そのまま水深六十メートル地点まで救難に行く能力がある。それが、海難救助のスペシャリスト、特殊救難隊員だ。

兄の存在を、心の底から誇りに思った。

愛は背中の空気ボンベをおろした。

船の縁に足を掛けて海面を睨む。内灘が目を丸くした。

「忍海！　ボンベは」

「スピードが落ちます。一秒でもコンマ一秒でも早く、要救助者のもとに向かいます」

八潮がリモコンレバーを引き減速しながら、心配する。

「お前、息こらえが苦手だろう。沈んでいく要救助者を、エアーなしでは……。二分どころか、浮上まで三分はかかるぞ」

「克服します」

愛は空を見やった。

降下している兄が足を前にあげている。体をくの字にして空を切り、飛んでいた。ロープを引き、また送る手の仕草が、スムーズだ。

「潜水支援艇、目標地点、到達した！」

巡視船ひすいOICからの現在地を知らせる無線が聞こえる。

愛はおきつ搭載艇に目をやる。転覆はしていなかった。今度は左舷側に大きく振られている。華江は船尾の突起にしがみついていた。一人の〈大阪〉の隊員が、彼女にじりじりと近づいている。

八潮が愛に大きく頷きかける。指でゴーサインを出した。

「水面よぉし！」

愛は、腹の底から大声を出す。大きく深く、息を吸った。

両手を前に出し、舷側を蹴る。愛は海へ潜った。

仁の視界に、遮るもののない大海原と、雲ひとつない青空が広がる。

頬が空《くう》を切る。

陸地も、島影すら見えない太平洋のど真ん中の空にいる。なにもないところを飛んでいた。渡り鳥にでもなった気分だ。右太腿下のロープをグローブの手の隙間に滑らせる。目標の船、おきつ搭載艇が見えてきた。右へ左へ、大きく振れ続けている。ゆりかごのようだが、傾くたびに全体が海に没していく。

父が、海の中へ振り落とされた。

仁は焦り、思わず太腿下の右手を開いてしまう。右手のロープを握る力を加減することで、降下スピードを調整していた。あまり早く降下すると、該船のずっと手前で海に落ちる。泳いで目標地点に辿り着いたとしても、十秒を無駄にしてしまう。

ひすい搭載艇に目をやる。愛が海に飛び込んだのがわかった。空気ボンベを背負っていない。水の抵抗と重さで、潜行スピードが落ちるからだ。自分の酸素を顧みず、スピード勝負で父親の救助に入った。

妹が先に追いつくだろう。

いか。

ならば自分は――。

特殊救難隊員として、海上保安官として。自分の不始末を、先につけるべきではないか。

父はきっと、それを望んでいる。

だから、息子の代わりに甘んじて華江の怒りを受け止めているのだ。父があっさり搭載艇を乗っ取られ、暴行を受けるままになったのは、〝息子がしたことの責任〟を感じたからではないか。

いまようやく、母の言葉を理解する。

〝親というのはね、子供を愛することだけが、全てじゃないのよ〟

子供がしたことに責任を持つのも、親のすべきこと。

仁がどうあろうと、忍海正義という人は、真に、仁を息子と思ってきたのだ。

仁は、右手の親指に力を込めた。降下スピードを若干、緩める。海面まで高さ三メートル、該船まで二十メートルほどか。

華江は搭載艇の船尾の手すりにしがみついている。まだナイフを握っていた。

必死に凶悪犯を演じている。

海に落ちた〈大阪〉の隊員は、海に投げ出された正義を助けようとしている。彼らは救命胴衣を着用している。それを脱がないと、潜れない。父は意識が混濁していた様子だった。呼吸が浅ければ、体は肺の空気を失い、あっという間に沈む。

もうひとりの隊員は華江に銃口を向けて、じりじりと迫る。重心を低くしバランスを取っているが、犯人確保より下半身に意識がいっている。制圧まで時間がかかりそうだ。華江はナイフをめちゃくちゃに振り回し、なにか叫んでいる。

仁は右手を開き、降下スピードを速めた。

該船に到着する十五メートルほど手前で、着水した。まだロープは外さない。ブーツの足で海面を滑るようにして前進する。つま先をあげ、かかとにスナップをきかせる。大きな波しぶきを立ててみせた。かつて父がそうやって、巡視船見学者を楽しませていたように。

水は扇形の柱となり、一メートルの高さにまで上がった。華江の顔を、直撃する。狙い通りだ。

華江は水飛沫の顔面直撃に不意を突かれた様子だ。ナイフを落とし、目を押さえる。〈大阪〉の隊員が一歩二歩と大きく出て、ナイフを奪う。

「凶器、確保！」

その動作の延長で、華江に飛びかかろうとした。

仁は胸元のスライダーのフックを解除した。一瞬でロープから離れる。上空にいたヘリが後退、急旋回し、視界からあっという間に消えた。

仁は、おきつ搭載艇の中央に、割り込むようにして降り立った。

華江の目の前に。

〈大阪〉の隊員と華江の間に立っている。

「下がれ危険だ！」

隊員が後ろから仁に叫ぶ。大丈夫、と手のひらを見せた。

華江は目をこすり、座り込んでいた。潮水が目を直撃し、開けられないのだ。咳き込んでいる。口の中にも海水が入ったのだろう。

〈大阪〉の隊員が逮捕したがっている。ぴたりと仁の背後につき、いまにも前に出て華江に飛びかかりそうだ。

「制圧はしないでください。彼女は凶悪犯じゃない」

仁は〈大阪〉の隊員に言った。驚いて顔を上げたのは華江だ。真っ赤に充血した目をしばたたかせ、仁を見ようとする。

「海上保安庁、特殊救難隊の忍海仁です」

仁は改めて名乗った。

「自分は、あなたのお兄さんの救難に失敗し、あなたたち家族を苦しめてしまった、張本人です」

華江が下唇を震わせ、噛みしめる。宙を睨んでいた。

「申し訳ありませんでした」

仁はグローブの手を差し伸べながら、一歩前に出る。片膝をついた。

「わかっています」

仁の言葉に、華江が鋭い視線をやる。

「保険金詐欺の失敗の末に思いついた復讐が、こんなに激烈になったのは……お父さんのためですね」

華江の目にじわじわと涙があふれる。口角が歪んだ途端、涙がひとつこぼれた。

「お父さんが、あなたをかばったから」

仁はもう一歩、華江に近づいた。尻もちをついている彼女と、目線の高さを合わせる。

「お父さんのせいにはできない。お父さんから完全に疑惑の目を払拭させるために、あえて凶悪犯になりきっている。僕の父を傷つけ、最後の最後まで暴れて、悪女になりきっている」

仁はグローブを外した。

「お父さんのことが大好きだからですよね。わかります——」

俺も親父が。こんなにも。

仁こそ言ったそばから、唇が震え、泣いてしまいそうだった。目の前の華江は、歯を食いしばり、肩を震わせている。目からボロボロと涙が落ちる。

「帰りましょう。お父さんのところへ」

仁は手のひらを、華江の前に差し出した。

華江が、充血した目元を親指の付け根で拭った。震えながら、仁にその手を預けてくれた。


正義は沈んでいた。

遠ざかる海面から、黒い手が生えているように見えた。正義の体をつかもうとしている。黒いグローブの手が、正義の鼻先で、開いては閉じる。水中を切り、細かな気泡を発生させる。正義の体には届かない。

落ちていく。

黒ずくめの隊員が立ち泳ぎする足も、どんどん遠ざかっていく。

昨日の夕方から、正義は水を一滴も飲んでいない。喉が渇いて限界を超えていたからか。水に没した途端、本能で口があいた。塩水が喉を刺激する。むせてしまった。鼻から口から、どかどかと空気が抜けてしまう。大きな気泡はゆらゆら揺れながら、猛スピードで海面へ上がっていく。

体が沈むスピードが、速くなった。

肺の空気を失ったからだ。正義は慌てて息を止めたが、後の祭りだ。

海上の大騒動から遠ざかっていく。沈黙の海底世界へ、引きずり込まれていく。

死ぬんだな、と覚悟を決める。

怖くはない。

ここは海だ。妻が眠る。東北の冷たい海から遠く離れた南の海だとしても、同じ太平洋だ。つながっている。正義は沈みながら、安らぎすら感じていた。

妻に包まれている。

ひすいはずっとひとりで海に取り残され、淋《さび》しかっただろう。泣いていたか。その嗚咽が、耳の奥に蘇るようだ。

あの日も。

那覇市松山の繁華街だった。まだ四歳だった迷子の仁を保護した。しばらくは手をつないで歩いたが、仁は歩き疲れたらしい。歩きながら寝始めた。瞼が落ちては上がり、また、落ちる。たびたび足を絡ませて、つんのめった。そのたびに「おっ」と正義は仁の腕を引いて、立たせた。

「歩きながら寝る奴なんか、初めて見たぞ」

幼い仁が、かわいくてかわいくて仕方がなかった。仁は、四歳にしてできあがったきりっとした眉毛を、歪ませる。限界だ、という顔をしていた。

抱き上げてみた。子供なんて抱いたことがなかった。どう抱けばいいのか、よくわからない。仁の方から首に腕を回し、正義に吸いついてきた。小さな腰や足をもぞもぞと動かし、正義の体でしっくりくる場所を、探している。こうやって僕を抱くんだ、と仁に指南されているようだった。

やがて仁は、正義の肩にくたっと頬をつけ、くうくうと寝てしまった。見知らぬ男児を肩に担ぎ、正義はスナック『渚』に向かって歩いた。

紫色の外看板が見えてきた。ひび割れ、セロハンテープで補修されていた。スナックの扉はアーチ形で、外壁は赤や青のタイル張りというセンスの悪さだった。扉を開けた。化粧の濃い中年の女が、「いらっしゃい」と作り笑いで応える。正義の肩で眠る仁を見て、ぎろりと目を丸くする。

「やだ！　いたの！」

「えーっと、お母さん？」

「違う、違う。ひすいちゃんのよ」

「ひすい……」

「ついさっき、血相変えて出てったのよ。夜間保育所から電話があってね。保母さんが居眠りしている間に仁君が起きちゃったみたいで、どっか行っちゃったって」

　その中年女性は店のママだった。酒を作っていたマスターが「警察に、見つかったって電話しとけよ」と迷惑そうに言う。

「店ほったらかしやがって。これだから未婚の母なんか雇うのは嫌だったんだよ」

　正義は嫌な気持ちになり、店を出た。仁を抱く腕を左に替えて、ひすい、という変わった名前の母親が戻るのを待つ。

「仁！」

　絶叫する母親の声が、路地のずっと向こうから聞こえた。酔客が驚いて飛びのき、巨体の米軍関係者までもが道をあける。ひすいの声はそれほど悲痛で、壮絶だった。

　あの時の、ハイヒールの足で必死に走るひすいの姿を見たときの衝撃を忘れない。『愛』を振り乱している。そんな風に見えた。体から『愛』が爆発している、そんな女を初めて見た。

　血相を変え、立派な衣装を振り乱し、手をかき足をかき。涙と汗で、ひすいは濃いメイクが崩れていた。アイラインが涙で滲んでパンダのようになっている。薄く垂らした長い前髪は汗で額に張り付く。流行りのとさか前髪は、くたっと額の脇に倒れていた。

　息子の名を呼び、両手を広げて、正義の方にやってくる。

正義はいま再び、ひすいに手を差し伸べようとした。手はなぜか腰の後ろにあって、動かせない。正義は必死にもがいた。両手首を縛りつけている何かから必死に、手を抜こうとする。

目の前に届きそうだったひすいが、遠ざかる。ひすいは、必死に両手で水をかいている。

陸を走っていたはずのひすいが、いま、泳いでいる。

派手なひらひらの衣装は脱ぎ捨てたのか。体の線がよくわかるウェットスーツ姿だ。オレンジ色と黒のそれは、どう見ても海上保安庁の潜水士のものだ。

おかしいな、と正義は思った。

あの日ひすいは、赤い派手なワンピースに、黒いハイヒールを履いていたのだ。それで転びかけた。仁を抱いていない方の右手で、正義は咄嗟に、ひすいの腕をつかんで引き寄せた。

「あんな無様な顔を。忘れてよ」

結婚してから、ひすいは当時の話を恥ずかしがった。

なにがだ。どこがだ。

息子を血眼になって探し、やっと見つけた母親の、あんな神々しい顔が無様なはずがない。正義の人生がひっくり返されるほど、美しかったのだ。

きっとひすいは、津波にのまれたときも、あの時と同じ顔をしていたはずだ。

娘だけは生き延びてほしい。

親はそれだけで、いいのだ。

残酷な死にざまだったとは思わない。ひすいは女神のように微笑み、娘を送り出して、海とひとつになった。

そしてあのときお前が命がけで助けた娘は、いま——。

正義は目元に力を込めた。ひすいをつかもうと手を差し伸べた先にいるのは。

海蝶だ。


愛は八丈島沖十五キロの海を、潜行していた。

水深は百メートル近くあるだろう。海底地形を目視できないほど遠い。ただ鉄紺色に彩られた暗闇が、底なしに広がっているように見える。沈んでしまったら誰も潜行できないほど、深い。

上は、透明に近いブルー。

下は、鉄紺色。

左右は、青のグラデーションカラーで彩られた、なんにもない空間だった。

その恐ろしいほどの空洞を、父が、ぽつんと、沈んでいく。

尻を下にして、体はくの字型になっている。口から気泡をポコポコとこぼしながら、海底に吸い込まれている。手や腕の形がよく見えない。胴体と一体化している。後ろ手に拘束されたままなのだ。両足も、横から見ると一本に見えるほど、きれいに揃っていた。足首も固定されたままだ。

熟練の潜水士であっても、あの状態では、沈むのみだ。

愛が海面に飛び込んでから、二分が経過していた。内灘や海斗も潜行しているはずだが、愛に追いつく潜水士はいない。二十キロ近い装備品を身に着けているので、愛ほど速くは泳げないのだ。

愛が父をつかまえないと、父を永遠に見つけられなくなる。

息が苦しくなってきた。

水をかく足と腰の力を弱めるわけにはいかない。ふくらはぎや太腿の真ん中あたりに、きーんと痛みを感じ始めた。脚の付け根はすでに疲労し、動きにくくなっている。

あと十メートルというところまで追いついてきた。

だが、この十メートルが、遠い。

父がぼんやりと目を開けて、こちらを見ているのがわかった。潜水マスクを着けていない裸眼では、愛の顔まで認識できないだろう。だが海上保安庁のウェットスーツは、色で認識できるはずだ。父が後ろに回された手を動かし始めた。

お父さん――！

目が合っている。それほどの距離まで近づいてきた。まだ手は届かない。少し離れてしまった。さっきまで焦点が合っていなかった父の瞳に、力が見える。愛を、娘を認識し、今にも泣きそうな表情になっている。後ろの手をごそごそと動かし、ロープから抜こうとしている。

絶対に助ける。

愛は体に力がみなぎるのを感じた。右手をかっと開いて伸ばしたまま、足と腰、左手、体にあるすべての筋肉を使い、しならせ、水と一体化するように潜行した。

海と、ひとつになる。

父の右手が、ロープから抜けた。

水を切った父の右手が、愛に差し伸べられる。

愛はその手を、つかんだ。

今度こそ、離さない。

父の体を、引き寄せる。右肩に担ぐようにして、身を寄せる。父親の胸に右腕を回した。浮上しようと、左手で水をかき、フィンの足で水を蹴る。

力が入らない。

とっくに酸素切れだ。

愛の顔はいま、茹《ゆ》で蛸《だこ》のように真っ赤になっているはずだ。空気が欲しい。潜行して三分過ぎただろう。口から少し気泡を吐いた。吸った空気を肺に満タンにしておくより、少しずつ息を吐く方が、苦しみは薄くなる。体内の二酸化炭素量を減らすことで、「酸欠ではない」と脳を騙《だま》しているだけだ。酸素不足に変わりはない。

苦しい。フィンを掻く足に、力が入らない。力を込めようとすると、いっきに気泡が口から洩れた。海面から遠ざかっている。水の色の濃さで、それがわかる。じりじりと、父を担いだ体が沈んでいく。愛は二十キロの錘を両手に持って浮上する訓練を何度もやってきた。巡視船ひすいの潜水待機室にいる訓練用の人形『ケリー君』は七十キロだ。九十キロなんか、新米女性潜水士の愛が担ぎあげられる重さではないのだ。このままでは親子で沈んでしまう。やはり最初から無理だったのか……。

酸欠で、視界がじわじわと暗闇に侵食されていく。視界が狭まっていく。意識も少しずつ、遠のいていく。

愛の視界に、黒い幕が下りようとしていた。

海面から、黄色い光が、射し込んだ。

奇跡のようなそれは、光ではなかった。

特殊救難隊の、黄色のウェットスーツだった。

愛の左肩が、ぐいっと持ち上げられる。父親の体も一緒に持ち上がった。

お兄ちゃん。

兄は空気ボンベを背中に背負っていた。レギュレーターを口から外し、父の口元に持っていく。

バディ・ブリージングだ。

父は首を横に振った。レギュレーターを受け取ると、愛の口に突っ込んだ。

愛は無我夢中でレギュレーターの空気を吸った。空気が体内に入った途端、視界を覆っていた黒い幕がさあっと上がる。目の前の光景がクリアになっていく。

兄が口角を上げている。潜水マスクの向こうの目尻にぎゅうっと皺が寄った。笑っているのだ。

――バカにしないで。

私は、海蝶。

海上保安庁初の、女性潜水士なのだ。

愛はひと呼吸したのみで、レギュレーターを口から外した。限界を超えているはずの父親の口にくわえさせる。父は静かに、愛に、視線を注ぐ。泣いているような目だった。大きく吸った。

父と息子。父と娘。そして、兄と妹。互いに肩を抱く力が、ぐっと強くなる。

家族三人、円陣を組むような恰好になった。

三人同時に、指でOKサインを出す。

太陽の光が射し込み、または揺らめく。視界に赤みが戻っていく。全てがあたたかく、生気に満ちたものに思えてくる。海面は近い。兄が水中ナイフで、父の足首のロープを切った。

やっと自由になった足を、父は不器用に動かす。再び愛の口へレギュレーターを持っていった。

愛は二度、吸った。兄へ返す。

兄は平気な顔で、父にレギュレーターを譲る。

父はまた泣き顔だ。大事そうにレギュレーターを受け取る。口にくわえた。シューっと音を立てて、二度、三度、吸う。

三人で空気を分け合いながら、上を見る。

太陽の丸い光が水面で揺らめく。その周りを囲むのは、アクアブルーに輝く優しい光だ。さらにその周囲は天色《あまいろ》でつつみこまれていた。太陽を中心に、丸いグラデーションカラーが際限なく、広がっていた。

家族三人で、太陽をつかみ取りたい。水を蹴る。手を上へめいっぱい伸ばした。

とうとう、海面の先へ手が届いた。

浮上する。

愛は、ぷはーっ、と大きく息を吸い、吐いた。

助けた。

愛は海面に寝そべるように、首を後ろに倒す。

水天一碧《すいてんいっぺき》の世界が、広がっていた。

吸っても吸っても減ることのない大気が、そこにある。愛は深く息を吸いたいが、吐く力が急いてしまう。ひいひいと喉が鳴り、恥ずかしいほどだった。マスクを額にあげる。

泣かなかった。兄に潜水作業中に泣いてはいけない、ときつく言われていたから。我慢した分、嗚咽しそうで肩が震える。唇を嚙みしめ、必死に堪えた。

兄は泣いていた。

「お父さん……」

兄の口から、父を呼ぶ声が、漏れた。懐かしいような気もするし、初めて聞くような気もした。

殴られて目を腫らした父の顔は、痛々しい。唇は切れて、かさぶたになろうとしていた。

それなのに、力強い。

父が左手で、兄の頬をつたう涙を、ごしごしとこすった。

右手で、父は愛とつながったままだ。父は決して、娘の右手を、離そうとしなかった。

数メートル前方から、気泡が上がっていた。仲間の潜水士たちが一斉に浮上した。内灘や海斗が立ち泳ぎで、遠巻きにこちらを見ている。

潜水支援艇も近くまで来ていた。八潮が乗っている。救命浮環を投げ入れようとしていたが、愛たち三人を順繰りに見て、やめた。

八潮は距離を置き、愛を見守っている。

愛は、父の手から、そっと離れた。

グローブの右手を見る。

握りしめた。また開き、手のひらをじっと見つめる。

悲しみはなかった。

父を助けたという自信が、右手に刻まれている。そして、母の『正義仁愛』の教えが、この体に血として流れているのを感じた。母はいなくなったが、愛の中で、脈打っている。

愛はグローブを取った。

剝き出しの右手の人差し指と親指で輪を作る。大きくかかげ、八潮にＯＫサインを出した。

八潮は、右手を頭にやり、長い腕で大きなＯＫサインを作る。

愛の右手をつかみ、握手をしようとする手があった。

兄だった。よくやった、と男のバディにするように手を握ってくれる。愛は兄の手を強く握り返した。父は腫れた瞼の下に大粒の涙を乗せ、兄妹《きょうだい》を見ている。

愛と仁が握った手を、最後、正義の大きな両手が覆う。

正義仁愛。

やっと、揃った。

汽笛の音がした。

巡視船ひすいが、近づいてくる。

参考文献

『波濤を越えて　叩き上げ海保長官の重大事案ファイル』佐藤雄二　文藝春秋
『海上保安庁特殊救難隊―限りなき挑戦』北岡洋志　海文堂出版
『海難救助のプロフェッショナル　海上保安庁　特殊救難隊』「海上保安庁　特殊救難隊」編集委員会　成山堂書店
『海事犯罪―理論と捜査』中尾巧・城祐一郎・竹中ゆかり・谷口俊男　立花書房
『海の名前』中村庸夫　東京書籍
『潜水士試験　徹底研究』不動弘幸　オーム社
『オールアバウト海上保安庁』イカロス出版
『小型船舶操縦士　学科教本I』日本船舶職員養成協会編著　舵社
『海上保安レポート』２００９～２０１９　海上保安庁
『海上保安新聞』海上保安協会
『３・11　東日本大震災　巨震激流』三陸新報社編　三陸新報社
『東日本大震災　市民が撮った震災の町気仙沼―大津波の爪痕』浜らいん編集室　オフィスみなと倶楽部
『浜らいん』２０２０年１・２月号／３・４月号　浜らいん編集室　オフィス みなと倶楽部

『東日本大震災写真集　市民が伝える気仙沼の大震災』　浜らいん編集室　オフィス　みなと倶楽部
『見聞思考　気仙沼ガイドブック』1〜5　三陸新報社

参考映像
『特殊救難隊　36名のSpecial Rescue Team』　アートファイブ
『2017年度海上保安庁　第三管区「総合訓練」&第五管区「訓練展示」』　アートファイブ
『海上保安官が見た巨大津波と東日本大震災復興支援』　アートファイブ
『東日本大震災〜3・11　気仙沼の記録　第1巻』　気仙沼ケーブルネットワーク

取材協力
海上保安庁
公益財団法人　海上保安協会
第三管区海上保安本部
横浜海上防災基地／横浜海上保安部

巡視船いず
清水海上保安部
巡視船おきつ
羽田特殊救難基地
羽田航空基地
海上保安試験研究センター
海上保安大学校

本書は二〇二〇年九月に小社より単行本として刊行されたものです。

この物語はフィクションです。
実在の人物・団体とは一切関係がありません。

JASRAC 出 2201632-203

|著者|吉川英梨　1977年、埼玉県生まれ。2008年に『私の結婚に関する予言38』で第3回日本ラブストーリー大賞エンタテインメント特別賞を受賞し作家デビュー。旺盛な取材力とエンタメ魂に溢れるミステリー作家として注目を集める。著書には、「原麻希」シリーズ、「新東京水上警察」シリーズ、「警視庁53教場」シリーズ、「十三階」シリーズ、『ハイエナ　警視庁捜査二課　本城仁一』、『雨に消えた向日葵』、『葬送学者R.I.P.』、「海蝶」シリーズ第2作『海蝶　鎮魂のダイブ』などがある。

海蝶《かいちょう》　海《うみ》を護《まも》るミューズ
吉川英梨《よしかわえり》

2022年4月15日第1刷発行
2022年8月26日第3刷発行

発行者——鈴木章一
発行所——株式会社　講談社
東京都文京区音羽2-12-21　〒112-8001
電話　出版（03）5395-3510
　　　販売（03）5395-5817
　　　業務（03）5395-3615
Printed in Japan

講談社文庫
定価はカバーに
表示してあります

KODANSHA

デザイン—菊地信義
本文データ制作—講談社デジタル製作
印刷———株式会社KPSプロダクツ
製本———株式会社KPSプロダクツ

ISBN978-4-06-527612-9

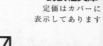

講談社文庫刊行の辞

二十一世紀の到来を目睫に望みながら、われわれはいま、人類史上かつて例を見ない巨大な転換期をむかえようとしている。

世界も、日本も、激動の予兆に対する期待とおののきを内に蔵して、未知の時代に歩み入ろうとしている。このときにあたり、創業の人野間清治の「ナショナル・エデュケイター」への志を現代に甦らせようと意図して、われわれはここに古今の文芸作品はいうまでもなく、ひろく人文・社会・自然の諸科学から東西の名著を網羅する、新しい綜合文庫の発刊を決意した。

激動の転換期はまた断絶の時代である。われわれは戦後二十五年間の出版文化のありかたへの深い反省をこめて、この断絶の時代にあえて人間的な持続を求めようとする。いたずらに浮薄な商業主義のあだ花を追い求めることなく、長期にわたって良書に生命をあたえようとつとめるところにしか、今後の出版文化の真の繁栄はあり得ないと信じるからである。

同時にわれわれはこの綜合文庫の刊行を通じて、人文・社会・自然の諸科学が、結局人間の学にほかならないことを立証しようと願っている。かつて知識とは、「汝自身を知る」ことにつきていた。現代社会の瑣末な情報の氾濫のなかから、力強い知識の源泉を掘り起し、技術文明のただなかに、生きた人間の姿を復活させること。それこそわれわれの切なる希求である。

われわれは権威に盲従せず、俗流に媚びることなく、渾然一体となって日本の「草の根」をかたちづくる若く新しい世代の人々に、心をこめてこの新しい綜合文庫をおくり届けたい。それは知識の泉であるとともに感受性のふるさとであり、もっとも有機的に組織され、社会に開かれた万人のための大学をめざしている。大方の支援と協力を衷心より切望してやまない。

一九七一年七月

野間省一

町田　康　権現の踊り子
町田　康　浄土
町田　康　猫にかまけて
町田　康　猫のあしあと
町田　康　猫とあほんだら
町田　康　猫のよびごえ
町田　康　真実真正日記
町田　康　宿屋めぐり
町田　康　人間小唄
町田　康　スピンク日記
町田　康　スピンク合財帖
町田　康　スピンクの壺
町田　康　スピンクの笑顔
町田　康　ホサナ
町田　康　猫のエルは
舞城王太郎　煙か土か食い物〈Smoke, Soil or Sacrifices〉
舞城王太郎　世界は密室でできている。〈THE WORLD IS MADE OUT OF CLOSED ROOMS〉
舞城王太郎　好き好き大好き超愛してる。
舞城王太郎　私はあなたの瞳の林檎
舞城王太郎　されど私の可愛い檸檬
真山　仁　虚像の砦
真山　仁　新装版 ハゲタカ(上)(下)
真山　仁　新装版 ハゲタカII(上)(下)
真山　仁　レッドゾーン(上)(下)
真山　仁　グリード(上)(下)〈ハゲタカIV〉
真山　仁　ハーディ(上)(下)〈ハゲタカ2・5〉
真山　仁　スパイラル〈ハゲタカ4・5〉
真山　仁　シンドローム(上)(下)〈ハゲタカ5〉
真山　仁　そして、星の輝く夜がくる
真梨幸子　孤《こ》虫《ちゅう》症《しょう》
真梨幸子　深く深く、砂に埋めて
真梨幸子　女ともだち
真梨幸子　えんじ色心中
真梨幸子　カンタベリー・テイルズ
真梨幸子　イヤミス短篇集
真梨幸子　人生相談。
真梨幸子　私が失敗した理由は
松本裕士　兄弟〈追憶のhide〉
松岡圭祐　探偵の探偵
円居　挽　原作 福本伸行　カイジ ファイナルゲーム 小説版
松岡圭祐　探偵の探偵II
松岡圭祐　探偵の探偵III
松岡圭祐　探偵の探偵IV
松岡圭祐　水鏡推理
松岡圭祐　水鏡推理II〈インパクトファクター〉
松岡圭祐　水鏡推理III〈パレイドリア・フェイス〉
松岡圭祐　水鏡推理IV〈アノマリー〉
松岡圭祐　水鏡推理V〈ニュークリアフュージョン〉
松岡圭祐　水鏡推理VI〈クロノスタシス〉
松岡圭祐　探偵の鑑定I
松岡圭祐　探偵の鑑定II
松岡圭祐　万能鑑定士Qの最終巻〈ムンクの〈叫び〉〉
松岡圭祐　黄砂の籠城(上)(下)
松岡圭祐　シャーロック・ホームズ対伊藤博文
松岡圭祐　八月十五日に吹く風
松岡圭祐　生きている理由
松岡圭祐　黄砂の進撃

山本周五郎 繁《しげ》あね〈美しい女たちの物語〉
山本周五郎 雨あがる〈映画化作品集〉
柳田理科雄 スター・ウォーズ 空想科学読本
柳田理科雄 MARVEL マーベル空想科学読本
靖子靖史 空色《くうしき》カンバス〈瑞空寺《ずいくうじ》凸凹《でこぼこ》縁起《えんぎ》〉
安本由佳・山本理沙 不機嫌な婚活
山中伸弥・平尾誠二・惠子 友情〈平尾誠二と山中伸弥「最後の約束」〉
山手樹一郎 夢介千両みやげ(上)(下)〈完全版〉
夢枕 獏 大江戸釣客伝(上)(下)
唯川 恵 雨 心 中
行成 薫 ヒーローの選択
行成 薫 バイバイ・バディ
行成 薫 スパイの妻
柚月裕子 合理的にあり得ない〈上水流《かみづる》涼子《りょうこ》の解明〉
吉村 昭 私の好きな悪い癖
吉村 昭 吉村昭の平家物語
吉村 昭 暁の旅人
吉村 昭 新装版 白い航跡(上)(下)
吉村 昭 新装版 海も暮れきる
吉村 昭 新装版 間宮林蔵
吉村 昭 新装版 赤い人
吉村 昭 新装版 落日の宴(上)(下)
吉村 昭 白い遠景
横尾忠則 言葉を離れる
与那原 恵 わたぶんぶん〈わたしの「料理沖縄物語」〉
米原万里 ロシアは今日も荒れ模様
横山秀夫 半 落 ち
横山秀夫 出口のない海
吉田修一 日曜日たち
吉本隆明 真 贋
吉本隆明 フランシス子へ
横関 大 再 会
横関 大 グッバイ・ヒーロー
横関 大 チェインギャングは忘れない
横関 大 沈黙のエール
横関 大 ルパンの娘
横関 大 ルパンの帰還
横関 大 ホームズの娘
横関 大 ルパンの星
横関 大 スマイルメイカー
横関 大 K2〈池袋署刑事課 神崎・黒木〉
横関 大 炎上チャンピオン
横関 大 ピエロがいる街
横関 大 仮面の君に告ぐ
吉川永青 裏 関 ヶ 原
吉川永青 化 け 札
吉川永青 治部の礎《いしずえ》
吉川永青 老 侍
吉川永青 雷雲の龍〈会津に吼える〉
吉村龍一 光 る 牙
吉川トリコ ぶらりぶらこの恋
吉川トリコ ミドリのミ
吉川英梨 波 動〈新東京水上警察〉
吉川英梨 烈 渦〈新東京水上警察〉
吉川英梨 朽《く》海《かい》の城〈新東京水上警察〉
吉川英梨 海底の道化師〈新東京水上警察〉
吉川英梨 月《げっ》下《か》蟻《みつ》人《じん》〈新東京水上警察〉

2022年6月15日現在